AF286664

S. P. PEPPER

IN AL-LUCANTS SCHATTEN
– ENTFESSELT –

Band 3 der Al-Lucant-Reihe
Fantasy-Roman

Alle Rechte vorbehalten. Das Werk darf – auch teilweise – nur mit Genehmigung der Autorin wiedergegeben werden.

Originalausgabe
1. Auflage (April 2025)
© 2025 Stefanie Pockelwald

Coverdesign, Karten und Kapitelillustrationen: Stefanie Pockelwald unter Verwendung von Motiven von Artant, Artpropaganda, Nveri, Romanmalyshev, Seamartini, Sergeiminsk und Zven0 (Lizenzen über 123rf)
Buchsatz: Stefanie Pockelwald

S.P. PEPPER

IN AL-LUCANTS

Schatten

- ENTFESSELT -

Für alle, die ihren Freunden,
Familienmitgliedern und Bekannten
eine Hand reichen,
wenn diese am Boden liegen.

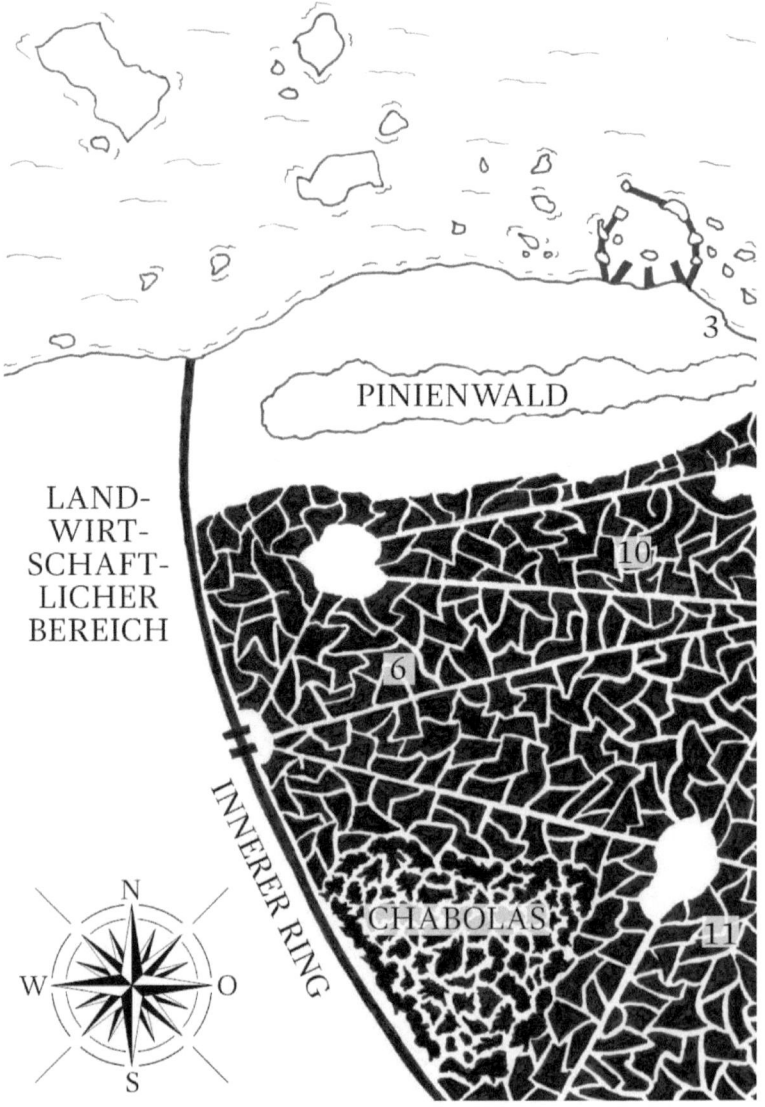

Al~Lucant

PINIENWALD

LAND-
WIRT-
SCHAFT-
LICHER
BEREICH

3

10

6

INNERER RING

CHABOLAS

11

N
W   O
S

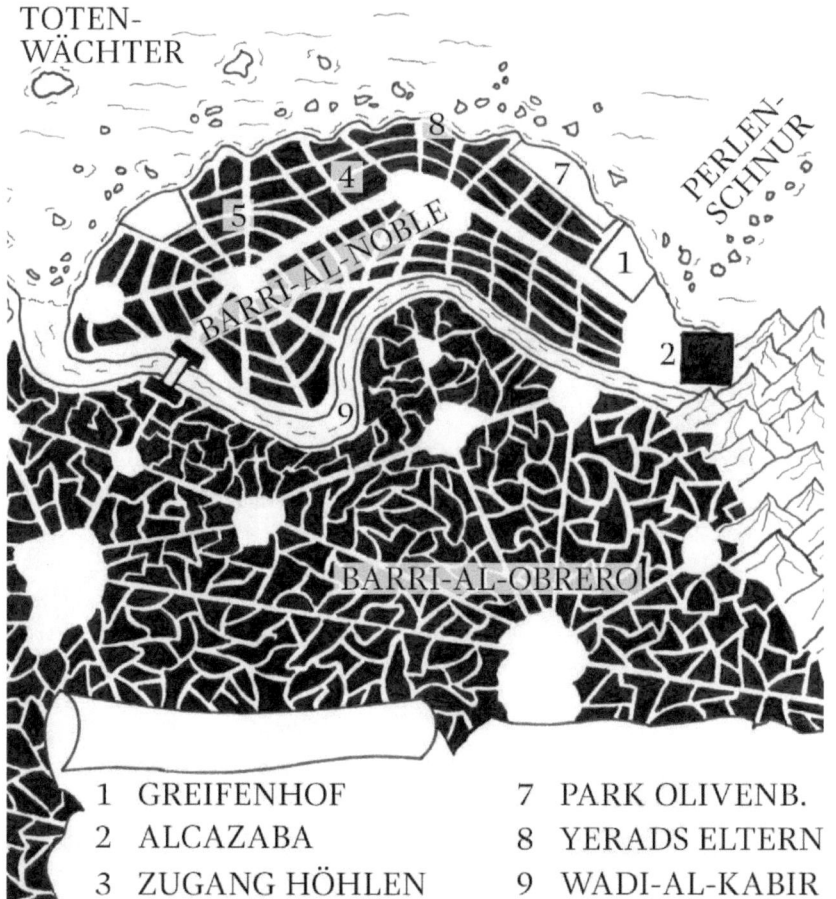

EWIGES MEER

TOTEN-
WÄCHTER

PERLEN-
SCHNUR

BARRI-AL-NOBLE

BARRI-AL-OBRERO

1 GREIFENHOF	7 PARK OLIVENB.
2 ALCAZABA	8 YERADS ELTERN
3 ZUGANG HÖHLEN	9 WADI-AL-KABIR
4 TAREKS HAUS	10 REBELLENHAUS
5 HAUS LUNIS/FERIDE	11 LAGERHAUS
6 GASTH. "ZUM BESCHWIPSTEN GREIFEN"	

Die Höhlen

1 EINGANG
2 MIRA/ALIA
3 RABE
4 GREIFIN
5 FELSVORSPR.
6 DURAK/CHADRIK/YERAD
7 ÖLLAMPENUHR
8 BADEHÖHLE
9 LÖCHER NACH OBEN
10 TUNNELZUGANG
11 FENSTERHÖHLE

PILZE
UND
FLECHTEN

N
W — O
S

11

WASSERFALL MIT
PLATTFORM

1 4   8

2

10

LAGER FÜR
WAFFEN UND
LUXUSGÜTER

9

LAGER FÜR
DINGE DES
TÄGLICHEN
BEDARFS

6

—— HOLZWAND
—ᴎ— HOLZWAND MIT TÜR
ᴡᴡ ROTE TÜR

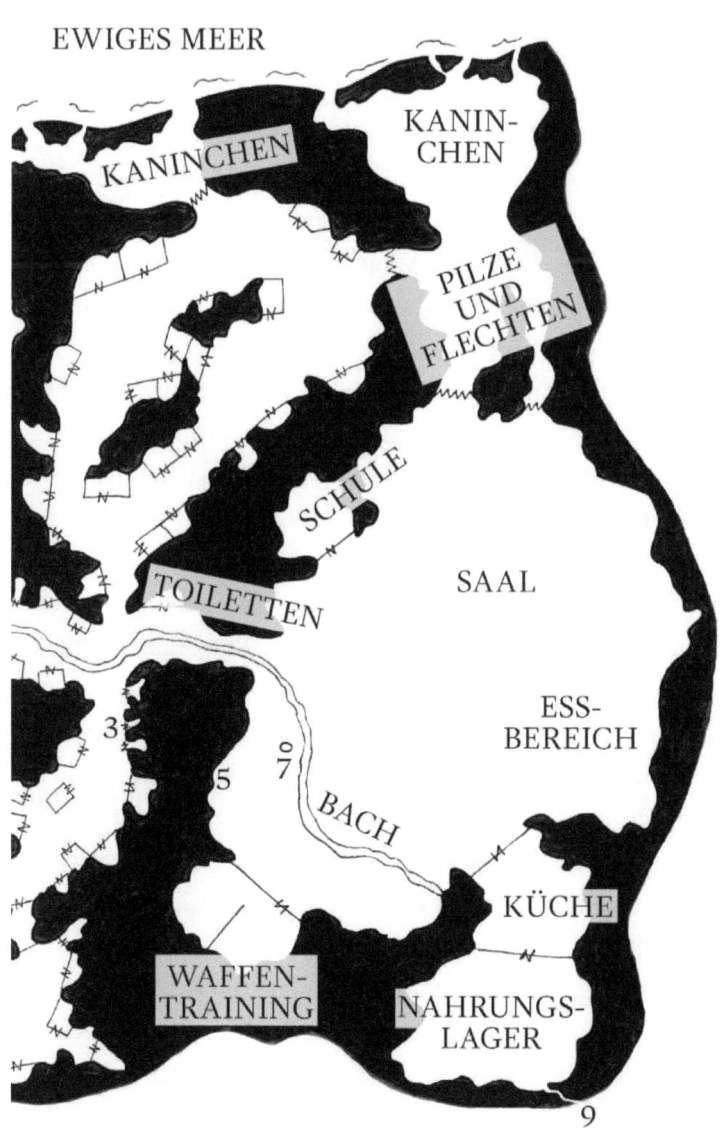

EWIGES MEER

KANINCHEN

KANIN-CHEN

PILZE UND FLECHTEN

SCHULE

SAAL

TOILETTEN

3

5

7°

ESS-BEREICH

BACH

KÜCHE

WAFFEN-TRAINING

NAHRUNGS-LAGER

Was bisher geschah

In der Taifa Al-Lucant leiden die Menschen unter der Herrschaft des Kalifen, der seit etwa zwei Jahren an der Macht ist. Trotz aller Widrigkeiten verfolgen die Leute ihren gewöhnlichen Alltag und hoffen, dass sie den ungerechten und viel zu strengen Strafen des Machthabers entgehen.

So geht es auch Greifenreiter Yerad und Artistin Mirella. Bis sie eines Tages von einer Gedankenleserin geprüft werden und ihre Leben, wie sie sie bis dahin kannten, enden.

Mirellas gesamte Familie und etliche andere Bedienstete der Alcazaba werden brutal von Gardisten getötet. Mirella selbst kann nur knapp aus der Festung entkommen. Da sie aufgrund ihres auffälligen Äußeren keine Möglichkeit sieht, unterzutauchen, und verhindern will, dass sich ein Gemetzel, wie sie es erleben musste, wiederholt, schließt sie sich einer Gruppe Rebellen an. Insbesondere ihre neuen Kameraden Alia, Durak und Chadrik sind ihr von Anfang an sympathisch. Bei dem Rebellenanführer Rabe hingegen ist die Situation deutlich schwieriger: Einerseits fühlt sie sich zu ihm hingezogen, doch es kommt auch immer wieder zu Momenten, in denen sie ihn fürchtet. Die Tatsache, dass er in der Vergangenheit bereits eine Rebellin für etwas bestraft hat, von dem Mirella nicht ausschließen kann, es zu wiederholen, sollte ihr eigentlich verdeutlichen, dass sie sich lieber von diesem Mann fernhält.

Für Yerad hat das Urteil der Gedankenleserin weniger dramatische Konsequenzen, da er lediglich seine Anstellung am Greifenhof verliert. Dennoch bricht für ihn eine Welt zusammen, da er das Fliegen wie die Luft zum Atmen braucht. Zu allem Überfluss wenden sich einige seiner Freunde von ihm ab. Nur seine Familie und sein bester Freund Tarek stehen noch zu ihm. Dann trifft er einen Fremden, der ihm anbietet, dass er wieder fliegen dürfe – sofern Yerad am nächsten Morgen alleine zu einem Treffpunkt im Barri-Al-Obrero kommt.

Yerad ist bewusst, dass es sich um eine Falle handeln könnte. Immerhin ist das Barri-Al-Obrero für einen Noblen wie ihn nicht ungefährlich. Außerdem darf mit Ausnahme des Greifenhofs niemand in Al-Lucant einen Greifen halten. Trotzdem geht er zum vereinbarten Ort, da die Sehnsucht nach dem Fliegen größer ist als die Vernunft, und endet prompt als Entführungsopfer.

Auf Rabes Befehl hin, nehmen Chadrik und Durak Yerad gefangen und bringen ihn in das Höhlensystem, das den Rebellen als Versteck dient. Dort erfährt Yerad, was man von ihm verlangt: Er soll eine wilde Greifin, die mehrere Wochen in der Dunkelheit angekettet war und daher äußerst aggressiv ist, zähmen. Da Yerad das Tier später fliegen soll, willigt er ein, wenngleich ihm bewusst ist, dass er bei dieser Aufgabe höchstwahrscheinlich sterben wird.

Yerads Bemühungen, das Tier zu bändigen, führen zu einigen lebensbedrohlichen Situationen, doch seine Hartnäckigkeit bewirkt, dass sich die Greifin an seine Anwesenheit gewöhnt. Außerdem überrascht sie Yerad mit ihrer schnellen Auffassungsgabe beim Verstehen der Menschensprache. Zwar bleibt sie angekettet, aber Yerad und Chadrik begeben sich schließlich zu ihr und können sie sogar streicheln. Die beiden sind jedoch die Einzigen, die das wagen.

Auch für Mirella birgt das neue Leben einige Gefahren, da sie zusammen mit Alia, Durak und Chadrik auf einen Einsatz geschickt wird, um Kaninchen zu stehlen. Die Männer, die sie bestehlen sollen, haben vor Jahren Durak und Chadrik gefoltert und ihre Familien getötet. Die Diebesmission verläuft alles andere als reibungslos und die Freunde geraten in Gefangenschaft. Letztlich können sie zwar mit ihrer Beute entkommen, dennoch hat diese Nacht Mirella deutlich gezeigt, dass jeder Auftrag mit dem Tod von ihr oder ihren Freunden enden kann.

Nach dem Kaninchendiebstahl steht Mirella endlich zu ihren Gefühlen für Rabe und die beiden werden ein Paar. Doch Mirellas Angst vor ihm, wenn er in die Rolle des Anführers schlüpft, bleibt. Ebenso die Sorge, dass sie ihm mit einer unbedachten Äußerung einen Grund liefert, sie zu verbannen.

Auch Yerad schließt Freundschaften zu Chadrik und Durak. Und nicht nur das: Er beginnt, sich in Alia zu verlieben. Da er sie nicht in Schwierigkeiten bringen möchte – immerhin ist er nur ein Gefangener – wagt er es lange nicht, ihr näherzukommen. Seine Gefühle für Alia und der Umstand, dass Yerad nicht einmal dann eine Flucht versucht, als Chadrik bei seiner Bewachung einschläft, veranlassen Rabe dazu, Yerad von seinem Gefangenenstatus zu befreien und ihn bei den Rebellen aufzunehmen. Seiner Familie darf Yerad noch immer nicht mitteilen, dass er am Leben ist, aber zumindest kann er nun endlich unbeschwerte Zweisamkeit mit Alia verleben und die beiden küssen sich. Was ihm allerdings überhaupt nicht gefällt, ist, dass er ab sofort den Umgang mit einer Armbrust erlernen soll. Er will nur fliegen und niemanden verletzen, geschweige denn andere töten. Trotzdem kann ihn Durak von der Wichtigkeit des Armbrusttrainings überzeugen und Yerad willigt widerstrebend ein.

Das Verhältnis zwischen Mirella und Yerad bleibt kompliziert. Mirella erkennt zwar, dass Yerad ihre Anfeindungen, deren Grund sie nicht einmal selbst begreift, nicht verdient hat. Außerdem sind sie beide mit Alia, Durak und Chadrik befreundet und müssen daher irgendwie miteinander auskommen. Bei einer Aussprache mit Yerad versteht Mirella schließlich, woher ihre Wut auf ihn kommt: Sie sind damals beide von der Gedankenleserin überprüft worden, woraufhin Mirellas Familie getötet wurde, während Yerad nur seine Arbeit als Greifenreiter verlor. Nun ist es Yerad, der die Versöhnung am liebsten blockieren würde. Es erscheint ihm unbegreiflich, dass Mirella ihn die ganze Zeit über derart schlecht behandelt hat, nur weil seine Familie noch am Leben ist. Trotzdem bemüht auch er sich – seinen Freunden zuliebe – um einen normalen Umgang mit Mirella, aber es bleibt angespannt zwischen ihnen.

Yerad

Yerad schlug die Augen auf und sah den Sternenhimmel. In seine Ohren drang das beruhigende Rauschen des Wasserfalls, seine Arme umschlossen Alias warmen Körper. Die Steinwand, an der er lehnte, drückte ihm hingegen kalt in den Rücken.

»Bist du wach, Alia?«, fragte er.

»Bin ich«, entgegnete sie munter und drehte sich zu ihm um.

Er spürte es mehr, als dass er es sah.

Ihre Hand legte sich auf seine Wange. »Langweilen dich unsere Gespräche so sehr, dass du dabei einschläfst?«

»Wie lange hab ich denn geschlafen?« Er erinnerte sich, dass sie eine ganze Weile miteinander gesprochen und sich zwischendurch geküsst hatten. Oder umgekehrt.

»Eine halbe Stunde, schätz ich.«

»Du hättest nicht sitzen bleiben müssen.«

»Warum nicht? Ich bin gern hier und so bequem hab ich's sonst nie.«

»Wenigstens eigne ich mich als Lehne, wenn ich schon vor Langeweile einschlafe.«

»Nun gibst du also ganz unverblümt zu, dass ich dich langweile«, neckte sie ihn.

Er umfasste ihre Wangen mit beiden Händen und erstickte ihren Protest mit einem innigen Kuss.

Als sie sich von ihm löste, murmelte sie:»Ich muss heut leider noch was an der Oberfläche besorgen.«

»Jetzt? Hat nicht inzwischen alles geschlossen?«

Sie lachte.»Das will ich hoffen. Ich will schließlich nicht erwischt werden, wenn ich irgendwo einbreche.«

»Du stiehlst?«, fragte er erstaunt.

»Das wusstest du nicht?«, fragte sie nicht minder überrascht zurück.

»Nein.« Irgendwie hatte er angenommen, sie würde die Dinge, die er heute in ihrem Lager gesehen hatte, kaufen. Aber wenn das der Fall gewesen wäre, wäre sie bestimmt nicht so eine talentierte Schlossknackerin. Und nun wurde ihm noch etwas anderes klar:»Daher Duraks Spitzname für dich.« *Die diebische Elster.*

»Hm«, machte Alia in seinen Armen.»Ist das ein Problem?« Der spielerische Ton war verschwunden. Sie klang unsicher.

Yerad horchte in sich hinein.»Nein, ist es nicht.« Er war selbst erstaunt. Vermutlich gewöhnte man sich an alles. Auch daran, dass es normal war, Verbrechen zu begehen. Entführung und Körperverletzung wurden ja definitiv von Menschen verübt, die ihm nahestanden. Dagegen war Diebstahl harmlos.

»Wirklich nicht?«

»Wirklich nicht«, bekräftigte er und küsste sie, weil er das Gefühl hatte, ihr auf diese Weise am besten zu verdeutlichen, dass er zu ihr stand.

Abermals verloren sie sich ineinander, bis Alia sagte:»Ich sollte langsam aufbrechen.« Sie erhob sich und zog Yerad auf die Beine.

Er ließ sich von ihr durch die Tür und auf den Gang führen, wo die Luft stickig war und sich bald mit dem Geruch vom Rauch der Fackeln mischte. Schließlich befanden sie sich vor der Greifenkammer. Als Alia Yerad zum Abschied umarmte, fragte er:»Meldest du dich, wenn du zurück bist? Ich schlaf bei der Greifin.« Falls er denn schlief.

»Mach ich. Und bleib nicht wieder die ganze Zeit wach. Besonders gefährlich ist das heut nicht.«

»Ich versuche es.«

Ein letzter Kuss und sie eilte davon. Nicht zum Ausgang, wie Yerad verwundert feststellte, sondern weiter den Tunnel entlang, vorbei an seiner Kammer und dann um eine Biegung. Er erinnerte sich, dass in dieser Richtung die Waffenkammer lag, wo Alia sich möglicherweise für den Fall, dass sie die Gefährlichkeit ihres Vorhabens falsch einschätzte, ausstattete. Er ignorierte das nagende Gefühl in seinem Magen, denn ihm war nur allzu bewusst, dass er lernen musste, damit zurechtzukommen, und betrat die Kammer der Greifin.

Chadrik lehnte am Körper des Tieres, während er vorlas. So eng beieinander hatte Yerad die beiden nie zuvor gesehen. Es war gar nicht lange her, da hatte Chadrik erstmals die Linie überquert und die Greifin gestreichelt. Einfach so, ohne Vorankündigung. Und nun hatte er einfach so den nächsten Schritt gemacht. So war Chadrik.

Der Freund stockte kurz, grinste Yerad an und las noch ein paar Zeilen weiter.»Genug für heut«, teilte er der Greifin mit, die mit einem missmutigen Schnarren reagierte.»Krieg ich ein Lesezeichen von dir? Ein kleines reicht.«

Tatsächlich rupfte sich das Tier eine dunkle Feder aus dem Flügel und öffnete den Schnabel oberhalb von Chadriks Kopf, sodass er die herabsegelnde Feder aus der Luft fing.

»Danke.« Er steckte das neue Lesezeichen in sein Buch. Im Gegensatz zu Yerads überdimensionalem Exemplar hatte es sogar die passende Größe.

Yerad umarmte die Greifin und setzte sich neben Chadrik, der zwar das Buch weggelegt hatte, sich aber nicht erhob, obwohl er äußerst müde aussah. »Und?«, fragte Chadrik. »Wie war's mit Alia?«

Ein Lächeln legte sich auf Yerads Lippen.

Offenbar reichte das dem Freund als Antwort: »Wie ich gesagt hab.«

Yerad lehnte sich ebenfalls an den weichen Körper der Greifin, woraufhin diese einen Flügel ein Stück über Yerad schob.

»Du Glücklicher bekommst sogar ne Decke«, kommentierte Chadrik das Geschehen.

Prompt gab die Greifin Meckergeräusche von sich und streckte den Flügel derart weit aus, dass sowohl Chadrik als auch Yerad nahezu im Dunkeln hockten.

Yerad musste sich beherrschen, nicht loszulachen. »Ist es so angenehmer, Chadrik?«

Von der Seite kam zunächst ein undeutbares Grummeln und schließlich ein zögerliches »Ich weiß nicht.«

»Pass nächstes Mal lieber auf, worüber du dich beklagst.«

Über ihnen erklang zustimmendes Gezwitscher.

»Ich hab's kapiert, Greifin«, gab Chadrik sich geschlagen. »Lässt du uns wieder raus?«

»Ik.« Der Flügel verschwand, Chadrik stieß erleichtert die Luft aus.

18

»Du kannst ruhig gehen. Jetzt bin ich doch hier.«

»Hm«, machte der Freund, ohne sich zu rühren. Dafür fielen ihm die Augen zu.

So, wie Yerad das einschätzte, bewegte sich Chadrik heute nirgendwo mehr hin. Und da der Mann um einiges größer und schwerer als Yerad war, weigerte er sich, ihn in seine Kammer zu schleppen. *Unsere Kammer,* korrigierte er sich, weil er sich daran noch gewöhnen musste.

Bevor Yerads Müdigkeit erneut zu schlimm wurde, erhob er sich, holte seine Decke von der Matratze und breitete sie über Chadrik und sich aus. »Gute Nacht«, sagte er in die Runde.

Die Greifin miaute leise. Sogar von Chadrik kam ein kaum hörbares »Nacht«.

»Yerad?«, erklang Alias sanfte Stimme und er schlug die Augen auf. Sie hockte in einigem Abstand vor ihm. »Ich bin zurück.«

»Gut«, murmelte er und richtete sich auf. Erst jetzt bemerkte er, dass er an die Greifin gelehnt geschlafen hatte. Neben Chadrik. Alia war hinter der Linie geblieben, aber das kannte Yerad nicht anders. Vorsichtig, um weder die Greifin noch den Freund zu stören, krabbelte Yerad unter der Decke hervor und zu Alia.

Augenblicklich schloss sie die Arme um ihn und presste das Gesicht in seine Halsbeuge. »Schläfst du immer so?«, flüsterte sie.

Er sog ihren süßen Duft ein. »Du warst ja nicht da. Also musste ich mit der Greifin und Chadrik kuscheln.«

Sie gab einen amüsierten Laut von sich.

»Es war das erste Mal, dass ich so geschlafen habe«, erklärte er dennoch.

»Kuschelst du sonst mit Durak?«, wisperte sie belustigt.

19

Er schmunzelte in ihr Haar. »Bislang nicht, aber das kann ja noch werden.« Dann betrachtete er sie. »War es heute wirklich ungefährlich?«

»Bin niemandem begegnet.«

»Das ist gut?«

»Wenn man klaut? Klar, natürlich.« Sie blickte an Yerads Schulter vorbei. »Guten Morgen, Chadrik.«

»Morgen«, brummte Chadrik. »Wie spät ist es?«

»Gegen sieben, denke ich. Es dämmert schon.«

»Also Aufstehzeit.« Chadrik rutschte neben Yerad und sah ihn an: »Was ist mit dir? Müde?«

»Ja, aber ich bezweifel, dass ich wieder einschlafe.«

Sie schlichen aus der Kammer, wo das Tier vermutlich noch ein bis zwei Stunden schlummerte. Dass die Greifin überhaupt eingeschlafen war mit Chadrik und Yerad so nah bei sich, bewies, dass sie zumindest ihnen beiden vertraute. Das musste doch auch mit anderen Rebellen möglich sein. Durak zum Beispiel. Yerad hatte sogar eine Idee, wie. Nur wusste er schon jetzt, dass Durak sie hassen würde.

Als sie an dem Gang, der zur Badehöhle führte, vorbeikamen, lief Chadrik schnurstracks weiter. Yerad wollte gerade Bescheid geben, dass er sich vor dem Frühstück waschen würde, da sah er die vielen Leute. »Ist das Gedränge vor der Badehöhle morgens normal?«, wunderte er sich. Er hatte sich sonst immer erst nach der Fütterung der Greifin hierher begeben und da war kaum etwas los gewesen.

»Meistens«, entgegnete Chadrik nur.

»Viele sind's von ihrem früheren Leben gewohnt, sich gleich nach dem Aufstehen frischzumachen«, erklärte Alia und gähnte. »Sie behalten ihre alten Abläufe einfach bei.«

»Wie lange warten die denn da?«, fragte Yerad.

»Zu lange.« Chadrik stoppte am Bach, wo er die Finger ins Nass tauchte und sein Gesicht benetzte. Dabei sog sich Wasser in seine langen Ärmel.

Yerad wunderte sich, warum Chadrik das Hemd nicht hochgekrempelt hatte, als ihm bewusst wurde, dass er den Freund noch nie mit nackten Armen gesehen hatte.

Unvermittelt drückte Alia Yerad einen flüchtigen Kuss auf den Mund und unterbrach damit seine Gedanken. »Bis später«, hauchte sie. »Und viel Spaß beim Armbrustschießen.«

Das hatte Yerad ja ganz verdrängt! Offenbar reagierte er mit einem äußerst entsetzten Gesicht, denn Alia lachte auf und Chadrik murrte: »Musstest du ihn vor dem Frühstück daran erinnern?«

»Tschuldige«, entgegnete Alia, wobei sie nicht im Mindesten so klang, als täte es ihr tatsächlich leid, und zog in Richtung ihrer Kammer ab.

Während Yerad sich ebenfalls vor den Bach hockte, gab er sich alle Mühe, seine Mimik unter Kontrolle zu bringen. Er wusch sein Gesicht mit dem eisigen Wasser, fröstelte.

»Immerhin diskutierst du diesmal nicht«, sagte Chadrik, als Yerad sich erhob.

Yerad presste die Lippen zusammen, um nicht doch noch damit anzufangen.

Mit dem Kopf deutete Chadrik Richtung Saal und sie begaben sich dorthin. Sie fanden Durak bei den Tischen, auf denen sich das Essen türmte.

»Verbringt ihr zwei jetzt schon die Nacht miteinander?«, begrüßte er sie. Ein Kommentar, der einige Umherstehende befremdet aufblicken ließ, was Durak in keiner Weise kümmerte. »Wie findet das Elsterchen das eigentlich? Sie ist doch zurück, oder?«

»Ist sie«, antwortete Chadrik. »Und es stört sie nicht.«

Yerad sah von seinem Teller hoch, auf den er sich ein paar Datteln gelegt hatte. »Du hast zugehört, Chadrik?«

»Ich bin nicht taub.«

Angestrengt versuchte Yerad, sich an den genauen Wortlaut des Gesprächs mit Alia zu erinnern, als Chadrik bereits weiterredete: »Übrigens, Durak: Alia hat auch nichts dagegen, wenn *du* mit Yerad kuschelst.«

»Das will ich hoffen«, gab Durak zurück. »Wir haben die Prinzessin schließlich zuerst gefunden.«

Die anderen Leute guckten nun überdeutlich weg. Yerad konnte sich lebhaft vorstellen, wie manche von ihnen diesen Wortwechsel deuteten.

Vor ein paar Monaten hätte Yerad eine solche Situation zu entschärfen versucht oder zumindest den Mund gehalten. Aber das war im Barri-Al-Noble gewesen, wo er jede Form des Auffallens hatte vermeiden müssen. Nun machte er sich einen Spaß daraus, Öl ins Feuer zu gießen: »Mit Durak kuscheln ist mir jedenfalls lieber als das, was Chadrik nachher mit mir vorhat.«

»Tja, Mäuschen. Da hättest du dich letzte Nacht wohl mehr ins Zeug legen müssen«, setzte Durak noch einen drauf, woraufhin einer Frau die Kelle in den Topf mit dem Getreidebrei platschte. Er grinste sie an und ging dann fröhlich pfeifend zu ihrem Stammplatz.

Als Chadrik und Yerad sich wenig später mit vollen Tellern und Schüsseln zu ihm gesellten, hatte Durak bereits die Hälfte gegessen. »Und?«, fragte er. »Wo wart ihr wirklich?«

»Chadrik ist bei der Greifin eingeschlafen.«

»Das machst du in letzter Zeit öfter, Mäuschen. Willst du nicht gleich deine Matratze da rüber schleifen?«

Der Angesprochene schüttelte den Kopf. »Bin ganz schön oft aufgewacht. Ich wusste gar nicht, dass die Greifin im Schlaf so viel Krach veranstaltete.«

Mit gerunzelter Stirn fragte Yerad: »Was für Krach?«

Chadrik verharrte mit dem Löffel in der Luft. »Ich werd die Geräusche jetzt nicht nachmachen.«

Durak lachte. »Warum denn nicht?«

»Sie war laut. Wenn du's nicht glaubst, versuch du mal, da zu schlafen. Und dann hat sie noch die ganze Zeit gezappelt.«

»Ich wühl doch auch.«

»An dir lehne ich nachts aber nicht.«

Duraks Fröhlichkeit war mit einem Mal fort. »Du hast *was* gemacht?« Anschließend schoss sein Blick zu Yerad. »Kannst du ihn nicht von so nem Unfug abhalten, Prinzessin?«

»Na ja ...«, machte Yerad. »Ich hab ebenfalls an ihr gelehnt.«

»Ich glaub's nicht. Die obstfressenden Batadersüchtigen teilen also auch den Hang zu selbstmörderischen Schlafplätzen. Wenn ich's mir recht überleg, könnt ihr beide zur Greifin ziehen. Bevor ihr eure nächtliche Abenteuerlust in unserer Kammer auslebt und *ich* am Ende hopsgehe.«

Einen Moment war nur das Schaben und Kratzen ihres Bestecks zu hören. Yerad sah sich um. Ihm war lieber, wenn niemand sonst hörte, was er Durak vorschlagen wollte. Doch alle anderen hatten sich in der Nähe des Essens niedergelassen. »Apropos Greifin«, sagte Yerad gedehnt. Durak regte sich sowieso gerade auf. Da konnte er ihn auch gleich um den Gefallen bitten, von dem er genau wusste, dass der Freund ihn verabscheute. »Ich bräuchte dich nachher bei ihr, Durak.«

»Wozu?«

»Du müsstest ...« Yerad überlegte, wie er es ihm am schonendsten erklärte.

Fragend lugte Durak zu Chadrik, doch der hob die Schultern. Abermals fixierte er Yerad. »Krieg ich heut noch ne Antwort?«

Yerad fiel einfach keine schonende Herangehensweise ein. Blieb also nur der direkte Weg: »Ich möchte, dass du den Kreis betrittst.«

Durak machte ein ähnliches Gesicht wie die Frau, der vorhin die Kelle in den Topf gefallen war. »Du meintest wohl *apropos hopsgehen*«, zischte er. »Soll das ein Witz sein? Ist kein besonders guter, Prinzessin.«

»Ist auch keiner«, bekräftigte Yerad und schwieg, um Durak Zeit zu geben, die Nachricht zu verdauen.

Durak wollte diese Zeit offenbar nicht. »Und was bezweckst du damit, mich in die Todeszone zu schicken?«

›*Todeszone?*‹ *Ein bisschen übertrieben.* Insbesondere da noch niemand innerhalb des Kreises zu Tode gekommen war. »Sobald wir die Ketten der Greifin lösen, ist hier jeder Winkel potentiell gefährlich. Ich denke, es ist schlauer, ihr vorher zu zeigen, dass wir ihr vertrauen. Und bei dir bin ich mir sicher, dass sie dir nichts tut. Sie mag dich.« Die einzige andere Person, bei der er diese Sicherheit empfand, war Alia. Nur wenn er Durak schon nicht dazu bewegen konnte, diesen Schritt zu tun, wie sollte er es bei ihr schaffen?

Durak schnaubte. »Wenn sie mich wirklich mag, ist das Ganze eh unnötig. Weil sie mich so oder so nicht frisst.«

Yerad rieb sich das Gesicht. »Das stimmt vermutlich sogar.«

»Dann ist doch alles bestens.«

»Es geht aber nicht nur darum, dass die Greifin dich nicht frisst. Sie muss später auch bleiben. Und das wird nicht passieren, wenn sie das Gefühl hat, hier unerwünscht zu sein. Sie muss wissen, dass wir ihr vertrauen. Nicht nur Chadrik und ich, sondern idealerweise jeder.« Wie er das in Bezug auf Rabe hinbekommen sollte, darüber machte er sich jetzt besser keine Gedanken.

Durak war still. Dann entfuhr ihm ein missmutiges »Verdammt«. Er sah Yerad fest an. »Ich mach den Bockmist, Prinzessin. Aber wenn ich mich bei so was zusammenreißen kann, tust du das gefälligst beim Armbrustschießen. Kein Genöle mehr deswegen. Nicht heute und auch nicht den Rest der Woche.«

»Welchen Tag haben wir?«

»Dienstag. Hab ich dein Wort?«

»Hast du«, versprach Yerad. Wenn er sich damit Duraks Hilfe zusichern konnte, war er gerne bereit, sich mit seinen Äußerungen zurückzuhalten. Das hatte er früher schließlich ständig getan.

Von der Seite sagte Chadrik lächelnd: »Gute Idee, Durak.«

»Für dich immer, Mäuschen. Sieh du nur zu, dass du ihn bis nächste Woche so weit hast, dass er keinen Grund mehr hat, sich zu beklagen. Und, Prinzessin?«

Yerad schluckte den Getreidebrei herunter, den er sich gerade in den Mund geschoben hatte. »Ja?«

»Wann soll's losgehen?« Ihm war anzusehen, dass er sich beherrschte, das Vorhaben nicht mit Schimpfworten zu umschreiben.

»Am besten nach der Fütterung. Dann ist sie entspannt und träge.«

»Wir treffen uns um neun vor der Küche. Ich helf dir beim Schleppen von dem ganzen Zeug und du erklärst mir, wie ich den ...« Durak unterbrach sich. »... was ich beachten muss.«

2

Yerad

Nach dem Frühstück schlief die Greifin noch immer tief und fest, weshalb Chadrik auf eine erste Übungseinheit mit der Armbrust bestand. Yerad entging nicht, wie Durak ihn bei der Verkündung musterte. Als ginge er davon aus, dass Yerad bereits innerhalb von einer viertel Stunde sein Wort brach.

Stumm folgte Yerad Chadrik in den an den Saal angrenzenden Höhlenraum, wo gestern die Männer mit den Holzschwertern gekämpft hatten. Durak kam mit ihnen.

Yerad unterdrückte ein Augenrollen. »Wartest du jetzt darauf, dass ich mich doch beklage, damit du nicht zur Greifin musst, Durak?«

»Das auch. Und ich bin neugierig, wie du dich anstellst.«

»Ich hab nur versprochen, mich nicht über das Üben mit der Armbrust zu beschweren«, erinnerte Yerad ihn. »Davon, dass du dabei zuschaust, war keine Rede.«

Chadrik hielt bereits eine Armbrust in den Händen. Mit einem Seitenblick zu Durak sagte er: »Du lenkst ihn ab«, woraufhin sich Durak zumindest an den Rand begab.

Chadrik wirkte alles andere als zufrieden.»Kannst du nicht gehen, Durak?«

Aus Duraks Richtung kam nur ein »Nö«.

Chadrik gab es auf und streckte Yerad die Waffe entgegen. »Für dich.«

»Ich soll sie nehmen?«

Chadrik nickte. Auf Yerads Zögern fügte er hinzu:»Sie ist weder gespannt noch geladen. Damit verletzt du niemanden.«

»Es sei denn«, kam Duraks Einwand von der Seite,»du haust sie jemandem auf den Kopf.«

Ohne den Blick von Yerad abzuwenden, murrte Chadrik: »Hast du nichts zu tun, Durak?«

»Nichts Dringendes«, antwortete er fröhlich.

Chadrik schob die Armbrust mit Nachdruck gegen Yerads Brust.

Zögerlich schlossen sich Yerads Finger um die Waffe.»Kann ich da auch nichts beschädigen?«

»Nein.«

»Es sei denn«, wiederholte Durak,»du haust sie jemandem auf den Kopf.«

Chadrik schnappte:»Vielleicht nimmt er ja gleich deinen Dickschädel, Durak.«

Unbehaglich hielt Yerad die hölzerne Apparatur fest, ohne recht zu wissen, wie er es am besten anstellen sollte.»Und nun?« Als Chadrik nicht sofort antwortete, sah Yerad auf.

Der Gesichtsausdruck seines Freundes war irgendwo zwischen Unglauben und Verzweiflung.»Dir ist klar, dass die Armbrust nicht beißt?«

Von Durak drang ein belustigtes Schnauben.

Weder Chadrik noch Yerad kommentierten es. Sie blickten einander nur wortlos an. Yerad, da er nicht wusste, was er machen sollte. Außer, die Waffe festzuhalten, die er gar nicht wollte. Und Chadrik, da er allem Anschein nach mit sich rang, ob er das Ganze vielleicht doch unterlassen sollte.

Schließlich deutete Chadrik auf eine Stelle neben Durak. »Setz dich da hin. Mit der Armbrust. Und dann guckst du dir das Ding von jeder Seite so lange an, bis du es aus dem Kopf malen kannst.«

Yerad vermied es, Chadrik mitzuteilen, dass sich seine Malkünste darauf beschränkten, Greifenfedern bunt zu verzieren, und setzte sich zu Durak.

»Ich geh in die Badehöhle«, teilte Chadrik mit. »Da Durak Zeit hat, bleibt er solang bei dir.« Ohne auf eine Entgegnung zu warten, verließ Chadrik die Kammer.

Yerad sah zur Tür, durch die der Freund verschwunden war. »Offenbar stell ich mich um einiges dämlicher an, als er erwartet hat.«

»Offenbar«, stimmte Durak amüsiert zu.

Yerad drehte die Armbrust in den Händen. »Wenn Chadrik wirklich will, dass ich ihm das Ding nachher aufmale, ist er noch genervter. Ich kann nicht malen.«

»Ich glaub nicht, dass Mäuschen das verlangt. Der will nur, dass du die Armbrust nicht behandelst, als würd sie jeden Moment explodieren.«

»Aha«, murmelte Yerad und versuchte sich an den Gedanken zu gewöhnen, dass es normal war, eine Waffe in der Hand zu halten. Er konnte sich nicht vorstellen, dass das jemals passieren würde. Doch in letzter Zeit waren eine ganze Menge Dinge geschehen, deren Eintreten er niemals für möglich gehalten hätte, und nun waren sie alltäglich für ihn.

Es dauerte bestimmt eine halbe Stunde, bis Chadrik zurück war. Jedenfalls kam es Yerad so vor, was möglicherweise daran lag, dass er sich mit der Armbrust auf dem Schoß nicht besonders wohlfühlte.

Im Vergleich zu vorhin wirkte Chadrik deutlich entspannter.

»Und?«, fragte er Yerad. »Hast du dich mit der Armbrust angefreundet?«

»Angefreundet nicht«, übernahm Durak das Antworten. »Aber zumindest fasst er die Waffe nicht mehr mit spitzen Fingern an.«

Mit einem Kopfnicken bedeutete Chadrik Durak, dass er gehen konnte, was dieser tatsächlich tat. Dann nahm Chadrik ein seltsames hölzernes Ding aus einem Regal und setzte sich neben Yerad. »Heute üben wir nur das Spannen der Armbrust. Du wirst keinen Bolzen einsetzen, also ist es für dich relativ ungefährlich.«

»*Relativ*?«, wiederholte Yerad.

»Falls du's schaffst, dir die gespannte Sehne gegen die Finger schnappen zu lassen, kann's gefährlich werden.«

»Kann ich mir etwa die Finger brechen?«

»Ja, kannst du. Deshalb haben deine Finger hier auch nichts zu suchen.« Chadrik deutete auf den oberen Bereich der Armbrust. »Und nun pass auf.«

Chadrik ließ Yerad erst gehen, als er selbstständig in der Lage war, die Armbrust zu spannen und außerdem schussbereit zu halten, was Yerad allerdings nie mit einer gespannten Armbrust hatte machen dürfen. So harmlos, wie Chadrik und Durak behauptet hatten, war die Waffe offenbar nicht einmal im ungeladenen Zustand.

Das Einsetzen und Abfeuern der Bolzen hatte stets Chadrik übernommen, denn die Sehne zurückschnappen zu lassen, ohne zu schießen, wäre schlecht für die Armbrust. Demnach konnte man die Waffe entgegen Chadriks vorheriger Aussage also doch recht leicht beschädigen.

Zum Schluss gab Chadrik Yerad eine Armbrust und verabschiedete ihn mit den Worten:»Bis morgen übst du das Zielen. Und achte auf deine Finger.«

»Ich soll mit der Armbrust in den Höhlen herumlaufen? Wie findet Rabe das denn?«

»Die hat keine Sehne«, gab Chadrik zurück, was Yerad nicht einmal aufgefallen war, und schob ihn regelrecht aus dem Übungsraum.

Yerad durchquerte den Saal, wobei er sich fühlte, als würde ihn jeder anstarren. Vor der Öllampenuhr hielt er kurz an, nur um festzustellen, dass es erst acht Uhr fünfzehn war. Er hätte schwören können, dass es schon deutlich später war. Eilig lief er weiter und hätte dabei fast jemanden umgerannt, wäre sein Gegenüber nicht geistesgegenwärtig zurückgesprungen.

Mirella richtete sich vor ihm auf und murmelte etwas, das mit viel Fantasie eine Begrüßung sein könnte. Ihr Blick klebte an der Armbrust. Sie runzelte die Stirn.

»Chadrik will, dass ich damit übe«, erklärte Yerad sich, da ihm plötzlich bewusst wurde, wie das wirken könnte, wenn er mit der Waffe in der Hand durch die Gänge rannte. Zumal Mirella ja gestern nicht einmal am Tisch gesessen hatte, als Chadrik ihm dies mitgeteilt hatte.»Ich hab die Armbrust nicht gestohlen.«

»Hätt ich von dir auch nicht gedacht. Außerdem stand ich neben Rabe, als Chadrik ihn gefragt hat, ob du Armbrustschießen lernen darfst. Ich wunder mich nur, dass Chadrik dir das Ding mitgibt und nicht selbst mit dir übt.«

»Sie hat keine Sehne und Chadrik hat gesagt, dass die Armbrust so ungefährlich ist.«

»Ist mir aufgefallen«, erwiderte sie, wirkte allerdings noch skeptisch.

Yerad verlagerte das Gewicht und überlegte kurz, ob er ihr den Grund verschweigen sollte, aber Mirella würde es spätestens von ihren gemeinsamen Freunden erfahren. Da konnte er es ihr auch gleich sagen. »Chadrik ist etwas genervt von mir. Weil ich mich nicht besonders gut anstelle mit der Armbrust.«

»Oh.« Ihre gerunzelte Stirn glättete sich. »Von mir sind Durak und Chadrik bereits seit Wochen genervt, weil ich zu blöd bin, mir irgendwelche Geheimzeichen zu merken.«

Überrascht ob der Offenheit blinzelte Yerad.

»Aber mit der Armbrust komm ich ganz gut zurecht. Ich kann dir helfen«, bot sie an.

Yerad war zu überrumpelt, um sofort zu reagieren.

»Natürlich nur, wenn du willst«, ergänzte sie hastig.

»Gerne«, beeilte sich Yerad, zu sagen, ehe sie es sich anders überlegte. Und so saß er gleich darauf mit Mirella auf der Bank vor der Greifenkammer, da das Tier noch schlief und Mirella beteuerte, keinen Hunger zu haben.

Ihm fiel auf, dass er über ihre Anwesenheit zum ersten Mal dankbar war. Zwar hatte sie sich seit ihrer Aussprache damals um ein gutes Verhältnis mit ihm bemüht, doch Yerad hatte die gemeinsame Zeit stets so kurz wie möglich gehalten, was auch die Momente einschloss, in denen Mirella bei der Greifin gewesen war. Wenngleich sich das Tier nicht mehr aufgeregt hatte, war es Yerad so vorgekommen, als ignorierte es sie. Wahrscheinlich sollte er Mirella in den nächsten Tagen etwas länger bei der Greifin ausharren lassen. Nur um sicherzugehen, dass Mirella Yerads Vorbehalte nicht mit dem Leben bezahlte, sobald die Ketten gelöst wurden.

Wieder und wieder richtete Yerad unter Mirellas wachsamem Blick die Armbrust auf imaginäre Ziele, bis sich die Bewegungen tatsächlich nicht mehr gänzlich falsch anfühlten. Und seine Finger sich nicht ständig in gefährliche Positionen mogelten.

»Siehst du«, merkte Mirella an. »Es wird. Wenn du das morgen genauso hinkriegst, ist Chadrik bestimmt nicht genervt.«

Es war schon erstaunlich, dass ihm ausgerechnet mit Mirella gelungen war, woran er mit Chadrik gescheitert war. Vielleicht weil er sich bei ihr keine Sorgen machte, sie zu enttäuschen.

»Danke«, sagte er.

Sie nickte und wies mit dem Kopf zur Seite. »Langsam bekomm ich allerdings Hunger.«

Mirella

Als Mirella dem Saal entgegenlief, hatte sie zum ersten Mal den Eindruck, dass ihr Verhältnis zu Yerad nicht unrettbar zerstört war. Zum ersten Mal hatte es sich in seiner Anwesenheit nicht angefühlt, als zählte er die Minuten, bis er sie los war.

Sie war nicht so naiv, anzunehmen, dass sie jetzt Freunde wurden. Aber vielleicht schafften sie es, so etwas wie gute Bekannte zu werden.

Sie näherte sich den Tischen, wo das Essen immer stand, und stellte fest, dass das meiste schon abgeräumt war. Es gab lediglich ein paar klägliche Brotreste, die vermutlich sowieso nicht schmeckten, und eine Schüssel mit Erdnüssen, die noch niemand aus ihrer Schale befreit hatte.

Also gibt es heute Erdnüsse. Sie nahm sich gleich das ganze Gefäß. Viele waren ohnehin nicht übrig.

»Na, Schlafmütze«, erklang Duraks Stimme hinter ihr.

»Morgen, Durak. Hab ich jetzt etwa nen neuen Spitznamen?«

Er lächelte, ehe er den Kopf schüttelte. »Das halt ich eh nicht durch.« Dann deutete er mit dem Kinn auf Mirellas Frühstück. »Willst du nicht lieber was Ordentliches?«

»Hast du was zurückbehalten?« Sie lugte an ihm vorbei zu ihrem Stammplatz, aber der Tisch war leer.

»Denkst du, das wär noch da, wenn ich's da unbeaufsichtigt gelassen hätt? Setz dich, ich hole es.«

Sie stellte die Schüssel zurück und nahm sich lediglich eine Handvoll Erdnüsse heraus, die sie aus der Schale pulte, während sie auf Durak wartete. Als sie das Frühstück erblickte, das er für sie gesichert hatte, war sie heilfroh. »Du bist ein Schatz, Durak.«

»Reiner Selbstschutz.« Er setzte sich ihr gegenüber. »Hungrige Frauen sind unausstehlich.«

Mirella wollte ihm unter dem Tisch einen Tritt versetzen, doch er schaffte es irgendwie, auszuweichen.

»Siehst du: Es geht schon los mit der Unausstehlichkeit.«

Kopfschüttelnd grinste Mirella und probierte den süßen Getreidebrei, der mit reichlich Zimt und Rosinen verfeinert war.

»Sobald das Elsterchen wach ist, sollen wir übrigens zum Obervogel.«

»Hat er gesagt, wieso?«

»Du weißt ja, wie gesprächig er ist. Da er uns zu viert sehen will, tipp ich allerdings auf nen Auftrag.«

Schlagartig breitete sich ein flaues Gefühl in Mirellas Magen aus. Seit dem Desaster in der Kaninchenfarm geschah das jedes

Mal, wenn sie von Rabe nach draußen geschickt wurden. Dabei waren sämtliche Missionen danach reibungslos abgelaufen.

Irgendwann geht's trotzdem wieder schief, ätzte die Stimme in ihrem Kopf.

»Alles in Ordnung, Feuerschopf?«

»Hm«, machte sie, was nicht einmal annähernd wie eine Zustimmung klang. Sie zwang sich, weiterzuessen.

»Feuerschopf?«

Duraks besorgter Tonfall ließ sie den Blick heben. Er konnte ja nicht ahnen, was sich in ihrem Inneren abspielte. Erstmals fragte sie sich, ob es vielleicht schlauer war, jemanden einzuweihen, so oft, wie sich die Stimme bereits zu denkbar ungünstigen Zeitpunkten gemeldet hatte. Und Durak war derjenige, mit dem sie bei den Aufträgen am engsten zusammenarbeitete, und demnach der perfekte Kandidat für solch eine Beichte. Doch die Worte krallten sich in ihrer Kehle fest. »Ich hab nur Angst, weil ich nicht weiß, was auf uns zukommt.«

»Klar.« Sie konnte ihm ansehen, dass er sich vornahm, ihr eine derartige Information nächstes Mal so spät wie möglich zu überbringen.

Und obwohl sie dies wusste, sagte sie ihm nicht, dass er sie nicht schonen musste. Weil sie schwach war.

Und verrückt, kicherte die Stimme.

Mirella zwang einen weiteren Happen in ihren Mund.

Durak beobachtete sie schweigend. Er schien zu ahnen, dass sie ihm nicht alles erzählt hatte.

Sag's ihm einfach!, beschwor Mirella sich. Vielleicht konnte er ihr sogar helfen. Stumm rührte sie in ihrem Brei und verfolgte mit den Augen, wie die Rosinen ihre Bahnen zogen.

»Kann ich dir was anvertrauen, was du den anderen nicht

verrätst?«, fragte sie leise, damit niemand sonst sie hörte. Wobei da wenig Gefahr bestand. Sie waren nahezu allein im Saal und die paar restlichen Anwesenden befanden sich nicht in ihrer Nähe.

Er nickte, sah aber noch besorgter aus.

Sie kratzte ihren Mut zusammen und sagte geradeheraus: »Ich verliere den Verstand.«

Er verengte die Augen. »Wieso das denn?«

»In meinem Kopf ist manchmal ne fremde Stimme, die sich über mich lustig macht.«

»Nur eine?«, fragte er und sie dachte, sie hätte sich verhört.

»Nicht meine eigene, falls du das denkst.«

»Das hab ich schon verstanden, als du ›fremde Stimme‹ sagtest«, entgegnete er ruhig. Irgendwie schien ihn ihr Geständnis in keiner Weise zu alarmieren. Im Gegenteil.

»Und wieso reagierst du, als sei das normal?« In ihren Augen war es das nämlich ganz und gar nicht.

»Ungewöhnlich ist es jedenfalls nicht.«

Sie war so verdattert, dass sie Durak einen Moment anstarrte. »Wie soll so was *nicht* ungewöhnlich sein? Ich hab früher nie fremde Stimmen in meinem Kopf gehört. Das ging erst los, nachdem ...« Sie verstummte, als sich das Bild von der roten Blüte in ihre Gedanken schob. Von Sendro, der auf die Knie fiel. Die Stimme kicherte höhnisch, Mirellas Mund war so trocken, dass sie kein Wort hervorbrachte. Sie griff nach dem Stein ihrer Kette.

»... nachdem du zusehen musstest, wie sie starben, richtig?«

Sie vollbrachte ein abgehacktes Nicken.

»Das ist deine Art, damit klarzukommen. Mach dich nicht fertig deswegen.« Durak strahlte eine Zuversicht aus, die sie nicht teilte.

»Woher weißt du das?«, wisperte sie. »War das bei dir genauso, als deine Familie ...?«

Zu ihrer Überraschung nickte er. »Bei mir waren's drei. Immerhin war eine von denen nett. Und falls es dich tröstet: Mir war's ebenfalls peinlich. Mäuschen ist der Einzige, der davon weiß.« Er neigte den Kopf. »Und jetzt auch du.«

Dass Mirella nicht allein mit einem derartigen Problem war, gab ihr tatsächlich ein wenig Hoffnung. »Hört das irgendwann auf?«

»Irgendwann schon. War jedenfalls bei mir so. Aber so lang liegt das bei dir ja nicht zurück. Also wirst du wohl noch ne Weile damit leben müssen.«

Mirella verzog das Gesicht. Sie würde das Ding lieber heute als morgen loswerden.

»Behandel die Stimme nicht wie nen Feind«, riet Durak ihr. »Das macht es leichter.«

3

Yerad

Als sich Yerad gegen neun Uhr beim Treffpunkt einfand, war Durak schon da. Gemeinsam betraten sie die Küche und wurden prompt vom Bratenduft umhüllt. Durak wirkte seltsam unsicher. »Die Greifin wird dir nichts tun«, versicherte Yerad dem Freund. Doch der Angesprochene runzelte nur die Stirn, als sei es etwas vollkommen anderes, das ihn nervös machte.

Eine der anwesenden Frauen wandte sich um. Als sie Durak entdeckte, verfinsterte sich ihr Gesicht.

Von der Seite drang Duraks Aufstöhnen, als die Fremde schon näher stürmte. »Musst du deinen neuen Freund ausgerechnet hierherschleifen?«, fauchte sie ihn an.

»Wenn ich mitkomm, konzentrierst du dich wenigstens auf mich«, gab er ruhig zurück.

Der Blick, den sie kurz in Yerads Richtung schoss, ließ ihn zurückweichen.

»Deshalb schleif ich ihn her und schick ihn nicht allein, Khadra.« Duraks Augen wanderten tiefer, zum Bauch der Frau, woraufhin sie noch wütender aussah.

»Ich bin nicht schwanger, wenn das deine Sorge ist.«

»Gut.« Bevor Khadra erneut etwas fauchen konnte, fuhr Durak fort:»Wir sind hier, weil wir Futter für die Greifin brauchen.«

Ihr prüfender Blick ging zu Yerad, der sich beherrschte, nicht weiter nach hinten zu gehen, und zurück zu Durak.»Seit wann kümmert *ihr* euch darum?«

»Seit die Prin... Seit Yerad kein Gefangener mehr ist.«

»Aha«, machte sie und rauschte davon.

Irritiert blickte Yerad ihr hinterher, bis sie durch eine Tür verschwand.»Holt sie jetzt das Futter?«

»Ich hoff's.«

Die anderen Küchenfrauen warfen verstohlene Blicke zu ihnen. Yerad betete, dass Khadra bald auftauchte, damit diese unangenehme Situation ein rasches Ende fand. Doch die Zeit floss träge dahin, während sie zum Ausharren verdammt waren.

Endlich kam Khadra zurück. Mit einem großen Sack, der ziemlich schwer zu sein schien, was Yerad Mut machte, dass sie tatsächlich das Futter für die Greifin besorgt hatte. Sie drückte ihm den Sack in die Hand.»Hier«, zischte sie. Derart garstig, dass selbst Zinebs gewöhnlicher Tonfall vergleichsweise harmlos klang.

Yerad zuckte nur deshalb nicht zusammen, weil er auf ihre Unfreundlichkeit gefasst gewesen war.»Danke für das Futter«, rang er sich ab, was ihm einen weiteren finsteren Blick ein-brachte.

»Khadra, bitte«, drängte Durak.»Er wird ab jetzt jeden Tag das Futter für die Greifin holen. Willst du ihn immer so mies behandeln?«

»Ich hab ihn nicht mies behandelt!«

»Ich glaub, das sieht er anders.«

Khadra machte eine wegwerfende Handbewegung. Dann fixierte sie Yerad. »Du kommst morgen alleine. Ich will Durak hier nicht sehen. Yerad, stimmt's?«

»Ja«, antwortete er hastig.

»Khadra«, stellte sie sich überraschenderweise sogar vor und deutete Richtung Tür. »Und nun verschwinde! Ich hab zu tun.«

Durak schulterte den Sack und war trotz der Last so schnell vor der Tür, dass Yerad Schwierigkeiten hatte, Schritt zu halten. »Ich sag's ja«, murmelte er, nachdem Yerad die Tür zur Küche verschlossen hatte, »sei froh, dass das Elsterchen nicht so ist.«

»Warst du etwa mit Khadra ...?« Yerad unterbrach sich. Irgendwie konnte er sich nicht vorstellen, dass er mit diesem Gedanken richtig lag. Wer verliebte sich schon in eine derart unausstehliche Frau?

»War ich«, sagte Durak. Auf Yerads überraschten Blick fügte er hinzu: »Khadra kann auch nett sein. Ich glaub allerdings nicht, dass *du* das so bald erleben wirst. Du hast den Fehler gemacht, dich mit mir anzufreunden.«

»So viel Zeit werd ich mit ihr ja nicht verbringen.«

Den Sack Stroh und den Eimer für das Wasser bekamen sie immerhin von freundlichen Leuten.

»Und?«, fragte Durak, während sie auf dem Weg zur Greifenkammer waren, »was muss ich gleich beachten?«

»Sag du es mir«, verlangte Yerad.

Durak verzog die Lippen, begann aber trotzdem mit der Aufzählung: »Keine hektischen Bewegungen, keine Waffen ziehen, mit ihr reden ... Mehr fällt mir nicht ein.«

»Du kennst ihr Warngeräusch?«

»Ja. Dann bleib ich auf der Stelle stehen.«

Vor der Greifenkammer legte Durak sein Messer auf die Bank, ehe sie sich zur Greifin begaben. Yerad umarmte das Tier. Wie immer, wenn er die Kammer betrat. Durak grüßte lediglich aus der Ferne, was die Greifin miauend erwiderte.

Anschließend holte Yerad den Wassereimer und leerte den Sack mit dem Futter in einer sauberen Ecke. Das Tier wartete geduldig, bis Yerad zurückgetreten war, und begann zu fressen. Unterdessen fegte Yerad den Mist zusammen, um ihn durch frisches Stroh zu ersetzen, und konnte damit auch ohne jede Eile weitermachen, als das Tier alles verschlungen hatte. Wenn er daran dachte, was für ein Theater das vor ein paar Wochen noch gewesen war. Nun ließ ihn die Greifin seine Arbeit verrichten und beobachtete die Prozedur entspannt von ihrem Platz aus, als hätte sie es nie anders gekannt.

Durak hingegen sah nicht ganz so entspannt aus. Als Yerad mit dem Saubermachen fertig war, winkte er den Freund heran.

Zögerlich trat Durak an die Linie. »Hallo, Greifin«, sagte er, obwohl er sie ja bereits vor der Fütterung begrüßt hatte.

Das Tier richtete sich auf, legte den Kopf schief und stieß ein fragendes Geräusch aus.

»Stimmt«, entgegnete Durak. »Zweimal begrüßen ist ein bisschen bescheuert.« Er holte tief Luft. »Ich würd gern näher zu dir kommen.«

Die Greifin neigte das Haupt auf die andere Seite, gab jedoch keinen Ton von sich.

Abermals atmete Durak heftig ein. »Bist du damit einverstanden?«

»Ik«, erwiderte sie derart schnell, als hätte sie nur auf diese Frage gewartet.

Yerad grinste. »Ich schätze, sie will dir gerade sagen, dass das überfällig ist.«

»Ik!«

Durak straffte sich. »Schon verstanden, ihr zwei.« Er überquerte die Linie. Mit langsamen und für seine Größe erstaunlich kleinen Schritten lief er weiter, bis er direkt vor der Greifin stand. Er musste den Kopf in den Nacken legen, um zu ihr aufzublicken.

Die Greifin gab ein leises Miauen von sich. Nun war sie es, die Durak zum wiederholten Male begrüßte. Abrupt senkte sie ihre Stirn gegen seine.

Kurz spannte sich Durak an, doch dann schien er einzusehen, dass sie ihm wirklich nichts tat, und legte seine Hände behutsam an ihren Hals.

4

Yerad

»Ich wurde nicht gefressen«, freute sich Durak zum bestimmt fünften Mal, seit sie die Greifenkammer verlassen hatten. Dabei schwang er den Sack mit dem Mist hin und her, dass Yerad fürchtete, alles würde herunterfallen. »Wo willst du eigentlich hin, Prinzessin?«, fragte er unvermittelt, da Yerad der Greifin zum Abschied lediglich gesagt hatte, dass er etwas erledigen musste.

»Zu Rabe.«

»Um ihm zu sagen, dass ich nicht gefressen wurde, stimmt's?«

»Das auch.« Wobei Yerad nicht sicher war, wie er Rabe das am geschicktesten mitteilte. Wenn der Mann glaubte, Yerad gefährde das Leben seiner Leute, wurde er bestimmt äußerst ungemütlich. Und Rabe war bereits im friedlichen Zustand mit Vorsicht zu genießen.

»Zum Obervogel musst du jetzt abbiegen, Prinzessin.«

»Ich weiß. Bis zum Mittag, Durak.«

»Bis nachher, Prinzessin.« Erneut schwang der Sack für Yerads Geschmack viel zu heftig. »Ich wurde nicht gefressen«, sang Durak vor sich hin.

Kopfschüttelnd blickte Yerad dem Freund nach. Egal, wie er es anstellte, er *musste* Rabe von Duraks Zusammenführung mit der Greifin berichten. Heute. Denn dass dem Mann das verborgen blieb, war ausgeschlossen, so, wie Durak sich benahm. Dann stand Yerad vor Rabes schmuckloser Tür und klopfte. Hoffentlich war der Rebellenanführer überhaupt anwesend.

»Herein«, erklang es von drinnen.

Yerad atmete einmal tief durch und trat ein.

»Yerad, wie praktisch«, begrüßte Rabe ihn. »Mit dir muss ich sowieso was klären.« Er blickte flüchtig von seinen Papieren auf, während er Yerad bedeutete, sich zu setzen. »Ich bin gleich so weit.«

Das Gleich zog sich, doch Yerad war nicht so verrückt, Rabe zu drängen. Auch wenn es ihm leidtat, dass die Greifin unnötig lange alleine war.

Schließlich schob der Rebellenanführer die Unterlagen zur Seite und sah Yerad an. »Was führt dich zu mir?«

Yerad hätte lieber zuerst gewusst, was Rabe von ihm wollte, aber da musste er sich wohl gedulden. »Es geht um die Greifin.«

»Tatsächlich?« Rabes Tonfall sagte überdeutlich, dass er davon ausgegangen war.

Zögerlich fuhr Yerad fort: »Ich denke, wir sollten sie bald befreien.«

»Sie ist schon so weit?«

»Ja.« Sie musste es sein, wenn ihre Flugmuskulatur nicht endgültig verkümmern sollte.

»Aber?«

»Bevor wir die Ketten lösen, müssen wir sie an die Menschen hier gewöhnen. Das verringert das Risiko, dass sie später einfach abhaut. Oder jemandem etwas tut.« Zumindest dachte sich Yerad das. Ein Greifenpfleger könnte das gewiss besser beurteilen, allerdings unterdrückte er derartige Hinweise inzwischen.

»Was soll das bedeuten? Sie weiß, was Menschen sind. Sie verbringt jeden Tag Zeit mit welchen.«

»Daran gewöhnen, sie sehr dicht bei sich zu haben«, präzisierte Yerad.

Einen Moment war Rabe still. »Willst du damit sagen, dass sich meine Leute alle in den Kreis stellen sollen, bevor wir ihr die Ketten abnehmen?«

Yerad nickte. »Und du auch«, benannte er das größte Problem bei dieser Angelegenheit.

Rabe öffnete den Mund und schloss ihn wieder. Schließlich fragte er mit gerunzelter Stirn: »Wird sie mich nicht sofort zerhacken?« Irgendwie schaffte er es, das in einem vollkommen neutralen Ton hervorzubringen. Als ginge es dabei um jemand Fremden.

»Das wissen wir erst, wenn du es getan hast.« Selbst Yerad klang emotionaler als Rabe und er wäre nur der Zuschauer und nicht derjenige, der mit dem gewaltigen Schnabel Bekanntschaft machen würde.

»Reizend.« Rabe rieb sich das Gesicht. »Erklär mir vorher mal, wie genau du die Greifin an die Menschen gewöhnen willst, auf die sie weniger feindselig reagiert als auf mich.«

Yerad schilderte ihm den Ablauf, der bei Durak funktioniert hatte. Allerdings ohne zu erwähnen, dass es bereits erfolgreich umgesetzt worden war.

»Das klingt so banal«, erwiderte Rabe.

Nun wäre der ideale Zeitpunkt, zu gestehen, zu was Yerad Durak vorhin getrieben hatte. Dennoch zögerte er.

Rabes Augenbrauen verengten sich. »Was verheimlichst du mir, Yerad?«

Ertappt senkte Yerad den Blick. »Diese banal klingende Methode«, begann er und zwang sich, Rabe anzusehen, »hat schon funktioniert. Heute nach der Fütterung. Mit Durak.«

»Du hast es fertiggebracht, Durak in den Kreis zu schicken?«

»Ich war mir sicher, dass sie ihm nichts tut. Sie hat ihn gern.« Rabe winkte ab. »Ich weiß, dass du nicht mit Duraks Leben spielst. Ich wundere mich nur, dass er da mitgemacht hat.«

»Na ja ... Ich musste ihm versprechen, mich den Rest der Woche nicht über das Armbrusttraining zu beschweren.«

Rabe schmunzelte. »Zumindest ist mir jetzt klar, warum er heute Morgen für Tuan Holz durch die Gegend geschleppt hat, anstatt sich um seine eigene Arbeit zu kümmern.«

»Tuan?«, fragte Yerad, der bislang nur von den wenigsten Rebellen die Namen kannte.

»Unser Schreiner. Er brauchte Holz für ein paar neue Möbel und Türen.«

Durak war derart nervös gewesen, dass er die Ablenkung durch andere Leuten gesucht hatte? Wobei es ihm sogar egal gewesen war, wer diese Leute waren, denn Yerad hatte nie zuvor von einem Tuan gehört. Wenn man bedachte, dass Durak die Greifin deutlich besser kannte als jeder weitere Rebell, dem diese Zusammenführung bevorstand, wie mochten dann erst die anderen reagieren? Yerad unterdrückte ein Seufzen.

»Du siehst nicht besonders glücklich aus, Yerad.«

»Wie viele Leute leben eigentlich in den Höhlen?«, fragte er, anstatt Rabes Feststellung zu kommentieren.

»Mit uns beiden sind es hundertsiebenundneunzig.«

Nun entwich ihm das Seufzen.

Ein schmales Lächeln schob sich auf Rabes Lippen. »Zu viel Arbeit für einen einzelnen Greifenreiter? Brauchst du vielleicht Unterstützung?«

»Nicht, wenn du dafür jemanden entführen musst«, gab Yerad entschieden zurück und biss sich auf die Zunge.

Wieder dieses knappe Lächeln und langsam bekam Yerad den Eindruck, dass es Rabe Spaß machte, ihn zu schockieren. »Ist es denn wirklich notwendig, dass jeder den Kreis betritt?«, wollte Rabe nun wissen. »Würde es nicht reichen, nur die Leute zu schicken, mit denen die Greifin ein Problem haben könnte? Ich meine, wenn sie *mich* nicht zerhackt, warum sollte sie jemanden töten, den sie noch nie gesehen hat?«

Da ist was dran ... Allerdings wusste Yerad nicht, wer zu den potentiell gefährdeten Menschen zählte. Abgesehen von Rabe natürlich. »Kannst du dich erinnern, mit wem die Greifin alles Kontakt hatte? Wenn wir die Zusammenkünfte auf diese Leute reduzieren, reicht das vermutlich wirklich.« Hoffentlich war deren Anzahl um einiges geringer.

»Erinnern nicht, aber das krieg ich raus«, antwortete Rabe mit einem Seitenblick zu einem mit Zetteln vollgestopften Regal. »Morgen, spätestens übermorgen, bekommst du ne Liste.« Abermals richtete sich sein Blick auf Yerad. »Gibt es außer mir jemand anderen, mit dem sie definitiv ein Problem hat?«

Yerad begann, die verschiedenen Leute, die ihn bewacht hatten, in Gedanken durchzugehen.

»Was ist mit Mira?«, unterbrach Rabe ihn schon nach Sekunden. »Sie hat mal erwähnt, dass die Greifin sie am liebsten verletzt hätte. Ist das immer noch so?«

»Ich bin mir nicht sicher. Mir kommt es so vor, als würde das Tier Mirella ignorieren und nicht akzeptieren.«

Ein gequälter Ausdruck huschte über Rabes Gesicht. »Tja, da müssen wir wohl durch«, sagte er mehr zu sich als zu Yerad.

»Mirella könnte die Greifin ein paar Mal besuchen, bevor sie in den Kreis geht«, schlug Yerad vor, was er ohnehin geplant hatte.

Rabe schien darüber nachzudenken. »Bislang sind neben dir nur Chadrik und Durak innerhalb des Kreises gewesen, korrekt?«

»Ja.«

»Heute wirst du diesbezüglich nichts weiter unternehmen. Du wirst mit niemandem über dieses Thema reden, auch nicht mit deinen Freunden.« Auf Yerads fragenden Gesichtsausdruck ergänzte er: »Ich benötige Mira und Alia nachher für nen Auftrag. Da kann ich es nicht gebrauchen, dass sie vorher Todesängste durchstehen und ihre Einsatzfähigkeit leidet.« Rabe stockte, ehe er in bestimmtem Tonfall fortfuhr: »Geh sofort zu Durak und sag ihm, dass er den Mund halten soll über sein Treffen mit der Greifin und dass so was bei anderen ebenfalls nötig ist.«

»Jetzt?«, fragte Yerad, irritiert wegen Rabes plötzlicher Anspannung.

Entschieden deutete Rabe zur Tür. »Ja, jetzt!«

Während Yerad sich hastig von seinem Platz erhob, hörte er Rabes Stimme hinter sich: »Danach kommst du zurück!«

Yerad lief in die Waffenkammer, wo er glücklicherweise auf Durak traf, der mit einem Stein an einer Säbelklinge schabte. Auf die gehetzt vorgetragene Erklärung entgegnete Durak schulterzuckend: »Natürlich hab ich mit niemandem geredet. Denkst du, ich will, dass jeder Schiss hat, als Greifenhappen zu enden?«

»Du hast die ganze Zeit vor dich hingesungen, dass du nicht von der Greifin gefressen wurdest«, erinnerte Yerad ihn.

»Na und? Jeder weiß, dass ich öfter bei dem Tier hocke. Nachgefragt hat keiner und falls die sich was gedacht haben, dann bestimmt nicht, dass du mich dazu gedrängt hast. Als du das heut Morgen gemacht hast, war doch keiner sonst in

Hörweite. Außer Mäuschen.« Durak kratzte sich am blanken Schädel und fügte hinzu: »Vielleicht solltest du das Mäuschen auch stecken. Ich glaub zwar nicht, dass er was sagt, aber –«

»Schon klar«, würgte Yerad ihn ab und rannte den langen Weg bis in die Kammer, wo Chadrik mit ein paar Männern Nahkampf übte.

Er kam wohl ziemlich laut durch die Tür gepoltert, denn Chadrik erblickte ihn sofort und unterbrach die Übungen, um zu ihm zu eilen. »Ist was passiert?«, fragte er und Yerad erklärte ihm die Situation im Flüsterton, damit die anderen nichts hörten.

»Hab nichts gesagt«, gab Chadrik die erhoffte Antwort und Yerad machte sich zurück auf den Weg zu Rabe. Dieses Mal in normalem Tempo, um wieder zu Atem zu kommen.

Als er schließlich bei Rabe auf den Stuhl sank, war er froh, Entwarnung geben zu können.

»Nächstes Mal stimmst du solche Dinge vorher mit mir ab. Das erspart uns allen unnötige Aufregung.«

Yerad nickte, erleichtert darüber, dass Rabe ihm das neutral mitgeteilt hatte und dieses Mal sogar ohne Drohungen ausgekommen war.

»Es ist vermutlich das Beste, wenn Mira und ich uns als Erstes der Greifin stellen. Wenn wir das überleben, dürfte der Rest ziemlich sicher sein.«

»Also soll Mirella vorher nicht mit Abstand zur Greifin?«

Rabe schüttelte den Kopf. »Da wir nicht gleichzeitig in den Kreis spazieren, wird das Tier wissen, dass es nur einen von uns töten kann. Falls es wirklich auf Blut aus ist, wird es sich für mich entscheiden.« Er presste kaum merklich die Lippen zusammen – der einzige Hinweis darauf, dass es ihm nicht egal war, als Greifenfutter zu enden. »Meinst du, es bringt was, die Greifin vorzuwarnen?«

»Bestimmt.« Sie würde ihren Frust an Yerad auslassen, hatte jedoch Zeit, sich an den Gedanken zu gewöhnen. Lieber hörte er sich eine Weile ihr Gezeter an, als zuzugucken, wie sie einen Menschen tötete. Sofern Letzteres nicht sowieso geschah ...

»Dann mach das. Aber so, dass niemand etwas davon mitbekommt. Auch nicht Chadrik und Durak. Du kannst ja warten, bis sie nachher weg sind.«

»Sind sie ebenfalls auf dem Auftrag?«

Rabes Bestätigung war wenig überraschend. Immerhin wurden die vier fast immer gemeinsam losgeschickt. Rabe fuhr fort: »Ich werde Mira informieren, wenn wir zurück sind.« Er verzog kurz das Gesicht. Offenbar freute er sich auf das Gespräch genauso sehr wie Yerad auf seines mit der Greifin. »Alles Weitere klären wir morgen. Ich komm auf dich zu, sobald ich Zeit habe. Bis dahin hab ich hoffentlich auch die Namen zusammen.«

»In Ordnung«, entgegnete Yerad. »Und was wolltest du von mir?«

Rabe lächelte. Vermutlich weil Yerad nicht hatte verhindern können, dass er nervös klang. »Eigentlich nur eine Information über die Greifin. Du hast mal gesagt, dass sie auf der Stelle fliegen kann. Schüttelflug oder so ähnlich hieß das doch?«

»Rüttelflug«, half Yerad.

»Wie viel Platz muss in der Höhe frei sein, dass sie das schafft?«

»Du meinst, wie viele Meter über dem Boden sie dafür braucht?«

»Zwischen dem Meer und einem Hindernis in der Luft«, konkretisierte Rabe.

Was für ein Hindernis soll denn über dem Meer in der Luft schweben? Und warum stellte Rabe ausgerechnet eine solche Frage?

Offenbar sah Yerad ziemlich ratlos aus, da Rabe weiterfragte: »Meinst du, zehn Meter reichen?«

»Das müsste ich ausprobieren. Sobald sie mit mir fliegt.«

»Aber du lehnst es nicht im Vorhinein ab?«

»Warum sollte ich? Ich habe wirklich keine Ahnung, ob das klappt. Ich bin auch noch nie mit einem Greifen im Rüttelflug geflogen.« Schnell fügte Yerad hinzu: »Die Zuchtgreifen aus Al-Lucant können das alle nicht. Daher lernt das kein einziger Greifenreiter in unserer Taifa.«

»Und ich brauche keinen weiteren Greifenreiter entführen oder was möchtest du mir sagen?« Rabe sah ihn prüfend an. »Nur so aus Interesse: In welchen Taifas gibt es denn Zuchtgreifen, die den Rüttelflug beherrschen?«

Unwillkürlich fragte Yerad sich, ob Rabe über die Kontakte verfügte, jemanden aus einer fremden Taifa zu entführen, oder ob das nur ein seltsamer Scherz war.

Rabes Mundwinkel hoben sich. »Keine Sorge, Yerad. Mit nur *einem* Greifen ist *ein* Greifenreiter für meine Zwecke ausreichend. Und so viel, wie das Tier frisst, will ich auch kein zweites haben. Zumindest vorerst nicht.«

5

Mirella

Alia erschien pünktlich zum Mittagessen. Im Gegensatz zu Mirella nahm sie Duraks Ankündigung, dass sie alle zu Rabe mussten, vollkommen gelassen auf. Sie fragte nicht einmal nach, während sie sich ihren Gemüseeintopf schmecken ließ. Allerdings sah Yerad ziemlich nervös aus.

Weil das Ganze für ihn genauso unerträglich ist wie für mich. Und er war hier zum Ausharren verdammt, was in gewisser Weise schlimmer war.

»Sagt ihr mir Bescheid, sobald ihr zurück seid?«, erkundigte sich Yerad.

Alia grinste ihn von der Seite an: »Nur, wenn du in der Zwischenzeit schläfst.«

Yerad verzog die Lippen. »Dann warte ich eben hinter dem Eingang, bis ihr kommt.«

»Hinter welchem?«, fragte Alia vergnügt, denn obwohl sie meist den Weg beim Wasserfall nahmen, so kehrten sie dennoch gelegentlich vom Steinstrand aus durch den Tunnel zurück.

Yerads Gesichtsausdruck wurde noch missmutiger.

Gerade als Mirella so weit war, ihm zu versprechen, dass *sie* ihm Bescheid gab, meinte Durak: »Entspann dich, Prinzessin. Wir melden uns doch immer bei dir. Das brauchst du uns nicht jedes Mal sagen.«

Wieder einmal überboten sich Mirella und Yerad bei dieser Mahlzeit im Schweigen. Weil sie beide nervös waren angesichts des bevorstehenden Auftrags. Mirella entging nicht, dass die anderen ihr zwischenzeitlich besorgte Blicke zuwarfen, aber niemand sagte etwas. Sie war regelrecht erleichtert, als sie nicht länger Essen in sich hineinzwängen musste, auf das sie ohnehin keinen Appetit hatte, und sie sich alle auf den Weg zu Rabe machten, um zu erfahren, was ihnen blühte.

In Rabes Kammer war Zarif anwesend, der sie freundlich begrüßte und zu Mirellas Überraschung blieb.

Da die Stühle nicht reichten, quetschten sich Alia und Mirella auf einen. Ein Umstand, über den Mirella sogar froh war, weil die Nähe der Freundin sie beruhigte. Als Alia nach Mirellas Hand griff und diese drückte, merkte Mirella erst, wie kalt ihre Finger sein mussten.

Rabes Blick ruhte kurz auf ihr, doch er sagte nichts. Er wusste, dass sie später funktionierte, wenngleich sie jetzt wie ein Häufchen Elend aussah. So war es schließlich seit der Kaninchenfarm bei jedem Auftrag gewesen. »Es gibt drei Wächter, die neu in der Gegend sind und uns Schwierigkeiten bescheren«, begann er ohne Umschweife. »Möglicherweise waren sie vorher im Barri-Al-Noble oder es sind sogar als Wächter verkleidete Gardisten. Ich bin ihnen vor ein paar Tagen auch begegnet und eine Weile gefolgt und für mich sehen sie nicht wie gewöhnliche Wächter aus. Schon wegen ihrer Waffen.«

Durak und Chadrik horchten auf. »Was ist mit ihren Waffen?«, fragte Letzterer.

»Jeder von ihnen hat zwei Säbel und eine Armbrust. Das allein ist für Wächter von dieser Flussseite seltsam.«

Durak nickte. »Normalerweise gibt es nur einen Säbel und nicht gleich zwei. Und Armbrüste rücken die nur bei besonderen Einsätzen raus. War zumindest früher so.«

»So, wie die anderen Wächter, denen wir begegnen, ausgestattet sind, ist das heute genauso«, sagte Rabe. »Außerdem sehen die Waffen recht hochwertig aus. Ich bin nicht nah genug an sie rangekommen, um sicher zu sein, aber wenn ich mich nicht total verguckt habe, sind die Griffe ihrer Säbel graviert, was eher für Gardisten spricht.«

Mirella schloss die Augen und befand sich wieder zwischen den Säulen, unter ihr die Gardisten. Die Spur aus blutroten Fußabdrücken, die betäubende Angst.

Das Kichern der Stimme setzte so urplötzlich ein, dass Mirella zusammenfuhr.

Alias warme Finger klammerten sich fester um Mirellas.

Rabe hatte aufgehört zu reden und schien zu warten, dass sie ihm zuhörte.

Oder dass du gleich in Ohnmacht fällst, freute sich die Stimme.

»Tschuldige«, murmelte sie, als sie die Augen aufschlug.

Er nickte und sprach weiter: »Sie sind auf der Suche nach uns und dabei nicht gerade zimperlich. Sie entführen Leute, von denen sie denken, dass sie in Kontakt mit uns stehen, und foltern sie, um Informationen über uns zu bekommen. In erster Linie geht's ihnen wohl darum, unser Versteck zu finden. Einige ihrer Entführungsopfer sind zwar anschließend wieder aufgetaucht, aber sie waren alle in einem miserablen Zustand.«

»Leben sie noch?«, fragte Alia.

Rabe antwortete nicht sofort. »Sie atmen.« So, wie er das sagte, war das kein Leben mehr. »Jedenfalls kann es so nicht weitergehen. Zum einen, weil wir unsere Kontakte an der Oberfläche brauchen. Zum anderen, weil ein paar von denen das Haus mit der Öffnung kennen, durch die wir die Lebensmittel werfen. Wenn sie diese Leute in die Finger kriegen, kommen sie auch an uns ran.«

»Aber durch das Loch passt doch niemand«, kam Mirella über die Lippen.

»Es gibt äußerst effiziente Methoden, Löcher zu vergrößern«, gab Rabe zurück. »Außerdem ... Sobald sie wissen, dass wir uns unter der Erde verbergen, kommen sie bestimmt auf die Idee, die Höhlen der Steilküste mit Greifen zu inspizieren. Dann dauert's nicht mehr lang, bis wir Gardisten und Wächter hier unten haben, und die wenigsten von uns können sich gegen ausgebildete Kämpfer wehren.« Er sah sie nacheinander entschlossen an. »Ich will die drei Männer beseitigen, bevor das passiert. Vermutlich werden sie neue schicken, aber vielleicht sind die ja nicht ganz so ehrgeizig. So oder so gewinnen wir Zeit. Nun zum Plan ...« Rabe machte eine Handbewegung, die sie alle einschloss, während er weitersprach: »Wir werden in dieser Konstellation gehen, weil wir dafür zu sechst sein sollten. Die Männer befinden sich nahezu jeden Abend im Schankraum von dem Gasthaus *Zum beschwipsten Greifen*. Lasst uns hoffen, dass sie heute auch dort sind.« Er blickte zu Mirella und Alia. »Ihr zwei macht ihnen schöne Augen und lockt nacheinander jeweils einen nach draußen.«

Alias Finger zuckten, Mirella versteifte sich. »Du willst, dass wir mit den Kerlen rummachen?«, entfuhr es ihr. Erst als sie

Zarifs Verblüffung registrierte, bemerkte sie, dass ihr Tonfall gegenüber Rabe alles andere als angemessen war.

»Setz dich, Mira«, wies Rabe betont ruhig an.

Sie war sogar aufgesprungen! Aber was er da von ihnen verlangte, drehte ihr schon den Magen um, wenn sie nur daran dachte. Abermals kicherte die Stimme. Alias Hand zog energisch. Mirella gab nach und ließ sich mit zusammengepressten Lippen auf ihren Platz fallen.

»Um eines klarzustellen«, sagte Rabe bestimmt. »Ich will *nicht*, dass ihr mit ihnen rummacht. Ich will nur, dass ihr sie einzeln vor die Tür lockt, wo Zarif und ich sie ausschalten. Wenn das wirklich Gardisten sind, sollten wir uns nämlich nicht mit denen anlegen, solange die alle auf einem Haufen hocken. Und ihr beide seid nun einmal die beste Möglichkeit, das unauffällig hinzubekommen. Deshalb will ich auch eure Gruppe, da das die einzige ist mit zwei Frauen, die für eine solche Aufgabe überhaupt in Frage kommen.«

Mirella entfuhr ein verbittertes Schnauben. »Also sollen wir nicht mit ihnen rummachen, sondern sie *nur* bezirzen.« Sie hörte Alias gezischtes »Sei still« und konnte trotzdem nicht aufhören: »Wie edel von dir, Rabe. Dir ist schon klar, dass auf Bezirzen Rummachen folgen kann? Ganz bestimmt stecken uns die Kerle bereits im Gastraum ihre Zungen in den Hals. Wir haben uns zum Kämpfen gemeldet, nicht als ...«

Der Blick, den Rabe ihr zuwarf, ließ sie verstummen. »Könnt ihr Mirella und mich mal kurz allein lassen?«, fragte er, ohne die Augen von ihr zu nehmen.

Für einen Wimpernschlag war es vollkommen lautlos, dann schabten Stühle, erklangen Schritte, Alias Finger drückten zu, ehe sie sich lösten, Duraks Hand auf Mirellas Schulter, die sie wohl beschwichtigen sollte. Das Klappern der Tür und abermals Stille.

Rabe tat einen schweren Atemzug. »Was soll ich nur mit dir machen?«

Mirella hielt den Blick gesenkt. Sie wusste, dass sie zu weit gegangen war. Sie hatte ihm vor den anderen widersprochen und ihn beleidigt. Eine Entschuldigung brachte sie trotzdem nicht hervor. Weil sich alles in ihr dagegen sträubte, seinen Plan umzusetzen.

Sie hörte ihn näher kommen, sah seine Beine und wie er schräg vor ihr auf dem Tisch Platz nahm. »Jetzt bist du still«, stellte er nüchtern fest.

»Möchtest du, dass ich dich weiter beleidige?«, schoss sie zurück.

»Du warst doch gerade so schön in Schwung.«

Sie wusste nicht, was sie von seiner Entgegnung halten sollte. »Machst du dich über mich lustig?«

»Vermutlich sollte ich das. Du hast mich eben vor versammelter Mannschaft runtergeputzt und jetzt führst du dich auf, als würde ich dich gleich über die Klippen werfen.«

War das nicht der Grund, warum er die anderen fortgeschickt hatte? Natürlich nicht, um sie umzubringen, aber um sie zu bestrafen?

Abrupt erhob er sich, kam noch näher und ging zwischen ihr und dem Tisch in die Hocke, sodass sie gezwungen war, ihn anzusehen. »Sehe ich aus, als würde ich dich gleich über die Klippen werfen?« Der wütende Ausdruck war verschwunden. Rabe wirkte eher ratlos.

Sie schüttelte den Kopf.

»Hör zu, Mira«, sagte er leise. »Ich weiß, dass ich dir und Alia viel zumute, und glaub ja nicht, dass mir das gefällt. Trotzdem halte ich diesen Plan für den vielversprechendsten und ich verlange, dass er umgesetzt wird. Wenn du mich deshalb weiter als Zuhälter beschimpfen willst, nur zu. Allerdings erledige das, bevor ich die anderen wieder reinbitte. Wir sind zwar ein Paar, aber bei diesen Besprechungen bist du in erster Linie meine Soldatin und eine gute Soldatin redet nicht so mit ihrem Vorgesetzten, wie du es gerade getan hast.«

Mirella presste die Lippen zusammen. Er bestrafte sie nicht, doch er war auch nicht bereit, von seinem Plan abzuweichen. Weil er das Wohl aller über das von Alia und Mirella stellte. Das war verständlich, wenn man seine Position bedachte, trotzdem war er gleichzeitig ihr Gefährte, dem nicht egal sein sollte, wie es ihr und ihrer einzigen Freundin ging. Gut, vielleicht war es ihm nicht egal, aber eben auch nicht wichtig genug. »Du kannst sie reinbitten.«

»Ach ja?« Er griff nach ihren Händen, hielt sie in Anbetracht des Gesprächs, das sie ausfochten, erstaunlich sanft. »Und was passiert dann? Wirst du mich weiter mit finsteren Blicken aufspießen, während ich den Rest des Plans erkläre? Wirst du die Kerle im Schankraum genauso anstieren oder gar nicht erst dort auftauchen?«

»Hab ich denn eine Wahl?«

»Gewissermaßen. Wenn du dich nicht zusammenreißt, erledigen wir das ohne dich. Ich kann dich durch Vian ersetzen, die noch nie mit Chadrik, Durak und Alia auf einem Auftrag war. Es wird riskanter, ist aber besser, als die Männer ohne ein solches Ablenkungsmanöver anzugreifen. Und auch besser, als das Ganze mit jemandem durchzuziehen, der nicht hinter der Mission steht.«

Mirella schluckte den Knoten in ihrem Hals herunter. Sie zweifelte nicht daran, dass Rabe es genauso umsetzen würde, wie er es geschildert hatte. Und sie wusste, dass keiner ihrer Freunde sich weigern würde, den Auftrag auszuführen. »Ich mach's«, sagte sie, da sie die anderen nicht gefährden wollte. »Ich reiß mich zusammen und bin eine gute Soldatin.«

»Inklusive bezirzen?«

Sie nickte. »Ich werd dabei auch niemanden mit finsteren Blicken aufspießen.«

Ein vages Lächeln hob Rabes Mundwinkel. »Wenn du die Kerle auf diese Weise tötest, bin ich der Letzte, der sich beschwert.« Für einen Moment betrachtete er sie auf eine Art, als wolle er sie küssen. Doch stattdessen fragte er: »Kann ich die anderen jetzt reinholen?« Mirella war eben nur eine Soldatin und ein guter Vorgesetzter küsste seine Soldatin nicht.

Sie straffte sich und zwang eine Maske auf ihr Gesicht, wie sie es während der Auftritte in der Alcazaba so oft getan hatte. »Hol sie.«

Kurz strichen seine Daumen über ihre Handrücken, dann ließ er sie los, um die Tür zu öffnen.

Mirella war sich der Blicke der anderen bewusst, als sie auf ihre Plätze zurückkehrten, aber niemand sagte etwas. *Weil sie gute Soldaten sind.* Sie rief sich in Erinnerung, dass sie das den Rest des Tages ebenfalls sein musste. *Eigentlich immer.* Dennoch gab sie sich keinen Illusionen hin, dass sie das jemals hinbekam. Da war es wohl wahrscheinlicher, dass Rabe sie irgendwann über die Klippen warf.

»Manchmal denk ich echt, du bist lebensmüde, Feuerschopf. So redet man nicht mit dem Obervogel. Hast du das noch nicht kapiert?«

Mirella starrte auf den Boden der Waffenkammer, in der sie sich alle eingefunden hatten, um ihre Waffen bereitzulegen und sich auszutauschen, ohne dass Rabe und Zarif mithörten. »Ich hab wohl ein besonderes Talent dafür«, sagte sie.

»Für was? Selbstmord?«

»Schwierigkeiten.« Sie straffte sich und blickte in die Runde. »Können wir jetzt bitte über den Auftrag reden?«

»Eine Frage noch«, kam von Alia. »Wie hat er dich bestraft?«

»Gar nicht.«

Ungläubig sahen die anderen sie an. Durak fand als Erster seine Sprache wieder. »Ist wohl einer der Vorteile, wenn man mit ihm ins ...« Er unterbrach sich, als Chadrik ihm in die Seite stieß. »Hast recht, Mäuschen«, murmelte er. »Schlechter Zeitpunkt für so nen Kommentar.«

Dann waren sie alle still.

»Der Auftrag«, erinnerte Chadrik sie und richtete sich an Mirella. »Du warst noch nie in dem Gasthaus?«

»Nein, war ich nicht«, entgegnete Mirella, woraufhin Alia sich Papier und Feder nahm und begann, einen Grundriss aufzuzeichnen. Mit jedem Strich wirkte die Freundin nervöser. Schließlich legte sie die Feder ab. »Kann einer von euch weitermachen, Männer?«

Durak erbarmte sich und Alia überließ ihm den Stuhl und sank auf den Boden. Sie sah blass aus. In Rabes Kammer war davon nichts zu merken gewesen. Aber vielleicht war Mirella auch zu sehr mit sich beschäftigt gewesen. Alia sagte leise: »Ich hab keine Ahnung, wie ich das mit dem Bezirzen anstellen soll. Ihr kennt mich. Die kriegen doch sofort mit, dass was faul ist.«

»Das sind Männer, Elsterchen. Noch dazu welche, die dich zum ersten Mal sehen. Die kriegen überhaupt nichts mit, glaub mir.«

»Ach nein?«

»Durak hat recht«, sagte Mirella. Sie hatte oft genug erlebt, wie überzeugt Männer gewesen waren, sie als Frau beeindruckt zu haben, wenn sie ihnen lediglich ihr Bühnenlächeln präsentiert hatte. »Lass sie erzählen und stell ein paar Fragen, falls sie ins Stocken kommen. Du musst ihnen nicht weismachen, dass du sie toll findest.« Bei Alias Fähigkeiten, sich zu verstellen, würde das die Männer am Ende wirklich misstrauisch machen. »Du musst sie nicht mal anlächeln. Dasitzen und interessiert zuhören reicht bei vielen schon, dass sie denken, du magst sie.«

Alia wirkte ziemlich ungläubig und blickte zu den Männern. »Meint ihr das auch?«

»Jup, Elsterchen.«

Selbst Chadrik nickte.

Mirella ergriff Alias Hände. »Überlass mir den Hauptteil des Redens. Ich verkauf dich einfach als meine schüchterne Freundin. Dann haben die wirklich keinen Grund, skeptisch zu sein.«

»Danke«, murmelte Alia. Doch ihr Blick ruhte auf Mirella. »Kriegst *du* das denn hin? Ich meine, so, wie du dich bei Rabe gegen den Auftrag gewehrt hast, hätt ich gedacht, dass du dich ähnlich anstellst wie ich.«

»Ich denke, ich schaff das.« Sie durfte nur nicht darüber nachdenken, was geschah, wenn die Kerle forscher waren, als ihr lieb war. Oder wenn das Gasthaus zu schnell gerammelt voll war und die Panik sie überrollte. »Das bedeutet allerdings nicht, dass ich das auch machen *will*.« Und dass sie sich hinterher wohl in ihrer Haut fühlte. Noch so ein Gedanke, den sie nicht zulassen durfte. »Aber ich will dich erst recht nicht damit allein lassen.« Gut, allein wäre Alia nicht gewesen. Doch Mirella bezweifelte, dass solch ein Auftrag sicherer für Alia wurde, wenn sie eine Frau an ihrer Seite hatte, die bloß eine gute Bekannte war.

Mirella fiel auf, dass Chadrik sie beobachtete. Als sie seinen Blick erwiderte, nickte er ihr zu. Offenbar hatte er bis eben auch an ihr gezweifelt. Er deutete auf den Grundriss, den Durak gerade anfertigte. »Solang Durak beschäftigt ist, überlegt euch, wie ihr uns unauffällig um Hilfe ruft.«

»Dafür haben wir doch Zeichen«, wunderte Mirella sich. Und die hatte sie sich sogar schon gemerkt.

»Willst du die in nem voll besetzten Gasthaus benutzen?«, gab Chadrik zurück.

Durak ergänzte belustigt: »Auffälliger geht's kaum. Noch dazu, wenn ihr beide die Gleichen nehmt.«

»Also wieder neue Zeichen!«, entfuhr es Mirella frustriert.

»Nur zwei, Mira. Eins für dich und eins für Alia. Diesmal darfst du's dir sogar aussuchen.«

Ob das besser war? Mirella fühlte sich jedenfalls nicht in der Lage, sich ein unauffälliges und zugleich einfaches Zeichen auszudenken, bei dem zudem keine Gefahr bestand, dass sie es versehentlich ausführte. Zum Glück war Alia in dem Punkt um einiges kreativer, sodass sie ihre Hilferufe schon festgelegt hatten, bevor Durak mit dem Grundriss fertig war.

Später gingen sie anhand der Zeichnung die verschiedenen Positionen durch, wo die drei Männer sitzen könnten und wo Durak und Chadrik sich aufhalten würden, um Alia und Mirella notfalls vor dem Schlimmsten zu bewahren.

Schließlich war alles besprochen, die Waffen lagen bereit und sie sollten sich erst in einigen Stunden mit Rabe und Zarif treffen.

Alia fragte: »Braucht ihr mich noch oder kann ich Yerad besuchen?«

»Mach nur«, sagte Durak.

»Sag ihm aber lieber nicht«, riet Mirella, »was du nachher tun musst.«

»Hatte ich nicht vor.« Dann war Alia zur Tür hinaus.

Die Männer warfen erst einen Blick auf Mirella und grinsten sich anschließend gegenseitig an.

»Was ist denn nun schon wieder?«, fragte Mirella.

»Vielleicht werden aus der Prinzessin und dir ja doch Freunde, Feuerschopf.«

Kopfschüttelnd murmelte Mirella: »Das ist gerade euer einziges Problem?«

Durak entgegnete: »Nicht unser einziges, aber wir freuen uns trotzdem, wenn's endlich gelöst ist. Es ist nämlich ziemlich nervig.«

»Noch ist gar nichts gelöst.«

Möglicherweise waren Mirella und Yerad einem harmonischen Miteinander heute näher gekommen, doch das behielt sie für sich. Sie wollte keine vergeblichen Hoffnungen wecken.

»Und was hast du bis zum Abend vor, Feuerschopf?«, fragte Durak munter, der allem Anschein nach gar nicht daran dachte, den festen Glauben an eine friedliche Zukunft zwischen Mirella und Yerad aufzugeben.

Mich hier verstecken und warten, bis wir loskönnen? Sie zuckte mit den Schultern.

»Also gehst du nicht zum Obervogel?«

»Lieber nicht.« Sie bezweifelte ohnehin, dass er Zeit hatte. *Und selbst wenn ...* »Ich hab ihm versprochen, heute eine gute Soldatin zu sein. Je weniger ich ihm gegenübertrete, desto weniger muss ich mich verstellen.« Und desto mehr Energie blieb ihr für die abscheuliche Rolle, die sie spielen musste.

Durak und Chadrik warfen sich vielsagende Blicke zu. Mirella konnte sich denken, weshalb. Aus einer vernünftigen Beziehung schöpfte man Kraft. So, wie Alia es gerade bei Yerad tat. Dass man welche aufwandte, um es mit dem Partner auszuhalten, sollte nicht so sein.

Chadrik merkte an: »Beim Auftrag trittst du ihm gegenüber.«

»Ich weiß.« Sie rang sich ein Lächeln ab. »Und da werd ich mich zusammenreißen. Ich will euch schließlich nicht in Gefahr bringen.«

Chadrik nickte, während Durak fragte: »Und was ist nun dein Plan für die nächsten Stunden, Feuerschopf? Weiter deprimierende Gespräche führen? Da bin ich dann raus.«

»Ihr könntet mir noch ein bisschen unbewaffneten Nahkampf beibringen. Wenn ihr Zeit habt.«

Verwundert hob Durak die Augenbrauen, was sicherlich daran lag, dass Mirella zum ersten Mal selbstständig dieses Training einforderte.

Chadrik nickte. »Ein paar neue Kniffe sind bestimmt nützlich.«

Durak schnaubte. »Meinst du nicht, dass sie das nur deshalb vorschlägt, weil wir jetzt besonders aufpassen müssen, ihr weder ein Veilchen noch blaue Flecken an gut sichtbaren Stellen zu verpassen?«

Ein Lächeln schob sich auf Chadriks Lippen. »Wird auf jeden Fall herausfordernd.«

Einige Stunden und blaue Flecken später, fanden sie sich alle in Rabes Kammer ein. Rabe musterte wortlos den grünlich verfärbten Bluterguss, der auf Mirellas Oberarm prangte. Sie biss sich auf die Zunge, um ihm nicht an den Kopf zu werfen, dass sie doch draußen sowieso stets langärmelig herumlaufen musste. *Sei eine gute Soldatin*, mahnte sie sich, woraufhin die Stimme vergnügt gluckste.

Ohne den Bluterguss zu kommentieren, verteilte Rabe die letzten Anweisungen. »Und denkt dran«, sagte er mit Blick zu

Durak und Chadrik. »Ihr greift im Schankraum nur unter den genannten Bedingungen ein: Mira oder Alia rufen um Hilfe oder sie sind in Lebensgefahr.«

»Verstanden«, entgegneten die beiden wie aus einem Mund.

»Und ihr zwei«, wandte er sich an Mirella und Alia, »ruft nur im äußersten Notfall um Hilfe.«

Sie nickten.

Als Rabe sie schließlich entließ, damit sie sich umziehen und bewaffnen würden, umfasste er Mirellas Finger, ehe sie durch die Tür flüchten konnte. Reglos warteten sie, bis sie allein waren, die Hände ineinander verschränkt, als wäre alles in Ordnung zwischen ihnen. Dann schloss Rabe die Tür.

»Du gehst mir wieder aus dem Weg«, sagte er hinter Mirella.

»Ich wollte nicht riskieren, dass du mich am Ende doch hierlässt.« Sie zögerte kurz, ehe sie sich zu ihm umdrehte. Er war ihr so nah, dass sie seinen Geruch einatmete. Mirella fühlte sich unsicher. Dabei war Unsicherheit das Letzte, was sie gerade gebrauchen konnte. Vielleicht war es besser, wenigstens für einen Moment die Soldatin abzustreifen. Bevor sie der Mut verließ, machte sie einen Schritt auf Rabe zu und legte eine Hand auf seine Brust. Er stieß kaum hörbar die Luft aus. Behutsam schloss er die Arme um sie.

Ihre Finger wanderten höher, über sein Gesicht, in sein Haar, zogen ihn zu sich, bis ihre Münder sich trafen und zu einem Kuss verschmolzen. Er vertiefte den Kuss. Sein vertrauter und dennoch betörender Geschmack, seine warmen Hände, die ihre Wangen umschlossen, berauschten Mirella. Sie drängte ihm näher entgegen.

An ihren Lippen murmelte Rabe: »Am liebsten würde ich dir befehlen, hierzubleiben. Aber das wäre ziemlich egoistisch.« Unvermittelt rückte er ein Stück von ihr ab. Sein Lächeln hatte etwas Schmerzliches. »Pass gut auf dich auf, Mira. Und zöger nicht, die Techniken einzusetzen, die du heute gelernt hast.«

»Ich versuch's«, sagte sie, ohne überrascht zu sein, dass er von ihrem Nahkampftraining wusste.

Mit dem Kopf deutete er zur Tür. Das hieß dann wohl, dass sie ab jetzt wieder Vorgesetzter und Soldatin waren.

Sie tauschten einen letzten Blick und Mirella begab sich auf den Weg zu ihrer Kammer, wo Alia vermutlich längst umgezogen war. Und die Glückliche brauchte im Gegensatz zu Mirella keine nervtötende Perücke zu tragen.

Nicht nur Alia, sondern auch Durak und Chadrik waren fertig, und sie alle drängten sich auf eine Bank im Flur, unweit von der Kammer, die Mirella sich mit Alia teilte. Selbst Yerad war da und umklammerte Alias Hand, als könne er seine Gefährtin mit dieser Geste am Gehen hindern.

»Bist du in Ordnung, Mira?«, fragte Chadrik, als Mirella an ihm vorbeilief.

»Dieses Mal hab ich ihn nicht beleidigt«, gab Mirella zurück.

Durak grinste. »Macht ohne Zuhörer vermutlich keinen Spaß.«

Spaß war ohnehin etwas anderes. Aber wenn Durak Witze riss, war er wenigstens damit fertig, sich Gedanken zu machen.

Yerad

»Was war denn los?«, fragte Yerad, als Mirella die Tür ihrer Kammer hinter sich zuzog.

»Feuerschopf hat sich heut bei der Besprechung mit dem Obervogel angelegt.«

»Aha?«, entwich es Yerad. »Wolltet ihr nicht gleich mit ihm zusammen los zu eurem Auftrag?«

»Jup.«

»Ist das eine gute Idee?«

»Der Obervogel findet das jedenfalls. Sonst würd Feuerschopf sich jetzt nicht fertig machen.«

Und wieder einmal bereute Yerad es, nachgefragt zu haben. Er hatte zwar keine Ahnung, was genau seine Freunde heute vorhatten, und vermied es, sich danach zu erkundigen, da das Wissen darum seine Sorgen gewiss vergrößerte. Aber es war bestimmt nicht förderlich, wenn es Probleme zwischen zwei Mitgliedern der nur sechsköpfigen Gruppe gab.

An Yerads Seite geschmiegt, murmelte Alia: »Ich bin echt froh, dass er sie mitnimmt. Ohne sie würd ich das nicht schaffen.« So, wie Alia klang, war selbst mit Mirella fraglich, ob sie durchführen konnte, was auch immer es durchzuführen galt.

Mit aller Macht kämpfte Yerad die Fragen zurück, die sich auf seine Zunge drängten, und hielt Alia fest. Er wünschte, der morgige Tag wäre bereits da. Dann wäre der Auftrag vorüber und er müsste sich nicht länger sorgen. In dem Moment erinnerte er sich, dass er morgen Rabe und Mirella in den Kreis schicken musste. Ob das eine Verbesserung gegenüber der heutigen Warterei war? In den nächsten Stunden würde er wenigstens nicht zugucken, wie die Greifin einen Menschen angriff.

Da trat Mirella zurück auf den Flur. Sie hatte ihr kurzärmeliges Kleid gegen eine braune Pluderhose und eine helle langärmelige Bluse getauscht. In den Händen hielt sie eine dunkelhaarige Perücke.

Prompt sprang Alia auf, dirigierte Mirella auf eine weitere Bank und ließ mit geübten Fingern die roten Locken unter den falschen Haaren verschwinden. Mirella zog dabei ein Gesicht, als sei es die reinste Tortur.

Währenddessen fanden sich auch Zarif und Rabe ein. Yerad beobachtete den Rebellenanführer unauffällig, doch der Mann redete entspannt mit Zarif. Von der erwähnten Auseinandersetzung war nichts zu merken.

Dann war Alia fertig mit Mirella und somit alle bereit. Abschiedsworte wurden gemurmelt, ein flüchtiger Kuss von Alia landete auf Yerads Mund und ein zu heftiger Schlag von Durak auf Yerads Schulter.

Die anderen liefen den Gang mit ihren Taschen, in denen sie die Waffen verstaut hatten, herunter und verschwanden schließlich aus Yerads Blickfeld.

»Viel Glück«, flüsterte er ihnen nach, ehe er sich ein weiteres Mal in den Saal begab, wo er sich Abendessen für später holte. So wenig Appetit, wie er vor dem Aufbruch seiner Freunde gehabt hatte, würde er bestimmt noch einmal Hunger bekommen, bevor er schlief. Falls er schlief.

Mit dem Teller in der Hand ging er zur Greifin, um ihr die Nachricht zu überbringen, über die sie sich garantiert nicht freuen würde.

6

Mirella

Die Sonne stand noch zu hoch, als dass es draußen erträglich war. Wären sie nur zu viert unterwegs, wäre Mirella erst in der Nähe der Häuser in die viel zu warmen Schuhe geschlüpft, aber Rabe hatte ihr verboten, bei diesem Auftrag barfuß zu gehen. Er fürchtete, dass die vermeintlichen Gardisten von einer barfüßigen Rebellin wussten, und Mirella hatte ihn heute bereits genug provoziert, um diese Anweisung zu ignorieren.

»Habt ihr euch vertragen?« Alia deutete zu Rabe, der mit den drei anderen Männern vor ihnen ging.

»Ich bin mir nicht sicher, ob man das so nennen kann.« Zum Vertragen hätte eine Entschuldigung gehört. Und die hatte es weder bei Rabe noch bei Mirella gegeben. Jedenfalls nicht so richtig. Sie bemerkte Alias besorgten Ausdruck und zwang sich zu einem zuversichtlichen Gesicht. »Mach dir keine Gedanken.« Es reichte schließlich, wenn sie das tat. »Er war zwar nicht begeistert über meine Widerworte, aber er scheint mir nicht böse zu sein.« Sonst hätte er sie doch nicht so geküsst, redete sie sich ein.

»Na immerhin«, sagte Alia leise und entspannte sich tatsächlich ein bisschen. Sie näherten sich dem Pinienwäldchen in einem Bogen. Zum einen, weil das Gasthaus sowieso etwas weiter westlich lag, und zum anderen, weil sie den Pinienwald nicht immer an derselben Stelle durchqueren wollten und so womöglich ihr Versteck verrieten. Heute trafen sie in dem Wäldchen sogar auf ein paar Spaziergänger und eine Gruppe spielender Kinder.

Rabe ließ sich neben Mirella zurückfallen und legte einen Arm um ihre Schultern, woraufhin Alia zu Durak, Chadrik und Zarif eilte.

Sachte tippte Mirella auf Rabes Handrücken. »Machst du das zur Tarnung?«

Er umschlang ihre Finger, ehe sie sie wegziehen konnte. »Das ist eigentlich nur ein netter Nebeneffekt«, flüsterte er. »Ich wollte dir was mitteilen.«

Was hab ich denn nun wieder angestellt?

Sein Blick schoss zu ihr. »Kein Grund, zusammenzuzucken. Die Klippen sind weit weg.«

»Weit genug?«

Sein Daumen strich über ihren Handrücken. »Ich hatte ja vorhin schon gesagt, dass in dem Gasthaus um diese Zeit gewöhnlich nicht viel Betrieb ist«, erklärte er. »Ich wollte nicht, dass du da aufschlägst, wenn's gerammelt voll ist.«

»Wann wird es denn voll?«, fragte Mirella, da das bei der Besprechung nicht thematisiert worden war.

»Das ist natürlich nicht jeden Abend gleich. Aber meistens beginnt's so gegen Mitternacht mit dem Gedränge.«

Und loslegen mit dem Rauslocken der Männer sollten sie ab zehn Uhr. Erst dann war es vollkommen dunkel und das Risiko, jemanden auf offener Straße umzubringen, überschaubar. Was bedeutete, Mirella hatte maximal zwei Stunden, um ihre Aufgabe zu erfüllen.

Hätte Rabe ihr das nicht eher sagen können? Andererseits ... was hätte es gebracht? Außer vielleicht noch mehr unverschämte Kommentare ihrerseits, die sie letztlich vom Auftrag ausgeschlossen hätten. Vermutlich sollte sie sich einfach auf den Vorteil des kleinen Zeitfensters konzentrieren: Wenn alles reibungslos über die Bühne ging, hatten sie einen frühen Feierabend.

Wenn, ertönte die kichernde Stimme in ihrem Kopf.

Yerad

Die anderen waren schon eine Weile fort und Yerad hatte sich noch nicht überwinden können, der Greifin zu sagen, wer demnächst ihren Kreis betrat. Stattdessen lehnte er an ihrem warmen Körper und las ihr aus einem Buch vor, in der Hoffnung, sich auf diese Weise abzulenken. Es gelang nicht wirklich. Die Worte entschlüpften seinem Mund und lösten sich auf, bevor sie Yerads Verstand erreichten.

Die Greifin regte sich und meckerte.

»Soll ich aufhören mit dem Lesen?«

Das »Ik« erschallte derart bestimmt, dass Yerad zusammenfuhr. Die Greifin starrte Yerad an, dann neigte sie ihr Haupt und stieß einen fragenden Laut aus.

Yerad klappte das Buch zu und erzählte dem Tier, dass die anderen auf einem Auftrag waren. Von seinen Sorgen, dass ihnen etwas zustoßen könnte.

Die Greifin legte den Kopf vor ihm ab und breitete einen Flügel über ihm aus.

Yerad kraulte sie an der Wange. »Danke«, sagte er. »Ich bin froh, dass wenigstens du bei mir bist.«

Zur Antwort klimperte die Greifin mit den Ketten, an die man sie gefesselt hatte.

»Ja, ich weiß. Du kannst nicht weg.« Yerad zögerte. Er wollte den friedlichen Moment nicht zerstören. Allerdings konnte er der Greifin die Nachricht auch nicht erst kurz vor ihrer Schlafenszeit überbringen. Er überlegte, ob er sich besser von ihr entfernen sollte, bevor er sie verärgerte. Dass sie ihm absichtlich wehtat, glaubte er zwar nicht. Doch ebenso wie Durak unterschätzte sie mitunter ihre Kraft, was bei ihr jedoch deutlich problematischer war. Andererseits wollte er genauso wenig, dass sie dachte, er hätte Angst vor ihr. Also blieb er an die Greifin gelehnt sitzen, als er zögerlich begann: »Ich muss dir etwas sagen, meine Liebe.«

Das Tier hob abrupt den Kopf und wirkte alarmiert. Vermutlich hatte es an Yerads Tonfall gehört, dass gleich eine unschöne Neuigkeit kam.

»Das, was Durak heute gemacht hat, werden noch weitere Menschen tun, bevor die Ketten gelöst werden.«

Abwartend sah die Greifin ihn an.

»Es wurden auch schon zwei Menschen ausgesucht, die das morgen machen.« Er wagte es nicht einmal, zuzugeben, dass es Rabe gewesen war, der diese Entscheidung getroffen hatte. Dabei kam er sowieso nicht umhin, den Rebellenanführer zu erwähnen. »Der erste Mensch ist Mirella.«

Die Greifin blieb still und Yerad wusste nicht, wie er das deuten sollte. War Mirellas Nähe für sie in Ordnung oder war es ein schlechtes Zeichen?

Vorsichtig sagte er: »Du erinnerst dich, dass sie Chadrik, Durak und Alia das Leben gerettet hat?«

Ihr »Ik« kam so unwirsch, dass Yerad sich fragte, ob sie eben geplant hatte, Mirella den Garaus zu machen. Und das, wo Yerad gerade anfing, sie zu mögen. »Sie hat mir heute geholfen«, erklärte er, ohne zu erwähnen, bei was.

Doch die Greifin gab nur missmutige Meckergeräusche von sich und wandte sich ab. Selbst der Flügel, den sie über Yerad ausgestreckt hatte, wurde eingezogen. Dabei hatte er ihr die schlimmste Botschaft noch gar nicht überbracht.

Behutsam strich Yerad durch das dunkle Fell und gab der Greifin Zeit, die Nachricht zu verdauen.

Schließlich drehte sie ihren Kopf zu Yerad und zwitscherte eine Tonabfolge, die halb genervt und halb fragend klang.

Yerad verstand die Worte zwar nicht, doch es lag auf der Hand, was sie wissen wollte. »Du fragst, wer die zweite Person ist, die in deinen Kreis kommt?«

»Ik!«

Yerad presste die Lippen zusammen, zögerte kurz. »Es ist Rabe.«

Augenblicklich spannte sich ihr Körper an und sie richtete sich jäh auf, wobei sie Yerad heftig anrempelte. Er musste sich auf seinen Unterarmen abstützen, um nicht rücklings hinzuschlagen.

Die Greifin grollte, ihre Ketten klirrten, als sie sich vollständig umwandte und Yerad nun direkt gegenüberstand. Zu ihrer gesamten Größe aufgerichtet, die Flügel gespreizt und derart unter Spannung, als würde sie sich jeden Moment auf ihn werfen.

Bedächtig, um das Tier nicht zu provozieren, schob sich Yerad zurück in eine sitzende Position.

Die Greifin verfolgte seine Bewegungen und Yerad fühlte sich in die Anfangszeit mit ihr zurückversetzt, auch wenn es nicht stimmte. Hätte er sich zu jener Zeit so in ihrem Kreis befunden, hätte sie ihn sofort zerfleischt.

Leise sagte er: »Ich habe mir schon gedacht, dass dir das nicht gefällt.«

Ein abgehackter Laut folgte. Bedrohlich senkte die Greifin den Kopf.

Zum ersten Mal seit Wochen fühlte Yerad in ihrer Anwesenheit einen dumpfen Klumpen Angst in seinem Magen.

Sie hielt mit dem Schnabel nur Zentimeter vor seinem Gesicht inne und er wünschte, sie würde etwas sagen. Selbst wenn sie ihn nur meckernd anschrie. Doch sie verharrte vollkommen lautlos, so nah, dass er den Luftzug spürte, der aus ihren Nasenlöchern entwich.

Er hob eine Hand in Richtung der weichen Federn am Ansatz ihres Schnabels, ganz langsam, in der Hoffnung, dass sie ihn warnte, wenn sie nicht angefasst werden wollte.

Es kam keine Warnung. Zumindest nicht als Laut. Stattdessen öffnete sie den Schnabel und ließ ihn klackend zuschnappen. Direkt neben Yerads Fingern – und direkt vor seinem Gesicht.

Rasch zog er die Hand zurück. Wie oft hatte er anderen eingebläut, schnelle Bewegungen zu vermeiden? Er zwang sich, wenigstens sitzen zu bleiben. »Es ist wichtig, dass Mirella und ...«
Er holte tief Luft. »... und Rabe ...«

Abermals kam der Schnabel näher, bis er Yerads Nase berührte. Offenbar wollte die Greifin gerade keine Erklärungen hören.

Yerad wartete schweigend und hoffte, dass sie sich beruhigte. Doch das tat sie nicht. Sie rührte sich keinen Zentimeter und starrte ihn an, den Schnabel gegen seine Nase gepresst. Bis Yerad es nicht mehr aushielt und an die Wand rutschte, an die der Kreis grenzte. Er lehnte sich an den kalten Stein und streckte die Beine aus, wohlwissend, dass sie sich innerhalb der Markierung befanden.

Stumm beobachtete das Tier ihn, verharrte aber auf seiner Position. Das war zumindest eine Verbesserung gegenüber vorher.

Wahrscheinlich wäre Yerad gut beraten, den Mund zu halten, doch aus ihm unerklärlichen Gründen bekam er das nicht hin:»Sag Bescheid, wenn du wieder mit mir redest.«

Ein schriller Laut war die Antwort und die Greifin drehte ihm den Rücken zu. Geräuschvoll ließ sie sich auf den Boden fallen.

7

Mirella

»Ist das dahinten das Gasthaus?«, fragte Mirella.

»Ja«, entgegnete Alia, die nun wieder als Einzige neben ihr ging. Bei dem Plan, den sie durchzuführen hatten, wäre es schließlich keine gute Idee, wenn sie in Begleitung von Männern gesehen wurden.

Auch sämtliche Taschen mit den Waffen waren nun bei Rabe und Zarif, da es ungünstig wäre, sollte man sie damit im Gasthaus erwischen. Die beiden Männer waren ein ganzes Ende vor ihnen und würden sich am Hintereingang positionieren.

Durak und Chadrik hingegen befanden sich irgendwo hinter ihnen. Mirella vermied es, sich nach den Freunden umzusehen. Sie würden da sein, falls sie sie brauchten. Das wusste sie.

Das Gasthaus war größer als jenes, das Elenya gehörte. Nicht nur weil es zwei Stockwerke hatte. Es war bestimmt doppelt so breit. Zudem musste es auch ungefähr die doppelte Tiefe haben. Jedenfalls wenn der Grundriss, den zunächst Alia und anschließend Durak gezeichnet hatten, halbwegs maßstabsgetreu war. Viel Platz für viele Menschen also. Verdammt, Mirella wollte da nicht rein.

Und Alia ebenfalls nicht, so langsam, wie sie auf einmal wurde.

Mirella legte einen Arm um die Freundin. »Wir sehen vermutlich aus, als wären wir unterwegs zu ner Bestattung und nicht zu nem Gasthaus.«

Damit entlockte sie Alia ein vages Lächeln. »Das eine schließt das andere ja nicht aus.« Was in ihrem Fall umso mehr zutraf. Wenn sie denn Erfolg hatten. »Wir können ja so tun«, schlug Alia flüsternd vor, »als hätte ich nen schlechten Tag. Und du schleifst mich ins Gasthaus, um mich aufzumuntern.«

»Also muss nur *ich* mich verstellen. Das hast du dir ja fein überlegt.«

»Du hast gesagt, du kannst das.« Alias Blick hatte etwas Flehendes.

»Einverstanden«, gab Mirella sich geschlagen.

Den restlichen Weg schwiegen sie, denn die Straße vor dem Gasthaus war deutlich belebter, wenngleich nicht so vollgestopft, dass Mirella Panik bekam.

Noch nicht, rief die Stimme fröhlich.

Und sie sollte dieses Ding als Freund betrachten! Sobald das alles überstanden war, musste sie dringend mit Durak reden. Vielleicht hatte er ein paar hilfreiche Tipps, wie sie das anstellen sollte.

Was macht dich so sicher, dass es für dich ein Hinterher gibt?, stichelte die Stimme. *Du legst dich mit drei Gardisten an. Dabei brichst du schon zusammen, wenn du nen Marktplatz betrittst.*

Mirella straffte sich, nahm den Arm von Alias Schulter und ergriff ihre Hand, da sie beinahe das Gasthaus erreicht hatten und nebeneinander nicht durch die Eingangstür passten. »Nun guck nicht so«, begann sie mit dem Schauspiel. »Das wird dich aufmuntern. Vertrau mir.«

»Wie soll mich das denn aufmuntern?«

»Sei nicht so ein Griesgram.« Mirella stieß die Tür auf. »Wir bestellen uns was Leckeres zu essen und ein paar Krüge Bier und danach sieht die Welt gleich besser aus.«

Alia gab ein abfälliges Geräusch von sich und sah äußerst skeptisch drein. »Gegen das Essen hab ich nichts. Das Bier kannst du allein trinken.«

Mirella zwang sich zu einem Lächeln, während sie unauffällig die anderen Gäste begutachtete. Viel war wirklich nicht los. Sie passierten einige Tische, an denen vereinzelt Personen saßen, auf die Rabes Beschreibung überhaupt nicht passte. »Die sollen hier das beste Bier in der ganzen Taifa haben.«

»Behauptet das nicht jedes Gasthaus?«

Mit gespieltem Vergnügen schüttelte Mirella den Kopf. »Wir können's ja gleich überprüfen.« Sie liefen an der Bar vorbei und an weiteren Tischen, die entweder leer waren oder von den falschen Gästen besetzt. *Zu jung, zu alt, zu weiblich ...*

»Dann wünsch ich dir viel Spaß beim Probieren«, gab Alia spitz zurück und ihr Griff wurde kurz fester.

Mirella lugte in dieselbe Richtung wie die Freundin und entdeckte die drei Wächter, die zumindest beim flüchtigen Hinsehen zu Rabes Beschreibung passten. Da sie die Kerle nicht offen anstarren wollte, musste das für den Anfang genügen. »*Du* wirst ebenfalls probieren«, beharrte Mirella, während sie Alia zu dem Tisch führte, der direkt neben der Dreiergruppe war. »Vorher lass ich dich hier nicht weg.«

Sie setzten sich so, dass sie die Männer im Blick hatten, und hoffentlich auch ihrerseits von ihnen bemerkt wurden. Alia murrte: »Hast du nicht gesagt, dass du mich aufmuntern willst? Hört sich für mich eher nach Quälen an.«

Mirella grinste die Freundin an, wenngleich sie lieber ihre reservierte Miene geteilt hätte. Abermals beobachtete sie aus den Augenwinkeln die Männergruppe und glich sämtliche Merkmale ab, die Rabe ihnen genannt hatte: Wächteruniformen, ein kräftiger Glatzkopf ohne Bart, zwei Kerle mit gewöhnlichen Arbeiterfrisuren, von denen einer klein, kräftig und mit Bart war. Der andere hatte eher eine schmale Statur, ebenfalls keinen Bart und eine Narbe über dem linken Auge. Waffen konnte Mirella nicht ausmachen, doch sofern die Männer Säbel am Gürtel hatten, wurden diese vom Tisch verdeckt. Aber sämtliche anderen Eigenarten passten und zudem war dies die einzige Wächtergruppe im Gasthaus. Wenn ihre Ziele sich heute hier aufhielten, mussten es diese Männer sein.

Und für den Fall, dass Mirella und Alia sich wirklich auf die Falschen konzentrierten, würde Rabe sie schon davon abbringen. Er hatte ihnen nämlich im Vorfeld gesagt, dass er und Zarif das Geschehen durch ein Loch in der Außenwand verfolgten. So bekamen sie auch rechtzeitig mit, wann sie sich für den Angriff auf die vermeintlichen Gardisten bereithalten mussten.

Mirella lenkte ihren Blick zu Alia, die kaum merklich nickte. Sie hielt die drei ebenfalls für die Richtigen. Innerlich straffte Mirella sich und beschwor sich, heute Abend einen perfekten Auftritt abzuliefern.

Die Stimme kicherte.

Nicht hilfreich, entgegnete Mirella in Gedanken, angestrengt konzentriert, es wirklich nur in Gedanken zu tun, bevor sie Alia verschreckte.

War auch nicht meine Absicht, gab das verhasste Ding zurück. *Es war Duraks Idee, dass wir Freunde werden. Nicht meine. Von mir aus kannst du dich gleich von den Kerlen abmurksen lassen.* Die Stimme klang höchst vergnügt.

Also wieder ignorieren, sagte Mirella sich und blendete die weiteren Gehässigkeiten aus. Sie hob die Hand, um die Schankfrau auf sich aufmerksam zu machen.

Die Frau wirbelte gerade am Tresen herum und bedeutete Mirella mit einem Nicken, dass sie sie bemerkt hatte.

Als Mirella die Hand herunternahm, sah einer der Männer zu ihr herüber: der kleine Kräftige mit dem Bart, den Mirella auch ohne die Vermutung, dass er ein Gardist sein könnte, abstoßend gefunden hätte. In Anbetracht des Schicksals, das ihm und seinen Kameraden blühte, war das zwar besser so, dennoch wäre es leichter gewesen, Interesse zu heucheln, wenn er ihr wenigstens ein bisschen gefallen hätte. Sie schob ihr Bühnenlächeln auf die Lippen.

Er erwiderte es und Mirella betete, dass es vorerst dabei blieb. Sie waren gerade erst angekommen und derart lange mit den Männern an einem Tisch zu sitzen, würde sie nicht ertragen.

In dem Moment tauchte die Schankfrau bei ihnen auf und rettete sie. Sie lächelte freundlich. »Was darf's für euch zwei Hübschen sein?«

»Zwei Krüge Bier bitte«, bestellte Mirella. Alia setzte zum Protest an, aber Mirella kam ihr zuvor: »Nichts da. Wir hatten uns geeinigt, dass du probierst. Ich bezahle.«

»*Geeinigt,* hm?«, machte Alia und verzog die Lippen. »Ich hoff, du trinkst den Rest, wenn's mir nicht schmeckt.«

Die Schankfrau sagte: »Unser Bier ist wirklich köstlich. Bislang hat's jedem Gast geschmeckt.«

Das bezweifelte Mirella zwar und Alia wohl ebenfalls, so, wie sie aussah, dennoch entgegnete die Freundin: »Also gut, von mir aus.« Dann wandte sie sich an die Schankfrau: »Wir haben auch Hunger. Kannst du uns was empfehlen?«

»Unsere Köchin hat heute einen vorzüglichen Kanincheneintopf zubereitet. Nach einem Geheimrezept ihrer Großmutter.«

»Klingt gut. Davon bitte eine Portion für mich.«

»Für mich ebenfalls«, schloss sich Mirella an und hoffte, dass das Geheimnis der Großmutter nicht darin bestand, Ratten anstatt Kaninchen in den Eintopf zu werfen. Die sollten ja angeblich so lecker sein.

Die Schankfrau eilte fort, die drei Kerle waren abermals in ein Gespräch vertieft, worüber Mirella froh war. Sie brauchte zunächst einmal den Krug Bier, bevor sie sich an das Hauptkunststück des Abends wagte.

Sehr gut, tönte die Stimme. *Besauf dich. Dann wird's noch lustiger.*

Mirella unterdrückte ein Augenrollen und erkannte widerstrebend, dass die lästige Stimme in einem recht hatte: Sie musste sich mit der Alkoholmenge beherrschen. Meinte Durak das mit seinem Vorschlag, die Stimme nicht wie einen Feind zu behandeln?

Alia erzählte davon, dass sie sich auf das Essen freute, da ihre Mutter früher auch immer Kanincheneintopf gemacht hatte. Sie sprach etwas gehetzter als sonst, aber würde Mirella sie nicht kennen, hätte sie ihr geglaubt. Und so verstrich die Zeit, bis die Schankfrau mit dem Bier und zwei großen Schüsseln, gefüllt mit dampfendem Eintopf, auftauchte.

»Ihr seid zum ersten Mal bei uns, richtig?«, fragte sie, während sie alles auf den Tisch stellte.

Mirella gab ihr die Münzen. »Ja, das stimmt. Eine Freundin hat uns berichtet, wie gut das Bier hier ist. Und da wir dringend mal rausmussten ...« Mirella lächelte. Bei der Schankfrau brauchte sie sich nicht einmal verstellen. Irgendwie erinnerte sie die Frau an Tanis Tante.

»Dann amüsiert euch gut, ihr beiden. Und wenn jemand zudringlich wird, sagt Bescheid.« Ihr Lächeln hatte etwas Verschlagenes, das sie gleich noch sympathischer machte. »Unsere Köchin hat da eine ganz wundervolle Bratpfanne, die ihr euch gern ausleihen könnt.«

Mirella entwich ein Lachen bei der Vorstellung, drei bewaffnete Gardisten mit einer Bratpfanne zu attackieren. »Vielen Dank für das Angebot. Ich hoff allerdings, dass wir darauf nicht zurückkommen müssen.«

Abermals verschwand die Schankfrau zum Tresen, in dessen Nähe nun auch Durak und Chadrik saßen. Mirella zwang sich, den Blick von ihnen abzuwenden, ehe die Kerle am Nachbartisch noch auf den Gedanken kamen, sie hätte Interesse an einem ihrer Freunde.

»Das schmeckt großartig«, murmelte Alia und dieses Mal klang sie ehrlich. Sie lächelte sogar ein bisschen, während sie den Eintopf löffelte.

»Ich hab schon gedacht, du meinst das Bier.« Mirella schnupperte an dem Essen, das wirklich angenehm roch, und probierte. Überrascht nahm sie einen zweiten Löffel. Einen so guten Eintopf hatte sie zum letzten Mal in der Alcazaba gehabt. *Bevor* ... Hastig ertränkte sie die hervordrängenden Erinnerungen in Bier, das ebenfalls unerwartet gut schmeckte. Sie musste sich regelrecht zwingen, den Krug abzusetzen.

Alia sah sie mahnend an und machte sich dann wieder über ihr Essen her. »Ich glaub, da ist Ziegenkäse drin«, begann sie mit einem weiteren belanglosen Gespräch, damit sie hier nicht völlig fehl am Platz wirkten. Dafür, dass Alia eine solche Angst gehabt hatte, hielt sie sich erstaunlich gut. Doch bislang waren sie auch nicht bei den drei Kerlen am Tisch.

»Könnte sein«, sagte Mirella. »Und jede Menge Kräuter. Ich hab Thymian und Oregano gefunden. Aber da ist noch was anderes drin.«

Sie merkte, dass der kleine Kräftige sie ansah.

Vielleicht sollte sie jetzt einen Vorstoß wagen. Sie hob die Stimme, um sicherzugehen, dass der Mann sie hörte: »Du weißt nicht zufällig, was für ein Geheimnis diesen Kanincheneintopf so unwiderstehlich macht? Meine Freundin und ich rätseln schon die ganze Zeit.«

Er lächelte ein Lächeln, das ihn noch abstoßender aussehen ließ. »Zufällig weiß ich es.«

»Und?«, fragte Mirella und zwang ihre Mundwinkel nach oben. »Verrätst du es mir?«

Die anderen beiden Männer musterten sie nun ebenfalls. Und anschließend Alia, die ein Stück zu schrumpfen schien.

Der kleine Kräftige grinste breit. »Vielleicht. Was *verrätst* du mir denn dafür?«

Sein Ton war derart anzüglich, dass Mirella das Lächeln auf den Lippen gefror.

Wenn das in dem Tempo weiterging, hatten sie den ersten Toten, bevor es dunkel war. Hier im Gastraum. Ihre Finger wollten nach den Wurfmessern an ihren Hüften greifen. Sie presste sie um die Suppenschüssel.

Der große Glatzkopf schnaubte unwirsch in Richtung seines Kumpels. »Herrje, Yanif. Willst du die Damen gleich vergraulen?« An Mirella gerichtet sagte er: »Es tut mir wirklich leid. Mein Kamerad ist manchmal etwas ... forsch.«

»Zum Glück bin ich nicht zimperlich«, gab Mirella zurück. Sie fixierte Yanif. »Jetzt hab ich dir was verraten. Du bist dran.«

Der Glatzkopf lachte, was verblüffend einnehmend klang. »Es ist Bier«, verriet er, bevor Yanif sich entschieden hatte, ob er das Geheimnis preisgab.

»Bier?«, fragte Mirella erstaunt. »Du willst mir erzählen, dass die Bier in ihren Eintopf kippen?«

»Das hat man uns zumindest erzählt, als wir gefragt haben«, entgegnete er schulterzuckend. »Aber warum auch nicht? Die Noblen schütten schließlich Wein in ihr Essen.«

»Tatsächlich?«, gaukelte Mirella Überraschung vor. Durch Tani wusste sie über diesen Umstand ziemlich gut Bescheid. Doch wieso sollte ein einfacher Wächter mit so etwas vertraut sein?

Für einen Gardisten, der selbst ein Nobler war, wäre es hingegen Grundwissen.

»Tatsächlich«, bestätigte der Mann und wirkte nicht, als hätte er Mirellas Misstrauen bemerkt.

»Das ist nicht euer Ernst«, murrte Alia. »Dabei wollte ich nicht mal was von dem Bier.«

»Eben hast du den Eintopf noch gelobt«, erinnerte Mirella sie.

Alia rümpfte die Nase, was die Männer zum Lachen brachte.

»Setzt ihr euch zu uns?«, fragte der Glatzkopf. Offenbar war er jetzt der Forsche, wenn auch auf deutlich angenehmere Art.

Mirella tauschte einen Blick mit Alia, damit nicht der Eindruck entstand, sie hätten es von Anfang an so geplant. Die Freundin machte eine Bewegung, die wie eine Mischung aus Nicken und Schulterzucken aussah.

»Warum nicht?«, sagte Mirella.

Yerad

Yerad wusste nicht, wie viel Zeit mittlerweile verstrichen war. Er würde auf eine Stunde tippen und die Greifin hatte sich seitdem nicht ein einziges Mal zu ihm umgedreht.

Immerhin, dachte er, *vertraut sie mir noch.* Andernfalls hätte sie ihn nicht aus den Augen gelassen.

Vorsichtig kroch er von der Wand weg.

Die Greifin wandte den Kopf in seine Richtung.

»Mir wird langsam kalt auf dem Boden«, erklärte er sich.

Sie meckerte und drehte sich demonstrativ weg, während Yerad sich auf seine Matratze setzte und in die Decke einwickelte. »Soll ich lieber gehen?«, fragte er, da er mittlerweile nicht mehr das Gefühl hatte, mit seiner Anwesenheit irgendetwas Positives zu bewirken.

Sie antwortete weder mit Ja noch mit Nein, sondern gab Laute von sich, die Yerad nie zuvor gehört hatte. Womöglich bedachte sie ihn gerade mit kreativen Schimpfworten.

Seufzend sank Yerad auf die Matratze und starrte die Decke an. »Ich würde wirklich gern mit dir fliegen«, sagte er, ohne zur Greifin zu blicken.

Sie reagierte nicht, doch er war sich sicher, dass sie zuhörte.

»Ich vermisse es. Das Gefühl vom Wind, der an mir zerrt, den grenzenlosen Himmel, die Freiheit.« Es raschelte, und Yerad drehte den Kopf zur Greifin, die sich ihm zugewandt hatte. »Als wir uns kennengelernt haben, war ich ein Gefangener, aber das war nicht immer so. Zumindest nicht offiziell. Ich habe mich allerdings schon seit vielen Jahren gefühlt, als wäre ich gefangen.« Er verzog das Gesicht. »Außer beim Fliegen.« Vielleicht hatte er das Fliegen deshalb so sehr gebraucht. Die einzige Flucht aus einer Welt, in der er sich permanent hatte verstellen müssen. Eine Welt, zu der er nicht länger gehörte. Und auch wenn Yerad Rabe nicht traute, so erschien ihm der Mann weniger unberechenbar als der Kalif. Auf gewisse Weise war Yerad hier in der letzten Zeit mehr er selbst gewesen, als er es zu Hause jemals hätte sein können.

Yerad fiel auf, dass die Greifin den Kopf geneigt hatte. Sie stieß einen fragenden Laut aus. Wütend sah sie nicht aus, weshalb Yerad wieder zu ihr ging und sie neben dem Schnabel streichelte. Dieses Mal ließ sie es zu.

»Ich würde wirklich gern mit dir fliegen«, sagte er abermals. »Aber wenn du das nicht möchtest, ist das in Ordnung. Wenn du in dein altes Leben zurückkehren willst, flieg einfach davon. Niemand von uns wird dich aufhalten.« Denn das wäre reiner Selbstmord. »Das alles geht allerdings nur, wenn sie dir die Ketten abnehmen. Und dafür musst du morgen Mirella und ...« Er zögerte kurz und überlegte, ob er seine Hand, welche die Greifin neben dem Schnabel streichelte, lieber in Sicherheit bringen sollte. Er entschied sich dagegen. »... und Rabe in deine Nähe lassen.«

Sie gab ein Grollen von sich, verschonte ihn aber mit weiterem Geschnappe.

»Wirst du sie zu dir lassen?«, fragte er. »Und ihnen nicht wehtun?«

Sie antwortete nicht. Im besten Fall, weil sie selbst nicht wusste, wie sie reagieren würde. Im schlimmsten Fall, weil sie ohnehin plante, Mirella und Rabe den Hals zu zerbeißen. Das allerdings würde nicht morgen geschehen, sondern erst, wenn die Ketten gelöst wurden. Das Tier war schließlich nicht dumm.

8

Mirella

Bei den drei Männern am Tisch zu sitzen, war bei Weitem nicht so schrecklich, wie Mirella es sich vorgestellt hatte, was daran lag, dass zwei von ihnen äußerst umgänglich waren: der Glatzkopf Basem mit dem einnehmenden Lachen und der stille Sacir mit der Narbe über dem Auge. Nur Yanif war furchtbar. Seine anzüglichen Äußerungen als ›forsch‹ zu umschreiben war unverdient schmeichelhaft.

Ihre Waffengürtel hatten die Männer alle umgeschnallt, wie Mirella zwischenzeitlich entdeckt hatte. Jeder von ihnen besaß tatsächlich zwei Säbel. Aber Armbrüste hatten sie nicht dabei. Allerdings wäre das in einem Gasthaus auch reichlich übertrieben.

»Ist die Arbeit als Wächter eigentlich gefährlich?«, fragte Mirella, nachdem sie wieder einen winzigen Schluck von ihrem Bier genommen hatte.

Sie hoffte, dass die Männer ihr vielleicht etwas über die Jagd nach den Rebellen verrieten. Immerhin hatten sie bereits mehrere Krüge Bier intus.

»Manchmal schon«, antwortete Basem, dem man den Alkoholkonsum überhaupt nicht anmerkte. »Daher hat unser Sacir auch seine Verschönerung.«

Der Erwähnte deutete auf die Narbe über seinem Auge und das nächste Thema war gefunden, um die Zeit bis zur Dunkelheit zu überbrücken. Mirella warf einen unauffälligen Blick zu den Fenstern neben der Eingangstür. *Eine halbe Stunde noch*, schätzte sie.

Eine halbe Stunde, in der sich das schlechte Gewissen tiefer in Mirellas Eingeweide grub, da sie und Alia Basem und Sacir in den Tod locken mussten. Sie versuchte, sich einzureden, dass die zwei Männer am Tod ihrer Familie beteiligt gewesen waren. Selbst das wollte ihr nicht gelingen, wusste sie doch, dass damals nicht jeder Gardist in der Alcazaba stationiert gewesen war.

Diesmal war die Stimme still, allerdings machte Mirella sich keine Illusionen, dass das den Rest des Abends so blieb.

Die Männer unterhielten sie mit Geschichten von ihrer Arbeit, verrieten aber bedauerlicherweise nichts über ihre Suche nach den Rebellen. Und auch nicht darüber, dass sie in Wahrheit Gardisten waren.

Mirella war dennoch überzeugt, dass Rabe mit seiner Vermutung recht hatte, denn dass die Männer aus dem Barri-Al-Noble stammten, stand außer Frage. Kein einziges Mal hatte einer von ihnen Wörter abgekürzt oder zusammengezogen. Sie redeten wie Yerad vor einigen Wochen. Warum sich diese Männer im Vergleich zu ihm nicht ihrem Umfeld angepasst hatten, konnte Mirella nur erahnen. Vielleicht, weil sie zu neu hier waren. Oder weil sie meist unter sich geblieben waren, während Yerad jeglicher Kontakt zu anderen Noblen abgeschnitten worden war.

Die Zeit verstrich quälend langsam und Mirella beobachtete mit zunehmender Sorge, dass sich das Gasthaus füllte. Mittlerweile waren sämtliche Tische besetzt. Selbst am Tresen waren keinerlei Plätze mehr frei, obwohl die Welt hinter den Fenstern noch immer zu hell war. So viel dazu, dass es erst gegen Mitternacht voll wurde ... *Verdammt.* Sie erhaschte einen Blick auf Durak.

Der Freund gab sich sichtlich Mühe, Zuversicht auszustrahlen. Was ihm schon deshalb misslang, weil er aussah, als wolle er aufspringen und zu Mirella eilen. Bestimmt rechnete er fest damit, dass ihre Panik sie jeden Moment in Schwierigkeiten beförderte.

»Bist du in Ordnung, Tani?«, erkundigte sich Basem.

Es dauerte einen Augenblick, ehe Mirella realisierte, dass sie diejenige war, die er angesprochen hatte. Alia und sie hatten den Männern sicherheitshalber nicht ihre echten Namen genannt, sondern die ihrer alten Freundinnen. Sie lächelte Basem an. »Ja, alles in Ordnung. Ich find's nur immer etwas ungemütlich, wenn's so voll wird. Ich hatte gehofft, dass das später passiert.«

»Meistens ist das auch so, aber heute hatten offenbar noch mehr Leute Lust auf gutes Bier.«

Alia verzog die Lippen und murmelte: »Oder auf die als Kanincheneintopf getarnte Biersuppe«, womit sie die Männer zum Lachen brachte.

»Wenn du willst, komm näher«, bot Basem Mirella an. »Einen Wächter rempelt niemand freiwillig an.«

Eine bessere Möglichkeit, dem Mann Interesse vorzuspielen, würde sie wohl so schnell nicht bekommen. Also rutschte sie mit ihrem Stuhl so dicht an Basem heran, dass die beiden Sitzflächen aneinandergrenzten.

Kurz wirkte er, als hätte er nicht damit gerechnet, dass sie auf das Angebot einging. Dann legte er den Arm um ihre Schultern und Mirella lehnte sich an seine Seite. Es war nicht direkt unangenehm, aber sie fühlte sich trotzdem äußerst unwohl. Da sie einen Mann, der sie mochte, umbringen lassen würde. Und deshalb, weil ihm so nah zu sein, sich anfühlte, als würde sie Rabe hintergehen. Sie wusste, dass Letzteres unsinnig war. Immerhin hatte Rabe ihr befohlen, das hier zu tun. Dennoch ließ sich das Gefühl nicht abschütteln.

Mirella hatte Schwierigkeiten, dem weiteren Verlauf des Gesprächs zu folgen, doch Alia beschäftigte Sacir und Yanif gerade ganz gut. Das musste sie auch, wenn Mirella es wirklich schaffte, Basem nach draußen zu lotsen.

Augenblicke zerflossen und endlich zeigte der Blick durch die Fenster, dass es dunkel genug war. Abermals hatte sich das Gasthaus spürbar gefüllt. Es wurde höchste Zeit, dass Mirella hier rauskam. Wenngleich sie angesichts der bevorstehenden Aufgabe am liebsten auf ihrem Platz geblieben wäre. Gelehnt an den Mann, der gleich sterben musste.

Oder er murkst dich ab. Da war sie wieder, die gehässige Stimme.

Willkommen zurück, dachte Mirella.

Ich verpass doch nicht die Hauptvorstellung.

Mirella hob eine Hand an Basems Oberschenkel und begann, mit trägen Fingern darüber zu streichen. Er spannte sich an, blieb jedoch vollkommen still, woran sich auch in den nächsten Minuten nichts änderte.

Mirella hätte erwartet, dieses Vorgehen reiche aus, dass er die Initiative ergriff, aber das war wohl ein Irrtum gewesen. Hoffentlich bedeutete das nicht, dass er kein Interesse an ihr hatte und der Arm um ihre Schulter lediglich eine kameradschaftliche

Geste war. Sie konnte sich ja schlecht, nachdem er sie abgewiesen hatte, an einen seiner Kameraden ranmachen. *Allerdings ... So, wie Yanif drauf ist, würde der sich trotzdem verführen lassen.* Mirella richtete sich etwas auf, bis ihre Lippen beinahe Basems Ohr berührten, wobei sie ihre Hand wie zufällig auf seine Brust legte. Sie spürte seinen rasenden Herzschlag. Ganz uninteressiert war er dann vielleicht doch nicht. »Was hältst du davon«, flüsterte sie, »wenn wir irgendwohin gehen, wo's ruhiger ist?«

Mirella bemerkte, dass die Gespräche am Tisch verstummt waren. Sie vermied es, die anderen anzusehen. Ihr war die Situation schon so unangenehm genug. Selbst Basem sagte nichts und machte auch keinerlei Anstalten aufzustehen.

Womöglich hat er ne Frau und ist nicht so'n Arschloch, sie zu hintergehen, mutmaßte die Stimme. *Musst du dich wohl doch an Yanif ranschmeißen.* Ein vergnügtes Kichern folgte.

Schön, dass wenigstens das Mistding seinen Spaß hatte.

He, ich denke, du sollst mich als Freund sehen. Freunde bezeichnet man nicht als ›Mistding‹.

Mirella schluckte ihre Erwiderung herunter und zwang sich, ihre Stirn gegen Basems glattrasierten Schädel zu lehnen. »Was sagst du?«, hauchte sie in sein Ohr, da er noch immer nicht reagiert hatte. Oder hatte sie das nur nicht mitbekommen, weil sie mit dem *Freund* in ihrem Kopf beschäftigt gewesen war?

Schon besser. Aber du musst dringend an deinem Tonfall arbeiten.

Basem drehte sich zu ihr und sie beherrschte sich, nicht zurückzuweichen. Seine Lippen waren viel zu nah. Doch er küsste sie nicht. »Für derart forsch hätte ich dich gar nicht gehalten.«

»Ist das schlimm?«, fragte sie möglichst unschuldig.

Er antwortete nicht sofort. »Eher unerwartet.« Er musterte sie. Auf eine Art und Weise, als röche er den Braten. Zumindest kam es Mirella so vor, als sein Blick über ihren Haaransatz wanderte. Waren da etwa rote Strähnen rausgerutscht? Hatte er sie als Rebellin enttarnt?

Doch er sagte nur: »Sacir, pass bitte auf, dass Yanif bei Elin nicht zudringlich wird.« Schließlich erhob er sich und reichte Mirella eine Hand, welche sie ergriff.

Sie folgte ihm durch das Gedränge, das ihr die Luft abschnürte. Kurz sah sie zu Durak und Chadrik, die beide ähnlich nervös wirkten, wie sie sich fühlte.

Hinter den Tischen wandte sich Basem zielstrebig nach rechts, Richtung Hinterausgang, was Mirella nur gelegen kam. Aber als er die Treppe erreichte, setzte er den Fuß auf die erste Stufe.

Natürlich. So oft, wie die Männer hier sind, haben sie doch bestimmt ein Zimmer da oben. Besonders da sie allem Anschein nach nicht von dieser Flussseite stammten. Der Plan war allerdings, sie ins Freie zu führen, damit Rabe und Zarif den Rest erledigten. Mirella blieb stehen.

Basem sah über die Schulter. Er runzelte die Stirn. »Ich dachte, du willst das auch.«

»Ja, schon«, beeilte sie sich, zu sagen. »Ich hab eher daran gedacht.« Mit dem Kopf deutete sie zum Hinterausgang.

Die Falten auf seiner Stirn wurden tiefer, während sich auf einmal eine Menschentraube hinter Mirella entlang drängte.

Zu viele! Zu nah! Instinktiv wich Mirella näher zu Basem. Sie suchte Schutz beim Feind. So weit war es nun.

»Wenn du keine Menschenmassen magst, ist das im Moment keine gute Idee«, sagte Basem.

Zunächst verstand Mirella seine Äußerung nicht. Dann erkannte sie durch den Schleier aus Angst, den sie nur mühsam davon abhalten konnte, in Panik umzuschlagen, dass die Menschentraube ausgerechnet auf die Hintertür zuhielt, diese öffnete und ins Freie schlüpfte.

Das ist nicht euer Ernst! Wie sollte sie Basem nun erklären, warum sie dorthin wollte?

Gar nicht, freute sich die Stimme. *Jetzt bist du im Arsch.*

Das war Mirella wirklich. Denn ihr angstgebeuteltes Gehirn ließ sie bei der Suche nach neuen Ausreden komplett im Stich. Wie verwurzelt stand sie vor der ersten Treppenstufe und wusste nicht, wie sie aus der Nummer herauskommen sollte. Gut, sie könnte das vereinbarte Zeichen machen und Durak oder Chadrik würden sie befreien. Doch damit bestand die Gefahr, dass sie die gesamte Mission vereitelte. Selbst wenn einer ihrer Freunde es schaffte, Basem ins Freie zu locken. Denn das würde vermutlich nur gelingen, wenn es nach einer Prügelei aussah und dabei ließen Sacir und Yanif ihren Kameraden gewiss nicht allein.

»Oben ist es ohnehin gemütlicher als da draußen in der Gasse«, redete Basem weiter. Er beugte sich zu ihr herunter. »Oder hattest du vor, mir meine Geldbörse zu stehlen? Auf der Straße kannst du schließlich besser abhauen.« Es klang wie ein Scherz, der sie aufmuntern sollte.

Dennoch zuckte Mirella kaum merklich zusammen.

Wäre Basem wie Rabe hätte er es gemerkt. Zum Glück war er es nicht.

Mirella versuchte sich an einem Lächeln. »Geldbörsen interessieren mich nicht besonders«, konterte sie und gab den Widerstand auf. Am Fuße der Treppe zwischen all den Menschen stehen zu bleiben, kostete sie Kraft, die sie bald brauchte. Entschlossen trat sie die Stufe zu ihm hinauf. Sie hatte ihre Messer und würde allein mit Basem fertigwerden.

Mit einem Gardisten?, kicherte es in ihrem Kopf. *Viel Vergnügen.*

»Was interessiert dich denn mehr als Geldbörsen, Tani?«, wollte Basem wissen, als sie Hand in Hand die Treppe nach oben gingen.

Das Menschengedränge hinter sich lassend, legte sich Mirellas Angst ein wenig. »So was find ich spannend«, antwortete sie und tippte mit der freien Hand gegen einen von Basems Säbelgriffen.

Im nächsten Moment fragte sie sich, ob das ein Fehler gewesen war. Welche normale Frau interessierte sich schon für Waffen?

Doch Basem lachte. »Das ist zumindest etwas anderes. Von einem Mann, der sich von einer hübschen Frau die Geldbörse stehlen lässt, habe ich des Öfteren gehört. Von einem, dem seine Angebetete die Säbel klaut, noch nie.«

»Du hättest der Erste sein können.« Sie erreichten das obere Ende der Treppe. Jeweils vier Türen waren auf beiden Seiten des Flures. So, wie auf der Zeichnung. »Chance verspielt, würde ich sagen«, redete Mirella betont locker weiter. »Oder wollen wir doch nach unten und durch die Hintertür verschwinden?« Ein Teil von ihr hoffte, dass er Ja sagte. Dass sie nicht diejenige sein musste, die ihm das Leben nahm.

Natürlich tat er es nicht. »Das würde mir sowieso niemand glauben.« Vor der zweiten Tür auf der rechten Seite blieb er stehen.

Mirella lehnte sich gegen eine Wand und spielte mit einer Strähne ihrer Perücke, darauf bedacht, bloß nicht die echten Haare zu befreien, während Basem den Schlüssel ins Schlüsselloch schob. Er schloss allerdings nicht auf. Stattdessen streichelte er beinahe vorsichtig über Mirellas Wange.

Unter anderen Umständen hätte sie ihn durchaus mögen können. *Nein, nicht unter anderen Umständen.* Sie mochte ihn sogar jetzt. Diese Erkenntnis machte ihren Plan umso grausamer.

Siehst du, meldete sich die Stimme. *Du hättest ihn besser nach draußen gelockt. Gleich sticht der Gardist dich ab. Glückwunsch.*

Basem betrachtete sie, die Hand an ihrer Wange verharrte. »Hast du es dir doch anders überlegt? Wir können auch wieder nach unten gehen. Das ist kein Problem.«

Hätte es ihm nicht egal sein können, wie es ihr ging? Hätte er sich nicht wenigstens in diesem Punkt wie ein Widerling verhalten können? Die Gedanken an ihr Vorhaben wären um einiges erträglicher gewesen.

»Nein«, antwortete Mirella. »Es ist nur ... Ich bin ein bisschen nervös.« Das war sie wirklich. Aber hauptsächlich aus Angst, dass sie im falschen Moment zögerte. *Denk an deine Freunde,* mahnte sie sich. *Die sind in Schwierigkeiten, wenn Basem die Attacke überlebt.*

Erst mal bist du in Schwierigkeiten, erklang die kichernde Stimme. *Allerdings scheinst du ja auf Lebensgefahr zu stehen.*

»Also willst du in das Zimmer mitkommen?«

Wie konnte der Kerl eine Frau derart gut behandeln und gleichzeitig die Gräueltaten anrichten, von denen Rabe berichtet hatte?

Weil das eine mit dem anderen nichts zu tun hat, erklärte die Stimme in einem Ton, als sei Mirella nicht ganz dicht.

»Ja, ich will mitkommen«, sagte sie und setzte ihr schönstes Bühnenlächeln auf. Da er immer noch nicht überzeugt wirkte, gab sie sich einen Ruck und legte eine Hand an seine Brust. Sie konnte das Bier riechen, das er vorhin getrunken hatte, sowie seinen eigenen Geruch, der angenehm war, wenn auch nicht so anziehend wie der von Rabe. Sie versteifte sich beim Gedanken an ihren Gefährten.

Er hat dich hier reingeschleift, erinnerte die Stimme sie. *Obwohl ... eigentlich hat er doch gesagt, dass du nicht mit den Kerlen rummachen sollst. Du missachtest mal wieder nen Befehl.*

Zum Glück merkte Basem nichts von alledem. Nichts von ihrem Zögern. Nichts davon, dass sie an einen anderen Mann dachte, während sie behutsam über seine Brust strich. Und auch nichts von dem Ding in ihrem Kopf.

Als er seinen zweiten Arm hob, hoffte sie inständig, dass er nicht ihre Hüften berührte, da er dann garantiert eines der Wurfmesser bemerkte. Hätte sie noch die gewöhnlichen Küchenmesser, hätte sie sich da irgendwie herausreden können. Die Wurfmesser hingegen sahen sehr speziell aus und mit Pech könnte Basem sich den Rest alleine zusammenreimen. Immerhin wussten die Gardisten, dass eine Messerwerferin auf der Flucht war.

Doch er zog sie nur in eine Umarmung. Sie spürte seinen Herzschlag ebenso wie ihren eigenen. Sie pochten beinahe im selben Takt, wenn auch aus unterschiedlichen Gründen.

Endlich trat er zurück und öffnete die Tür. Unbehaglich folgte Mirella ihm in den dunklen Raum, durch dessen Fenster nur das schwache Licht des Mondes fiel, und schloss die Tür hinter sich.

Vier Wurfmesser steckten unter dem Tuch in ihrem Gürtel, vier weitere waren um ihre Unterschenkel gebunden. Sie beugte sich zu Letzteren herunter, schob ihre Hosenbeine nach oben und umfasste zwei Griffe, als Basem plötzlich murmelte: »War hier nicht irgendwo die Öllampe?«

Mirella erstarrte in der Bewegung. »Wir brauchen doch kein Licht, Basem«, beeilte sie sich, zu sagen.

»Ich würde dich aber gerne sehen.«

»Das Mondlicht ist so schön«, entgegnete Mirella, unschlüssig, ob sie es wagen konnte, die Waffen zu ziehen, oder ob sie dann gleich mit zwei Wurfmessern in den Händen hell beleuchtet war und das Überraschungsmoment verspielt hatte. »Viel romantischer als eine Öllampe.«

»Romantisch?«, wiederholte Basem und lachte. »Wenn du darauf Wert legst, hast du das bislang wirklich gut versteckt.«

Die Ungeduld zerrte an Mirellas Eingeweiden, während kramende Geräusche aus Basems Richtung drangen. Bestimmt brauchte er noch einen Moment. Schnell zog sie die Messer, streifte die Hosenbeine runter und richtete sich auf.

Da erklang ein verräterisches Ratschen und die Öllampe erhellte das Zimmer.

Hastig schob Mirella ihre Hände hinter den Rücken.

Basem wandte den Blick von der Lampe ab und sah sie an. Abermals runzelte er die Stirn, wirkte misstrauisch. Am schlauesten wäre es gewiss, jetzt die Messer auf ihn zu werfen, aber er hockte gerade halb hinter einer Truhe, wo er selbst im überrumpelten Zustand leicht in Deckung gehen könnte. »Du siehst aus, als würdest du etwas vor mir verstecken«, sagte er.

Verdammt! »Tue ich das?«, entgegnete sie unschuldig, während sie sich abmühte, mit möglichst unauffälligen Bewegungen die Messer so in ihren Gürtel zu schieben, dass sie vom Tuch verdeckt wurden. »Ist ne blöde Angewohnheit von mir«, plapperte sie, um Zeit zu gewinnen. »Wenn ich sehr nervös bin, knete ich die Hände hinterm Rücken.« Die Messer steckten fest und sofern Mirella nicht vollkommen falsch lag, sogar unter dem Tuch.

Die Falten in Basems Stirn wurden eher größer als kleiner, während er hinter der Truhe hockte.

Hastig holte Mirella die Hände hervor und präsentierte ihm die leeren Handinnenflächen. »Siehst du: Nichts versteckt.« Sie war froh, dass diese Geste nicht von einem Poltern begleitet wurde, weil die Messer eben doch nicht ordentlich im Gürtel klemmten.

»Womöglich hast du den geheimnisvollen Gegenstand in deinen Gürtel gesteckt«, mutmaßte er und Mirellas Herz schlug mittlerweile in einem bedenklichen Tempo.

Er sah aus, als wolle er etwas hinzufügen, weshalb Mirella sich mit ihrer Entgegnung beeilte: »Soll ich mich vielleicht einmal im Kreis drehen, damit der Herr Wächter beruhigt ist? Ich schwöre, ich habe weder deine Geldbörse noch deine Säbel gestohlen.«

Endlich glätteten sich die Falten in Basems Stirn. »Schon gut.« Er rieb sich das Gesicht. »Das war unangebracht misstrauisch.«

War es nicht, aber Mirella nickte erleichtert.

»Ich bin eben ein Wächter.« Es klang, als hätte er vor seiner Berufsbezeichnung ein wenig gezögert. Vielleicht wollte Mirella diese Pause auch nur hören. »Ein gewisses Misstrauen gehört bedauerlicherweise dazu.« Er erhob sich und kam auf Mirella zu.

Sie wollte nach den Messern greifen, nun da er aus der Deckung gekommen war. Doch ihre Finger hingen starr zu ihren Seiten.

Gleich findet er die Messer, jubelte die Stimme, *und murkst dich mit ihnen ab.*

Wieder strich er über ihr Gesicht. Solange seine Hände dort waren, war er zumindest nicht in der Nähe ihrer Waffen.

Aber in der Nähe deiner Perücke, erinnerte sie das Ding in ihrem Kopf.

Als hätte er die Worte gehört, fixierte er plötzlich Mirellas Haaransatz. »Was ...«, murmelte er.

Dann ein Ziehen an Mirellas Kopfhaut, die falschen Haare wurden fortgerissen und ein Schwall aus Locken ergoss sich über ihre Schultern.

9

Mirella

Blitzschnell sprang Mirella zurück, rollte sich rücklings über den Boden ab, griff nach ihren Messern – eine Choreographie aus einem ihrer früheren Auftritte, an die ihr Körper sich von selbst erinnert hatte, um sie in Sicherheit zu bringen. Sie betrachtete Basem, der nun Säbel in den Händen hielt, sich aber noch immer an seiner letzten Position befand. Rote Strähnen behinderten ihre Sicht, doch Mirella wagte es nicht, sie fortzuschieben.

»Du«, entfuhr es Basem fassungslos. Er sah sie an, als sei sie ein Geist, und irgendwie war sie das auch. Die echte Mirella war damals mit ihrer Familie gestorben. Das, was übrig geblieben war, war eine neue Frau, die nur das Äußere mit ihrer Vorgängerin teilte. »Du bist die Artistin aus der Alcazaba. Mirella Callini.« Basem fixierte die Wurfmesser in ihren Händen und verharrte. Offenbar wusste er, was sie damit anrichten konnte. Vielleicht hatte er sogar schon einmal bei einem ihrer Auftritte zugesehen.

»Du bist doch auch nicht, was du vorgegeben hast.« Warum redete sie mit ihm? Sie sollte einfach die Messer werfen und

Abstand zu ihm halten. Basem hatte nur die Säbel und keinerlei Fernwaffen am Körper. Solange Mirella ihm nicht zu nah kam, war sie im Vorteil. Das wusste er genauso wie sie. Deshalb machte für ihn Reden Sinn, für sie jedoch nicht. Dennoch tat sie genau das.

»Seit wann wusstest du das? Schon als du an unseren Tisch gekommen bist?«

»Ja«, gab sie schlicht zu.

»Ich hätte es ahnen müssen. Normalerweise schlägt Yanif jede Frau in die Flucht. Dass ihr an unserem Tisch geblieben seid, hätte mich misstrauisch machen müssen.« Basem stieß ein verbittertes Schnauben aus. »Aber du hast mir gefallen. Du wirktest so unkompliziert und sympathisch.«

Mirella schluckte ob des schlechten Gewissens, das ihr die Kehle zuschnürte. »Du auch«, sagte sie und es war die Wahrheit. Sie mochte ihn, besonders sein Lachen. Sie wollte ihn nicht töten. Doch wenn sie es nicht tat, wenn sie zuließ, dass er durch die Tür oder das Fenster entkam, waren sie alle verloren.

Wieder schnaubte Basem. »Keiner von uns will den anderen umbringen«, vergegenwärtigte er das Dilemma. »Und warum bedrohen wir uns dann gegenseitig?«

»Weil du ein Gardist bist und ich eine Rebellin und nur einer von uns hier lebend rauskommt.«

»Sagt wer? Euer Anführer? Dieser Rabe, wie er sich selbst nennt?«

Mirella fuhr zusammen beim Namen ihres Gefährten.

Basem lächelte müde. »Überrascht, dass wir darüber Bescheid wissen?« Er wartete ihre Antwort nicht ab. »Ich kann dafür sorgen, dass weder dir noch Elin ...« Er unterbrach sich. »... also deiner Freundin, wie auch immer sie heißt, etwas passiert, Mirella. Das verspreche ich dir.«

Sie glaubte gerne, dass er das konnte. Es gab da nur ein Problem: »Unter der Bedingung, dass ich kooperiere und dir die anderen ausliefere?«

Er nickte. Als sie nichts entgegnete, sagte er leise: »Du wirst es nicht tun.« Sein Bedauern klang ehrlich.

»Nein«, bestätigte sie und ihre Finger krampften sich regelrecht um die Messergriffe.

Einen Moment standen sie reglos da, während das Licht flackerte. Warteten. Auf eine Regung des Gegenübers. Darauf, dass ihnen doch eine Lösung einfiel, bei der sie beide lebten. Dabei gab es keine. Mirella würde das Versteck niemals verraten. Und die Chance, die Basem ihr gegeben hatte, konnte sie ihm nicht anbieten. Selbst für den unwahrscheinlichen Fall, dass er sich bereit erklärte, die Seiten zu wechseln, würde Rabe das kaum mitmachen. Er hätte Mirella diese Möglichkeit beinahe verweigert und Basems Vertrauenswürdigkeit wäre weitaus fragwürdiger.

Plötzlich eine ruckartige Bewegung von Basem, Mirella warf die Messer, sprang zurück und hatte die nächsten Messer in den Händen, als Basem vor ihr in die Knie ging. Seine Säbel polterten neben ihm auf den Boden. »Gut getroffen«, murmelte er und presste die Finger auf den Bauch, wo die beiden Wurfmesser steckten. Das Blut quoll unter ihnen hervor. So viel, dass kein Zweifel bestand, dass er sterben würde.

Mirella sollte froh sein, dass sie es überstanden hatte. Dass von den drei Gardisten nur noch zwei übrig waren. Aber sie starrte Basem fassungslos an und konnte sich nicht rühren.

Er rutschte auf den Rücken, die Hände fest auf die Wunde gepresst, und blickte Mirella an, ein gequältes Lächeln auf den Lippen. »Das hätte anders laufen sollen.«

»Der Kampf?«, hörte Mirella sich fragen. Eigentlich konnte man das doch nicht einmal so nennen.

»Der Abend.«

Das war zu viel für Mirella. Sie schob die Wurfmesser zurück in den Gürtel und sank neben Basem.

Die Stimme in ihrem Kopf lachte. *Wie nett von dir, dass du ihm die Gelegenheit gibst, dich auch abzumurksen. Das ist schon ne Meisterleistung, sich von nem tödlich Verwundeten abstechen zu lassen.*

Basems Finger umgriffen ihre. »Tut mir leid wegen deiner Familie.«

»Warst du dabei?« Sie wusste nicht, wieso sie das fragte. Wenn er Nein sagte, würde sie sich doch noch schlechter fühlen.

»Ich habe sie nicht getötet, aber ...« Er zögerte, atmete schwer. »Ich war in der Nacht, als der Kalif ... diesen Befehl gab, auch in der Alcazaba.«

Besser fühlte Mirella sich mit dem Wissen nicht. »Warum hast du dich nicht geweigert, bei dem Abschlachten mitzumachen?«

Wieder dieses gequälte Lächeln. Er drückte ihre Hand. »Weil ich nicht den Galgen des Kalifen zieren wollte.«

Mirella blinzelte. »Der Kalif tötet seine Gardisten?«

»Wenn sie Befehle missachten.«

Das hatte Mirella nicht gewusst. Diejenigen, die scherzend gemordet hatten, blieben in ihren Augen zwar dieselben Monster, aber auf die Taten der restlichen Gardisten warf es ein ganz neues Licht.

Eine Berührung an der Wange riss sie aus den Gedanken.

Basem strich über ihr Gesicht, während seine andere Hand sich fester mit ihrer verschlang. Da wurde Mirella bewusst, dass aus der Wunde nun ungehindert das Blut quoll. Sie wollte danach sehen, doch er hob ihr Kinn. »Bin ich dein ... erster Getöteter?«, fragte er, deutlich leiser inzwischen.

»Nein«, gab sie zu. »Aber der Erste, um den es mir leidtut.«

Sein Lächeln war nur noch zu erahnen. Und er war blass geworden. Seine Augen fixierten ihre Lippen. »Du musst aufpassen«, murmelte er, ohne den Blick von ihrem Mund zu nehmen, »dass dich das Töten nicht zerbricht.«

Ich bin bereits zerbrochen. Sie sagte es nicht, nickte beklommen.

Sein Zeigefinger fuhr behutsam über ihre Lippen. Die Berührung war kaum spürbar, dennoch nahm Mirella die Kälte wahr, die davon ausging. Weil schon so viel Leben aus ihm gewichen war?

Abrupt beugte sie sich zu ihm herab und senkte ihren Mund auf seinen, gewährte dem Sterbenden einen letzten Wunsch, bevor es zu spät war. Der Kuss schmeckte nach Blut und Verzweiflung.

Dann erstarrten seine Bewegungen, seine Hand rutschte von ihrer Wange und schlug laut neben Mirella auf dem Boden auf. Seine Augen waren geschlossen, die Gesichtszüge so entspannt, wie es bei einem Toten möglich war.

»Mögen wir uns wiedersehen«, wisperte Mirella und erhob sich wankend.

Du lebst ja immer noch, sagte die Stimme frustriert.

»Tut mir leid, dich zu enttäuschen«, flüsterte Mirella in die Stille.

Och, das ist doch deine Spezialität.

Einen Moment stand Mirella da und wartete, bis die Kraft in ihre Beine zurückkehrte. Sie zwang sich, langsam zu atmen, nicht nachzudenken. Als sie sich halbwegs beruhigt hatte, klaubte sie die Perücke vom Boden auf, die sie jetzt irgendwie ohne Hilfe auf den Kopf bekommen musste, da sie Alia mit den beiden anderen nicht allein lassen wollte. Sie würde Sacir und

Yanif erzählen, dass Basem eingeschlafen war. Ganz gelogen war es ja nicht. Da entdeckte sie das Blut an ihrem Ärmel. Und nicht nur da: Auch die Vorderseite der hellen Bluse war mit roten Schlieren bedeckt. Sie berührte ihre Wange, wo Basem sie gestreichelt hatte, und hatte anschließend Blut an den Fingern, was eigentlich keine Überraschung sein sollte, da er seine Hände vorher auf die Wunde gepresst hatte. Mirella verzog das Gesicht. Das hatte sie nun von ihrer Sentimentalität.

Eines war jedenfalls sicher: So, wie Mirella aussah, konnte sie auf keinen Fall zurück in den Schankraum. In einer Ecke des Raumes stand zwar eine Waschschüssel, doch damit könnte sie sich bestenfalls das Blut von Gesicht und Händen, nicht aber aus ihrer Kleidung schrubben. Kurz überlegte Mirella, in einem der anderen Zimmer einzubrechen und eine Bluse zu stehlen. Allerdings würden Sacir und Yanif gewiss bemerken, wenn Mirella mit einem neuen Oberteil zurückkehrte. Sofern sie überhaupt eines fand.

So oder so, Alia musste mit den beiden Gardisten allein zurechtkommen. Ein Gedanke, der Mirella nicht behagte. Nächstes Mal sollte sie für derartige Fälle vielleicht ein Bündel identischer Wechselsachen mitnehmen.

Oder du knutschst nicht mit dem Gardisten rum, schlug die Stimme vor.

»Ach, halt die Klappe«, murrte Mirella und sah sich zum bestimmt zehnten Mal in dem Raum um, wobei sie den Bereich, in dem der tote Basem lag, ignorierte. »Ich muss hier raus«, sprach sie ihre Gedanken aus, weil sie sie anders nicht zu fassen bekam. Durch das Fenster sollte das ein Leichtes sein. »Vorher die Laterne löschen.« Damit man sie nicht von draußen sah. Trotzdem hatte sie das Gefühl, etwas vergessen zu haben.

Der Schlüssel könnte nützlich sein, meldete sich die Stimme zur Abwechslung mal mit einem konstruktiven Vorschlag. *Und ein Mantel, falls du noch nach Hause willst, ohne auf der Straße alle mit deiner blutverschmierten Bluse zu verschrecken. Du kannst dich aber auch neben deinen armen Basem legen. Vielleicht sticht dich dann ja einer seiner Kollegen ab, wenn er hier aufschlägt.* Wieder kicherte die Stimme.

Mirella beherzigte die Hinweise und überhörte den Rest. Der Mantel, in den sie schlüpfte, war unauffällig und dunkel, jedoch viel zu groß. Sie musste die Ärmel mehrfach umkrempeln und das untere Ende eine Handbreit abschneiden. Es war offensichtlich, dass das Kleidungsstück nicht ihr gehörte, aber für die Straßen sollte es reichen.

Dann tappte sie doch zu Basem. Das schlechte Gewissen fraß sie mit jedem Zentimeter, den sie sich ihm näherte, ein bisschen mehr auf.

Na, willst du ihm ein Trauerständchen bringen? In Schwarz gehüllt hast du dich ja bereits.

Sie griff nach seinem Waffengürtel, öffnete die Schnalle und zog den Gürtel mühsam unter ihm hervor. Das Leder hatte sich mit Blut vollgesogen. Genau wie die Dielen unter Basem. Schnell legte sie den Gürtel um, wobei sie mit einem Messer ein weiteres Loch hineinstechen musste, da er ihr sonst von den Hüften gerutscht wäre. Anschließend nahm sie die Säbel vom Boden. Während sie sie in die Scheiden schob, dachte sie an ihr Geplänkel mit Basem über diese Waffen. Er hatte gesagt, dass ihm niemand einen solchen Diebstahl glauben würde, doch er kam nicht einmal mehr dazu, überhaupt davon zu berichten.

Nun kam das Schlimmste: die Messer in seinem Bauch. Sie hierzulassen wäre einerseits Verschwendung und andererseits ein Hinweis, dass es die Flüchtige Mirella Callini gewesen war, die diesen Mord verübt hatte. Sie fixierte die beiden Griffe und umfasste sie gleichzeitig. Ruckartig riss sie die Waffen heraus. Ein schmatzendes Geräusch, noch mehr Blut und Mirella kämpfte damit, sich nicht zu übergeben. *Einatmen, ausatmen, einatmen,* beschwor sie sich, bis die Übelkeit abebbte. Sie wischte die Messer an Basems Hose notdürftig sauber und schob sie in ihren Gürtel. Ein letzter Blick zu dem toten Gardisten und sie erhob sich.

Wie jetzt? Gar kein Abschiedskuss?

Sie wusch sich in dem kalten Wasser Gesicht und Hände, stopfte die Perücke in eine Manteltasche, löschte das Licht und ging zum Fenster. Die kühle Nachtluft ließ sie frösteln. Vielleicht war es auch die Situation, denn normalerweise fand Mirella die Temperaturen der Septembernächte angenehm. Vorsichtig kletterte sie auf den Fenstersims und rutschte auf das Dach des Nachbarhauses, das einen halben Meter unter ihr direkt an das Gasthaus grenzte. Sie schob die Fensterläden hinter sich zu, dann wandte sie sich nach rechts zur Gasse, wo Rabe und Zarif sein mussten. Um weniger aufzufallen, ging sie in die Hocke. Lautstark schlugen die Säbel auf dem Dach auf.

Mirella fuhr zusammen, rechnete fest damit, dass jemand sie erspähte. Im schlimmsten Fall endete eine solche Begegnung mit unnötigen Todesopfern und sie kam nicht einmal mit den Morden zurecht, die nötig waren.

Niemand interessierte sich für sie. Selbst die Gespräche, die irgendwo in der Gasse geführt wurden, verstummten nicht. Bestimmt dachten die Leute, ein Betrunkener wäre über seine eigenen Füße gestolpert. Dennoch musste Mirella wachsamer sein. Der Abend war schon entsetzlich genug verlaufen. Dabei war die Aufgabe erst zu einem Drittel umgesetzt. Zumindest wenn Alia es nicht zeitgleich geschafft hatte, Sacir oder Yanif ins Freie zu locken, was sich Mirella nur schwerlich vorstellen konnte.

Weiter. Am Rand des Dachs drückte sie sich möglichst dicht an die Mauer, um in deren Schatten zu verschwinden, und beobachtete das Geschehen unter sich. Sie konnte weder Rabe noch Zarif erspähen, aber wenn die beiden sich direkt an der Wand des Gasthauses aufhielten, wurden sie auch vom Dachüberstand verdeckt.

Sieben weitere Menschen befanden sich in der Gasse. Einige von ihnen wirkten ziemlich betrunken, die anderen sehr beschäftigt. Rasch machte sich Mirella an den Abstieg, wobei sie aufpasste, nicht erneut mit den Säbeln Lärm zu veranstalten.

Kaum war sie unten angekommen, packte sie jemand am Arm und zerrte sie in die Schatten. Es dauerte nur eine Schrecksekunde und sie nahm Rabes vertrauten Geruch wahr.

»Bist du in Ordnung?«, flüsterte er und zog sie an sich.

»Meine Bluse ist ziemlich ...« Sie biss sich auf die Zunge, da sie nicht wusste, ob vielleicht jemand zuhörte. »... schmutzig. Deshalb kann ich nicht wieder rein.« Hoffentlich verdeckte der Mantel das ganze Blut. Nicht, dass sie Rabe auch gleich einsaute. Wobei das bei seinem dunklen Hemd nicht besonders auffallen dürfte.

Rabe trat zurück. »Und was ist mit dir?«

»Ich bin in Ordnung«, wisperte sie rasch, wenngleich es sich nicht so anfühlte.

»Gut.« Sie hörte die Erleichterung, ehe sein Ton neutral wurde: »Was ist mit dem Kerl?« Auf ihr Zögern sagte er: »Du kannst reden. Solang nicht wieder jemand durch die Tür kommt, ist niemand in Hörweite.«

»Er ist tot«, entgegnete sie leise. Sie merkte selbst, wie bedauernd sie klang. *Reiß dich zusammen*, schalt sie sich. *Nachher zweifelt Rabe noch an deiner Loyalität.*

Kichernd gab die Stimme von sich: *Da hätte er doch jeden Grund zu. Was er wohl dazu sagen würde, dass du mit dem Feind geknutscht hast?*

»Ich hab seine beiden Säbel«, ergänzte Mirella, in der Hoffnung, Rabe von seinen Gedankengängen, die nur schlecht für sie enden konnten, abzulenken. »Die würd ich gern loswerden.« Besonders gut konnte sie damit ohnehin nicht umgehen und sie waren hinderlich. »Der Gürtel ist allerdings auch eingesaut.«

»Dann kommen sie in die Tasche.« In der Dunkelheit schnallte Mirella den schweren Gürtel ab und reichte ihn umständlich an Rabe. Anschließend leises Geraschel und Geklapper, als Rabe die Waffen verstaute.

»Wie geht's Alia?«, fragte sie.

»Sie macht sich gut«, antwortete Zarif. »Willst du mal sehen?«

»Ja.« Sie folgte Zarifs Stimme und er schob sie an der Schulter in eine halb gebückte Position, sodass das Loch, aus dem der Lichtschein drang, beinahe auf Höhe ihres Kopfes war.

»Falls die Tür aufgeht, musst du dich hinstellen, damit niemand was mitbekommt«, wies er sie an.

»Mach ich«, versicherte sie und lugte mit einem Auge durch die Öffnung. Zunächst sah sie Durak und Chadrik, die noch immer an ihrem Tisch saßen und so taten, als würden sie Bier trinken. Ihr Blick wanderte weiter nach links zu Alia, Sacir und Yanif. Der Winkel war etwas ungünstig, aber sie konnte dennoch erkennen, dass die drei sich unterhielten. Würde sie es nicht besser wissen, würde sie glauben, dass Alia und die

Gardisten befreundet wären. Und im Gegensatz zu Mirella gelang es der Freundin vielleicht wirklich, jemanden nach draußen zu locken.

Die nette Schankfrau tauchte am Tisch auf. Offenbar wurde eine neue Bestellung aufgegeben. Als die Frau wieder fort war, zog Sacir seine Geldbörse hervor und blickte ziemlich angestrengt hinein. Eine Diskussion mit Yanif entbrannte, woraufhin dieser in seine eigene Geldbörse schaute. Mirella konnte Yanifs Gesicht zwar nicht sehen, aber der Wortwechsel ging weiter. Selbst Alia beteiligte sich daran. Auch auf diese Entfernung war ihre Nervosität zu bemerken. Da dämmerte Mirella, was die Freundin befürchtete.

»Oh, scheiße«, entfuhr es ihr, als sich Yanif erhob. Hoffentlich lief er nur zur Schankfrau, um die Bestellung rückgängig zu machen.

»Was ist?«, fragte Rabe.

»Vielleicht nichts«, sagte sie. »Aber vielleicht rennt der eine gleich ins Zimmer, wo Ba... wo der Tote liegt.«

»Hast du den Schlüssel?«

Mirella schickte einen stummen Dank an die Stimme und gab den Zimmerschlüssel Rabe, während sie gebannt Yanifs Weg verfolgte.

Wie durch eine Wand hörte sie Rabes Anweisung: »Falls er hochgeht, bleibst du hier, Zarif.«

»Verstanden«, sagte der Angesprochene.

»Mira, du gehst übers Dach ins Zimmer«, fuhr Rabe fort. »Ich schneid ihm über die Treppe den Weg ab. Welches Zimmer ist es?«

Yanif passierte nun den Tisch von Durak und Chadrik.

Geh zur Schankfrau, beschwor Mirella den Kerl.

»Mira?«, fragte Rabe.

»Verstanden«, sagte sie atemlos.

»Welches Zimmer?«

»Das Zweite auf der rechten Seite.«

Yanif blieb nicht am Tresen stehen, sondern lief weiter. Möglicherweise, weil er die Schankfrau gerade woanders entdeckt hatte. Dann setzte er den Fuß auf die unterste Treppenstufe.

»Er geht hoch.« Mirella wich vom Guckloch zurück und huschte zum Dach. Sie scherte sich nicht mehr darum, ob jemand sah, wie sie hochsprang, sich an der Kante festklammerte und hinaufzog. Wenn Yanif den toten Basem fand, bevor sie bei ihm waren, lockte er womöglich jede Menge Zeugen an. Sie rannte regelrecht übers Dach, hin zum Fenster, öffnete die Fensterläden und zog sich auf den Sims. Die Tür schwang auf, noch während sie dort saß, und dann ging alles ganz schnell: Das Licht vom Flur fiel auf Basems leblosen Körper, die Silhouette des Gardisten im Türrahmen, Mirellas Hand glitt zum Messergürtel. Da wandte sich Yanif um, verschwand aus Mirellas Blickfeld, schrie etwas, das gleich darauf erstickt wurde, und taumelte zurück in die Kammer. Die Tür knallte zu, das verräterische Schaben von gezogenen Säbeln erklang.

Mirella kletterte in den Raum und drückte sich mit dem Rücken an die Wand. Sie versuchte, in den schemenhaften Bewegungen und dem vereinzelten Blitzen von Stahl zu erkennen, wer der Feind war und wer der Mann, den sie auf keinen Fall verlieren wollte.

So stand sie da mit ihren Messern in den Händen und wagte es nicht, von ihnen Gebrauch zu machen, hörte die Männer fluchen, schnaufen und wie Stahl auf Stahl schlug. Hatte Rabe überhaupt den Hauch einer Chance? Sie wusste nicht, ob er auch einen Säbel hatte. Vermutlich nicht, denn damit wäre er bestimmt nicht durch das Gasthaus spaziert. Also hatte er nur seinen Dolch. Gegen einen mit zwei Säbeln bewaffneten Gardisten ...

Licht, dachte sie. *Wenn ich Licht habe, kann ich ihm helfen.* Vorsichtig drückte sie sich an der Wand entlang. Irgendwie zur Truhe, wo Basem die Laterne entzündet hatte, in der Hoffnung, dabei nicht aufgeschlitzt zu werden. Da erklang ein hässliches Schmatzen, etwas schlug hart auf dem Boden auf.

Stille.

Mirellas Herz setzte einen Schlag aus, während sie sich einredete, dass Rabe lebte. Sie spürte, wie die Tränen in ihren Augen brannten, und blinzelte sie hartnäckig fort. War es nicht irgendwann endlich einmal genug? Sie war es leid, so verdammt leid.

Jemand bewegte sich, atmete schwer. »Mira, bist du da?«, hörte sie die ersehnte Stimme.

»Ich bin hier«, kam es ihr kläglich über die Lippen und sie schob die Messer in den Gürtel. Zitternd kroch sie dorthin, wo sie Rabe vermutete, fand seinen warmen Körper und schlang die Arme um ihn. »Warum hast du nicht gleich was gesagt? Ich dachte, du wärst tot.« Ihr war bewusst, wie jämmerlich sie klang, und es war ihr egal.

Für einen Moment presste auch er sich an sie. Dann erhob er sich und zog sie auf die Beine. »Wir müssen weg.«

Unvermittelt schwang die Tür auf. Die Schankfrau, die Alia und Mirella bedient hatte, stand im Rahmen mit einer Öllampe in der Hand. Ihr Blick fiel auf die beiden Leichen, das ganze Blut und anschließend auf Rabe und Mirella. Ihre Augen weiteten sich vor Schreck.

Rabe preschte vor und ehe sich Mirella versah, hatte er die Schankfrau in die Kammer gezogen, die Tür zugeschlagen und bedrohte die Frau mit seinem Dolch. Er nahm ihr das Licht aus den zitternden Fingern und stellte es in ein Regal.

»Ich hol was zum Fesseln«, sagte Mirella und wollte die Decken der Schlaflager in Streifen schneiden. Vielleicht hatten die Gardisten auch irgendwo Seile versteckt.

»Nicht nötig«, entgegnete Rabe.

Verwundert wandte sich Mirella um, als ihr die Erkenntnis eiskalt ins Bewusstsein schoss. Sie wollte ihn abhalten, ihn anflehen, dass er die Frau verschonte, doch der Dolch schlitzte bereits ihre Kehle auf.

10

Mirella

Dunkel rann das Blut der Schankfrau herab und fraß sich in ihre Bluse. Dieses Mal war es keine Blume, eher ein breiter werdender Fluss.

Rabe ließ die Frau behutsam auf den Boden gleiten. Nicht, weil es ihn kümmerte, wie es ihr in den letzten Momenten ging, begriff Mirella, als sie in sein mitleidloses Gesicht sah. Sondern damit die Schankfrau keinen Lärm machte, wenn sie auf den Dielen aufschlug, und somit womöglich weitere Zeugen anlockte.

Fassungslos starrte Mirella auf die sterbende Frau, ihren zuckenden Körper, der sich gegen das Unvermeidliche wehrte. »Sie war unschuldig.«

»Sie hat uns gesehen«, entgegnete Rabe, als würde das die Tat rechtfertigen. Er wischte den blutigen Dolch an einem Kissen sauber und schob ihn in den Gürtel.

»Aber –«, stammelte Mirella.

»Kein Aber!« Rabe umgriff Mirellas Handgelenk und zog sie zum Fenster. »Wir müssen verschwinden, ehe noch jemand kommt.«

Das Licht flackerte rot und gelb, Schatten huschten über die Wände, während Mirella hinter Rabe herstolperte. *Er hat sie getötet*, dröhnte es unaufhörlich in ihrem Kopf. Basems Tod war ihr schon falsch erschienen, doch das ... Es hätte nicht passieren dürfen. Ein plötzlicher Schmerz am Knie ließ sie straucheln. Sie war gegen einen Stuhl gelaufen.

Rabe wirbelte zu ihr herum. »Reiß dich zusammen, Mirella!« Er wies auf das Fenster. »Wir müssen da durch. Kriegst du das hin, ohne vom Dach zu stürzen?« Das flackernde Licht verfremdete seine Züge. Oder war es das Wissen um seine Skrupellosigkeit? »Muss ich dich daran erinnern, dass hier gleich noch mehr Leute aufschlagen können?«, zischte er. Leute, die er auch töten würde, ohne mit der Wimper zu zucken.

»Ich reiß mich zusammen«, beeilte sie sich zu sagen, bevor ihr Zögern die nächsten unschuldigen Opfer forderte.

»Los!«, drängte er und stieg durch das Fenster. Mirella folgte ihm auf das Dach. Es war Rabe, der die Fensterläden schloss, ehe er in Richtung der Gasse kroch, wo er zuvor mit Zarif gewesen war. Doch er kletterte nicht herunter, sondern wartete.

Zunächst verstand Mirella nicht, warum. Dann hörte sie den Lärm von der Straße. Dumpfe Geräusche, Schnaufen. Sie rutschte näher und sah im fahlen Licht zwei Männer mit Fäusten aufeinander einschlagen. Durak erkannte sie auf Anhieb, bei dem Zweiten, einer schmalen wendigen Gestalt, dauerte es ein wenig länger: Es war Sacir.

Das Gerangel wirkte wie eine gewöhnliche Prügelei zwischen zwei Kerlen, die zu viel getrunken hatten, und dementsprechend gleichgültig waren die weiteren Anwesenden. Sowohl Sacirs Wächteruniform als auch seine Säbel am Gürtel waren bei den Lichtverhältnissen nur zu erkennen, wenn man nach ihnen suchte, was vermutlich das Desinteresse der anderen Leute erklärte. Nicht allerdings, warum der Gardist nicht einfach seine Waffen zog. Immerhin war er Durak körperlich nicht gewachsen, schien aber zu glauben, dass er das mit Schnelligkeit wettmachen konnte.

Doch je länger Mirella das Geschehen beobachtete, desto unsicherer war sie sich, was Duraks Überlegenheit betraf. Die Bewegungen des Freundes wurden langsamer, fahrig, und er fing sich immer mehr Treffer ein.

Abermals wurde Mirellas Sorge übermächtig. Abermals konnte sie mit ihren Wurfmessern nichts ausrichten, ohne denjenigen zu gefährden, den sie retten wollte.

Die Stimme kicherte. *Wie herzzerreißend. Hättest du Rabe auch retten wollen, wenn du gewusst hättest, was er anschließend mit der Schankfrau macht?*

Darauf wusste Mirella keine Antwort.

Rabe umgriff Mirellas Arm und sie zuckte zusammen. Hatte sie der Stimme etwa wieder laut geantwortet? Sie konnte nicht einmal sagen, ob sie überhaupt auf das Ding reagiert hatte.

»Noch nicht«, wisperte Rabe.

Sie merkte, dass sie sich dichter an den Rand des Dachs begeben hatte. Dass ihre Finger zu den Griffen ihrer Wurfmesser gewandert waren. »Durak braucht Hilfe«, murmelte sie. Nicht, dass sie ihm die geben könnte. Rabe hingegen konnte es.

»Noch nicht«, entgegnete er erneut.

Mirella schluckte. Sie begriff, warum Rabe sich heraushalten wollte: Momentan war es nur eine belanglose Prügelei, aber sobald Rabe sich einmischte und Sacir mit seinem Dolch abstach, sah das Ganze anders aus. Dennoch ... Das da unten war Durak und keine fremde Zeugin. Mirella verdrängte die aufkommenden Bilder, zwang ihre Konzentration zurück auf die Gasse, als Durak wieder einen Schlag kassierte. Dieses Mal gegen den Kopf.

Mirella zuckte zusammen, als hätte es sie getroffen. Sie wusste, dass Durak einiges einstecken konnte, aber irgendwann war selbst bei ihm eine Grenze erreicht.

Rabes Finger schlossen sich fester um ihren Arm. »Er schafft das«, sagte er.

Hoffentlich bald. Ehe hinter ihnen ... Nicht umdrehen! Bislang hatte bestimmt niemand die drei Leichen entdeckt. Immerhin waren die Fensterläden weder geräuschvoll aufgeschlagen worden, noch hatte jemand panisch um Hilfe gerufen. Beides sollte Mirella auch mitbekommen, ohne sich umzudrehen.

Du würdest das mitbekommen?, stichelte die Stimme. *Du hast ja nicht mal die Schlägerei gehört.*

Gut, Rabe würde es mitbekommen.

Und weitere Zeugen meucheln, sprach das Ding Mirellas Befürchtung aus.

Unter ihnen stieß Durak Sacir ruckartig in die Schatten und folgte ihm. Mehrere dumpfe Schläge drangen aus der Finsternis, während Mirellas Unruhe wuchs.

Schließlich trat Durak keuchend ins Zwielicht. War es vorbei?

Endlose Momente verstrichen, doch Sacir kam nicht hervor.

Einer der Zuschauer johlte. »Na, Großer. Hast du's dem Bürschchen gezeigt?«

»Jup«, machte Durak betont locker. »Nächstes Mal wird der Schafskopf nicht so dreist.«

Der Mann lachte und Durak kehrte zurück ins Gasthaus. Wieso ging er da wieder rein? Die Aufgabe war schließlich erledigt.

Weil Chadrik und Alia keine Ahnung haben, dass sie nach Hause dürfen, konnte Mirella sich selbst beantworten.

Die Zuschauer widmeten sich anderen Betätigungen. Niemand überprüfte, ob Sacir noch lebte, wie Duraks Äußerung zuvor es hatte vermuten lassen. Womöglich wollten sie es gar nicht wissen. Es war nicht ihr Problem und indem sie nicht nachsahen, machten sie es nicht dazu.

»Komm«, sagte Rabe und kletterte vom Dach.

Mirella folgte ihm, auch wenn ein Teil von ihr lieber sitzen geblieben wäre. Hierzubleiben wäre ihr Tod und irgendetwas in ihrem Inneren klammerte sich beharrlich ans Leben. Doch die Zweifel wurden lauter. Sie hatte diesen Weg gewählt, um Unschuldige zu beschützen, allerdings war das heute gänzlich missglückt.

War der Tod der Schankfrau lediglich eine Ausnahme gewesen? Sie wollte es glauben.

Rabes Hand umgriff ihre, zog Mirella in die Schatten neben der Tür, wo Zarif sich aufhalten musste.

Wenig später ging es weiter. Zurück zu den Höhlen, wenn Mirellas kläglicher Orientierungssinn sich nicht vollkommen verabschiedet hatte. Ob Rabe und Zarif sich mündlich oder mit Zeichen abgestimmt hatten, konnte sie nicht sagen. Alles, was sie hörte, war die Stimme, die sich lautstark darüber amüsierte, dass Mirella nun dieselbe Hand hielt, die eben die Unschuldige getötet hatte. Mirellas gesamte Konzentration war dafür nötig, sich nicht von Rabe loszureißen.

Als ein paar Gassen später die anderen zu ihnen stießen, gab Rabe von alleine Mirellas Hand frei.

Ein kurzer Blick zu Alia, die sogar im schwachen Licht des Mondes genauso katastrophal aussah, wie Mirella sich fühlte. Chadrik war bei der Freundin, schien auf sie aufzupassen, worüber Mirella erleichtert war, denn sie hätte es nicht gekonnt. Sie konnte ja nicht mal auf sich selbst aufpassen.

Als sie weitereilten, nahm Durak den Platz an Mirellas Seite ein. »Hätt ich dir aufs Zimmer folgen sollen?«, flüsterte er. »Du hast kein Zeichen gemacht.« Er klang verunsichert.

»Nein«, sagte sie.

»Du bist total durch den Wind. Hat der Kerl dich etwa ...?«

»Nein«, sagte sie wieder. Ihr Blick ging zu Rabe, der inzwischen ein gutes Stück vor ihnen war. »Ich hätt ihn nur gern am Leben gelassen.«

Durak stieß geräuschvoll die Luft aus. Dabei war das nicht einmal das Hauptproblem. »Und Rabe hat die Schankfrau umgebracht.«

»Scheiße.« Dass Durak nicht nachfragte, sprach nicht gerade für die unglückliche Ausnahme.

Schweigend liefen sie nebeneinander, bis Mirella es nicht mehr aushielt und die Frage stellte, deren Antwort sie zu kennen fürchtete: »Es war nicht das erste Mal, dass Rabe einen unschuldigen Zeugen getötet hat, richtig?«

Einige Atemzüge verstrichen, ehe Durak antwortete. »Richtig.«

Duraks Hand drückte kurz Mirellas Schulter. Dann verfielen sie abermals in Schweigen. Als die Schatten des Pinienwäldchens sie schließlich verschluckten, flüsterte Mirella: »Warum hat Sacir seine Säbel nicht benutzt?«

»Welcher Sacir?«

»Der Gardist, mit dem du dich geschlagen hast.«

Durak machte ein schnaubendes Geräusch. »Ist wohl nicht ehrenhaft, einen Unbewaffneten damit zu attackieren.«

»Du warst doch gar nicht unbewaffnet.«

»Das wusste er aber nicht.«

»Wie hast du ihn dazu gebracht, sich mit dir zu prügeln?«

»Ich hab so getan, als würd ich das Elsterchen belästigen.«

Durak zögerte. »Er wollte sie beschützen.«

›Er wollte sie beschützen.‹ Mirella hätte nicht gedacht, dass sie sich noch mieser fühlen könnte. Drei Gardisten hatten sie töten sollen. Sie hatte erwartet, dass es schwierig werden würde, gegen derart kampferprobte Männer anzutreten. Aber nicht, dass sie zwei von ihnen nachtrauern würde, weil sie sich als erstaunlich gute Menschen entpuppt hatten. Abgesehen von der Tatsache, dass sie mit vermeintlichen Rebellen und deren Komplizen ziemlich rabiat umgegangen waren. Wenn es denn stimmte, wie Rabe es dargestellt hatte. Sie schämte sich für diesen Gedanken, kaum dass er gekommen war. Rabe war zwar nicht gerade redselig, doch ein Lügner war er auch nicht. Dennoch wünschte sie, dass es zumindest für Basem und Sacir eine Lösung gegeben hätte, bei der die beiden hätten leben können. *Und dann ist da noch die Schankfrau ...*

Die Stimme lachte. *Genau genommen* ist *sie nun nicht mehr.*

Die Übelkeit kam so plötzlich, dass Mirella sie nicht zurückhalten konnte. Hustend sank sie auf die Knie, grub die Finger in den Boden und würgte den Mageninhalt hoch: das spärliche Abendbrot aus den Höhlen, das Bier und den Kanincheneintopf. Die Piniennadeln stachen in Mirellas Finger, doch das nahm sie nur am Rande wahr. Vor ihrem geistigen Auge sah sie den ängstlichen Blick der Schankfrau, Rabes Dolch an ihrer Kehle, das Blut, das aus der Wunde strömte. Mirellas Hals brannte, als nurmehr Galle hochkam. Trotzdem konnte sie nicht aufhören, zu würgen.

Als es endlich besser wurde, realisierte sie an den schattenhaften Gestalten in ihrer Nähe, dass die anderen warteten. *Großartig.* Sie war wieder die Einzige, die sich anstellte.

»Geht's jetzt?«, fragte Rabe neben ihr. Er klang besorgt, was nicht zu dem Mann passte, der einfach so eine Unschuldige niedergemetzelt hatte.

»Du hättest sie nicht töten müssen!«, entfuhr es ihr. Sie wusste, dass es schlauer wäre, den Mund zu halten. Aber schlau sein war nicht ihre Stärke. »Wir hätten sie fesseln können.«

»Gefesselte Leute können befreit werden und Probleme machen. Tote sorgen nicht für unangenehme Überraschungen.«

»Nicht bei uns. Nur bei denen, die nun ohne sie klarkommen müssen.« Wie konnte ihm das so gleichgültig sein?

»Ich werd das nicht mit dir diskutieren, Mirella. Schon gar nicht hier. Du hast zehn Minuten, dich zu beruhigen. Dann gehen wir weiter.«

»Zu Befehl«, murrte Mirella.

»Bleib du bei ihr, Durak«, wies Rabe an. Eine gewisse Gereiztheit lag in seinem Ton.

»Mach ich«, entgegnete Durak von der anderen Seite. Mirella hatte nicht einmal mitbekommen, dass er auch neben ihr in die Hocke gegangen war.

Alia, Chadrik und Zarif wurden von Rabe an verschiedene Beobachtungsposten dirigiert. Einen Moment hörte man ihre leiser werdenden Schritte auf dem Waldboden, dann war es still.

Mirella fragte Durak: »Sollst du nun aufpassen, dass ich keine Dummheiten anstell?«

»Vermutlich«, antwortete er. »Aber die Dummheiten machst du ja nur, wenn du mit dem Obervogel sprichst.«

Und der war gerade außer Hörweite. Möglicherweise. Genau konnte Mirella das in dieser Finsternis nicht wissen. »Das hätte anders laufen sollen«, murmelte sie und ihr wurde bewusst, dass sie dieselben Worte benutzt hatte wie Basem kurz vor seinem Tod. Abermals erbrach sie saure Galle, während Durak ihre Haare hielt.

»Das hätte es«, bestätigte er, als Mirellas Würgeattacke vorbei war. »Wir können in den Höhlen so viele deprimierende Gespräche führen, wie du willst, Feuerschopf. Aber zuerst müssen wir dahin zurück. Kannst du solang aufhören, daran zu denken?«

»Wieso? Machst du dir Sorgen, dass ich die Klippen runterfall?«

»Ja.«

Mirella schluckte, als sie erkannte, dass Rabe offenbar das Gleiche befürchtete. Warum sonst hätte er ihr die Pause gewähren sollen, während gleichzeitig die Gefahr bestand, dass ihnen übermütige Wächter folgten? Mirella kämpfte sich auf die Beine. »Wir können weiter. Ich brauche keine zehn Minuten.« Sie brauchte weitaus mehr und das war hier schlecht möglich.

»Sicher?«

»Ich bin mir bei gar nichts sicher, Durak.« Mirella musste sich beherrschen, leise zu sprechen. »Ich weiß nur, dass ich noch nie irgendwo runtergefallen bin, obwohl ich damals oft über Balken und Seile balanciert bin. Ich hoff einfach, dass ich heute nicht damit anfang.«

Du hast heut auch damit angefangen, gegen nen Stuhl zu laufen, erinnerte die Stimme sie.

»Herzlichen Dank«, zischte Mirella, als ihr bewusst wurde, dass sie es ausgesprochen hatte. »Das galt nicht dir, Durak«, schob sie schnell hinterher.

»Schon gut«, flüsterte er und rief halblaut: »Obervogel?«

»Ja?« Wenn Rabe *das* gehört hatte, konnte er nicht gerade weit weg gewesen sein.

»Feuerschopf will weiter«, sagte Durak.

Rabe holte Alia, Chadrik und Zarif, und sie setzten den Weg fort. Er kehrte nicht an Mirellas Seite zurück, sondern lief neben Zarif voraus. Allerdings entging Mirella nicht, dass er sie immer wieder beobachtete. Besonders beim Abstieg in die Höhlen. Aber Mirellas Körper wusste, was er tat, und so befand sie sich bald schon auf der Plattform hinter dem Wasserfall.

Nachdem der Zugang freigegeben worden war, ging Mirella weiter durch die Gänge. Ohne mit ihren Freunden zu sprechen. Ohne Rabe auch nur anzusehen. Sie wollte nur noch raus aus ihrer blutbesudelten Bluse und dem Umhang, welcher der Größe nach vermutlich Basem gehört hatte. Vergessen, was heute geschehen war, wenngleich ihr bewusst war, dass das unmöglich war. Die Bilder würden sie von nun an genauso heimsuchen wie die ihrer sterbenden Familie.

Die Stimme in ihrem Kopf kicherte.

»Sei endlich still!«, ranzte sie das Ding an, als eine ihr entgegenkommende und müde aussehende Frau erschrocken aufblickte. Mirella biss sich auf die Zunge und vermied es, irgendetwas zu erklären. Durak hatte ihr schließlich gesagt, dass ihr Zustand keineswegs ungewöhnlich war.

Hastig holte Mirella sich saubere Kleidung und ein Handtuch und stapfte in die Badehöhle. Sie erstarrte, als sie dort einen Mann entdeckte, der sich gerade ein Hemd über den Kopf zog. Verdammt, sie hatte vergessen, anzuklopfen. »Entschuldige«, rief sie schnell.

Da tauchte Yerads Gesicht aus dem Halsausschnitt auf. »Kein Problem«, sagte er, während er in die Schuhe schlüpfte, ohne aufzusehen. »Ich bin schon fertig. Du kannst ruhig blei...« Er brach mitten im Wort ab, als er Mirella erblickte. »Ist bei dem Auftrag alles gut gegangen?« Sie hörte die Besorgnis in seiner Stimme, doch natürlich wusste sie, dass sie nicht ihr galt.

»Alia, Durak und Chadrik sind wohlauf. Sie sind alle wohlauf.« Sie warf ihre sauberen Sachen und das Handtuch auf die nackten Felsen und befreite sich aus Basems Umhang.

»Du auch?«, fragte er zu ihrer Überraschung und musterte das ganze Blut an ihrer hellen Bluse.

»Ist nicht mein Blut«, sagte sie und löste den Messergürtel. Sie verzog das Gesicht, als sie sah, dass sich dunkle Flecken auf dem Leder gebildet hatten. Vermutlich ebenfalls Basems Blut. Eine weitere Erinnerung an einen grauenvollen Auftrag. Dabei hatte sie noch nicht einmal die Ereignisse auf der Kaninchenfarm verarbeitet. Der Gürtel entglitt ihren Fingern, fiel dumpf auf den Stein. Sie merkte, dass Yerad sie unschlüssig ansah. »War ne beschissene Nacht«, rang sie sich ab.

»Offensichtlich.«

Irgendwie brachte sie ein Lächeln zustande. »Geh zu Alia. Sie braucht dich jetzt.«

Sein Blick wanderte skeptisch zu dem kleinen See.

»Ich hab nicht vor, mich zu ertränken. Ich will nur nicht länger das Blut von jemandem an mir kleben haben, den ich am liebsten ...« Mirella verstummte und schüttelte den Kopf. »Geh zu Alia, Yerad.«

Doch er blieb weiterhin bei ihr und sie war sich sicher, dass er den Schrecken in ihren Augen sah. »Was ist passiert?«, fragte er. Und so, wie er klang, galt die Sorge nicht nur den anderen, sondern auch Mirella.

In Anbetracht der Tatsache, wie sie all die Zeit mit ihm umgesprungen war, erschien es ihr mehr als unverdient. Dennoch wollte sie nicht darüber reden. Nicht wegen Yerad. Sie wollte nicht als heulendes Häufchen Elend vor ihm stehen.

»Ich kann das jetzt nicht erklären.« Ihre Stimme schwankte. »Aber danke fürs Fragen.«

Er sah alles andere als überzeugt aus, doch schließlich wandte er sich um und verließ die Badehöhle.

11

Yerad

Yerad fühlte sich nicht wohl, Mirella in diesem Zustand allein zu lassen, aber er konnte sie auch schlecht beim Baden beaufsichtigen. Vielleicht sollte er Alia bitten, ihr Gesellschaft zu leisten. Doch nach Mirellas Andeutung war sie dazu womöglich gar nicht in der Lage. Yerad beschleunigte seinen Schritt, als ihm Rabe entgegenkam.

Dessen Kleidung war zwar dunkel, schien jedoch ebenfalls blutbefleckt zu sein. Ein Blick auf Rabes Hand, in der er ein Stoffbündel hielt, beseitigte die letzten Zweifel. Yerad zwang seine Augen nach oben. Fast erwartete er, dass Rabe sich über ihn lustig machte, aber der Mann blieb ernst. »Hast du gesehen, ob Mira in die Badehöhle gegangen ist?«, fragte er.

»Ja, sie ist dort«, antwortete Yerad und war froh, dass Mirella nun nicht mehr alleine war. Er fand die anderen auf dem Gang, der zur Kammer der Greifin führte.

»Wo kommst du denn her?«, wunderte sich Durak, während Alia sich wortlos in Yerads Arme flüchtete. »Wir haben dich gesucht.«

Yerad hielt Alia fest und hoffte inständig, dass sie in einem besseren Zustand war als Mirella. Und nicht so voller Blut. »Ich konnte nicht schlafen und da ich heute noch keine Gelegenheit hatte, in die Badehöhle zu gehen, hab ich das eben nachgeholt.« Alia löste sich ein wenig von ihm und sah zu ihm hoch. Sie war glücklicherweise nicht vollgeblutet, doch ihr Lächeln, das er so liebte, war einer starren Miene gewichen. »Ist Mira da jetzt?«, fragte sie.

»Ja. Mit Rabe.«

»Oh«, machte Alia auf eine Art, als sei das ein Problem.

Yerad runzelte die Stirn.

Anstatt etwas zu erklären, lehnte sich Alia wieder gegen ihn. Chadrik und Durak tauschten besorgte Blicke, aber auch sie blieben still. Da erinnerte Yerad sich, dass Mirella sich ja vor dem Aufbruch mit Rabe angelegt hatte, wie Durak es genannt hatte.

Mirella

Schnell schlüpfte Mirella aus der restlichen Kleidung, setzte sich an den Rand des Wassers und tauchte die Beine ins eisige Nass.

Dann klopfte jemand.

»Jetzt nicht!«, rief sie.

Als die Tür trotzdem aufschwang, wusste sie ohne hinzusehen, wer die Badehöhle betrat.

»Kann ich zu dir kommen?«, fragte Rabe. »Oder willst du allein sein?«

»Ich habe ›Jetzt nicht‹ gerufen«, schnappte sie, den Blick auf die glatte Fläche gerichtet. »War das nicht deutlich?«

»Da wusstest du ja noch nicht, wer anklopft.«

»Ich hab's geahnt.« Sonst hätte sie schließlich mit einem ›Besetzt‹ geantwortet.

Rabe schwieg.

Mirella zog die Beine aus dem Wasser, schlang die Arme darum und starrte ins Spiegelbild der Fackel, das auf der Wasseroberfläche tanzte. Eine Gänsehaut kroch über ihren nackten Körper.

»Gut«, hörte sie Rabes Stimme, »dann gehe ich.«

Plötzlich wurde ihr noch kälter und eine seltsame Unruhe erfasste sie. Wollte sie wirklich, dass er ging? Sie presste die Zähne aufeinander, sah ihn die Tür öffnen und hinter sich zuziehen. »Warte!«, rief sie, als die Tür nurmehr einen Spaltbreit offen stand.

Das Türblatt verharrte kurz, ehe es wieder aufschwang und Rabe hereinkam. »Wie bitte?«

»Ich denke, du hast mich verstanden.«

Ein flüchtiges Lächeln glitt über seine Lippen.

Abermals starrte Mirella ins Wasser, diese Mischung aus Schwarz und Rot, die sich in einem seltsamen Tanz veränderte, verschob und neu vereinte. Sie hörte Rabes Kleidung rascheln, das dumpfe Geräusch, als die Sachen zu Boden fielen.

Dann war er neben ihr und setzte sich ebenfalls.

Sie sah über ihre Schulter und zwang sich, nur in sein Gesicht zu sehen. »Dass du jetzt hier bist, heißt nicht, dass ich deinen Mord gutheiße.«

Er erwiderte ihren Blick. »Ich weiß, Mira. Und das erwarte ich auch nicht.«

»Wie oft hast du so was schon gemacht?«, bohrte Mirella weiter.

Nun war er es, der sich abwandte und die Wasseroberfläche betrachtete. »Das willst du nicht wissen.« Er tauchte die Beine ins Wasser, glitt ins Becken hinab und begann, sich einzuseifen.

»Doch, das will ich«, beharrte sie und als er nicht antwortete, fuhr sie fort: »Du wirst es mir trotzdem nicht verraten.«

»Werde ich nicht«, bestätigte er und legte die Seife auf die Felsen.

»Willst du es mir nicht sagen? Oder kannst du dich nicht erinnern?« *Weil es dir schlicht egal ist,* wollte sie hinzufügen, konnte aber zumindest diesen Satz zurückhalten.

Er warf ihr einen befremdlichen Blick zu. »Derartiges gehört nicht zu den Dingen, die man vergisst.« Ein gequälter Ausdruck zuckte über sein Gesicht. Nur für einen winzigen Moment.

»Du weißt ebenfalls, dass es nicht richtig ist, und trotzdem tust du es.«

»Ich habe die Frau getötet, um uns alle zu schützen. Und ich würde es wieder tun. Nur weil du mit dieser Vorgehensweise ein Problem hast, werde ich nicht anfangen, meine Leute unnötigen Gefahren auszusetzen.«

»Mit *dieser Vorgehensweise?*«, wiederholte sie gedehnt. »Nenn es ruhig beim Namen: mit dem Töten von Unschuldigen.«

Wortlos zog er sich aus dem Wasser. Die Tropfen rannen über seinen Körper und Mirella wandte hastig den Blick ab. Sie hörte, wie er sich hinter ihr abrubbelte und anschließend das Rascheln von Stoff, während sie noch immer nackt auf dem kalten Stein kauerte. Schließlich sagte er: »Ich habe nicht die Geduld, mit dir über Dinge zu diskutieren, die ich nicht ändern kann. Und nur damit wir uns verstehen: Ich verlange nicht von dir, dass du das ... Töten von Unschuldigen gut findest. Aber es wäre schön, wenn du einsiehst, dass es manchmal unvermeidbar ist.« Er zögerte, ehe er weitersprach: »Falls du mich noch willst, komm zu mir. Falls nicht, werde ich deinen Entschluss akzeptieren.«

Seine Schritte entfernten sich, die Tür klapperte und entsetzliche Unruhe breitete sich in Mirellas Magen aus.

›Falls du mich noch willst‹, hallte es in ihrem Kopf nach.

Sie sank in das eisige Wasser, nahm die Seife, wusch sich das Blut von der Haut und ihr verfilztes Haar, während die Kälte mit kleinen Nadeln in ihren Leib stach. Das Einzige, das hartnäckig an ihr haften blieb, war das Gefühl von Schuld. Als die Kälte ihren Körper schließlich ertauben ließ, zerrte sie sich zitternd aus dem Becken, rubbelte sich trocken und schlüpfte in die frische Kleidung. Anschließend legte sie sowohl ihre als auch Rabes schmutzige Sachen zum Einweichen in einen Eimer mit Wasser, damit sich morgen eine der Frauen darum kümmerte, das alles zu säubern. Dann widmete Mirella sich ihrem Messergürtel und versuchte, die Flecken abzuwischen. Es gelang ihr nicht wirklich und so beschränkte sie sich darauf, die Messer zu reinigen und abzutrocknen.

Sie wusste selbst, dass sie sich in unnütze Geschäftigkeit flüchtete. Um das Erinnern zu verhindern. Um nicht entscheiden zu müssen.

Ein sinnloses Unterfangen, denn sie konnte keinem von beiden entkommen.

Yerad

Durak hatte vorgeschlagen, in den Saal zu gehen, und nun saßen sie hier als Einzige in dem riesigen Höhlenraum und schwiegen sich an. An den Gesichtern der anderen erkannte

Yerad, dass die heutige Mission nicht nur Mirella zugesetzt hatte. »Habt ihr eure Aufgabe erfüllt?«, fragte er.

»Haben wir«, murmelte Durak, ohne froh darüber zu klingen.

»Das heißt dann ja zumindest, dass sich das nicht wiederholt«, versuchte Yerad die Freunde aufzumuntern.

»Nicht sofort jedenfalls.«

Alia zuckte zusammen.

Yerad drückte sie stärker an sich. »Ich denke, es ist erledigt. Wieso sollte Rabe euch noch mal losschicken?«

»Tja«, murmelte Durak und starrte in seinen Bierkrug. »Wir haben die drei Gardisten getötet, die nach unserem Versteck gesucht haben. Die Kerle sind zwar hinüber, aber im Barri-Al-Noble gibt's genug Nachschub von denen.« Er nahm einen kräftigen Schluck.

Wieder schwiegen sie.

Schließlich war es Alia, die sich straffte. »Wisst ihr, von wem Mira gesprochen hat? Als sie zu Rabe sagte: ›Du hättest *sie* nicht töten müssen?‹«

»Hab nur ne Befürchtung«, entgegnete Chadrik.

Durak wusste es, das sah Yerad ihm an.

Und nicht nur er: Chadrik verengte die Augen. »War es die Schankfrau, Durak?«

Der Angesprochene nickte.

Alia fragte: »Die Nette, die uns bedient hat?«

Wieder nickte Durak.

»Verdammt«, entfuhr es Chadrik, während Alia sich enger an Yerad schmiegte, als könne er sie beschützen.

Dabei war alles, was er tun konnte, sie festzuhalten und ihr zuzuhören. Er kam sich so nutzlos vor. »Warum tötet Rabe eine harmlose Schankfrau?«

»Feuerschopf meinte, sie war ne Zeugin.«

»Und? Muss man die gleich umbringen? Kann man die nicht fesseln oder so?«

»Könnte man, ist aber unsicherer.« Durak verzog das Gesicht. »Und der Obervogel mag keine Unsicherheiten.«

Chadrik drehte seinen Bierkrug zwischen den Händen. »Ich hab überlegt, ihr zu folgen, als sie direkt nach Rabe ins Obergeschoss gerannt ist.«

»Ich ebenfalls, Mäuschen.«

Als sich wieder Stille ausbreitete, fragte Yerad: »Warum habt ihr's nicht getan?«

Es war Chadrik, der antwortete: »Die Schankfrau war beim Tresen, als sie aussah, als hätte sie etwas gehört, und hochgelaufen ist. Und Rabe war kurz vorher die Treppe rauf. Wir hätten ziemlich rennen müssen, um sie zu erwischen, bevor sie bei Rabe war. Und Alia saß mit einem der Gardisten am Tisch. Schlimmstenfalls hätten wir uns verdächtig gemacht und wären beide aus dem Gasthaus rausgeworfen worden. Und Alia hätt keine Rückendeckung mehr gehabt.«

Mit leiser Stimme fragte Alia: »Und was ist mit Mira passiert, als sie mit Basem allein war, Durak? Hat sie dir was gesagt?«

»Er hat ihr nichts getan.«

Erleichtert atmete Alia aus.

»Sie meinte bloß ...« Durak stieß stockend die Luft aus. »Sie meinte, dass sie ihn gern am Leben gelassen hätte.«

»Kann ich verstehen. Ich mochte Basem. Und Sacir auch.«

»Hab ich gemerkt. Daher hab *ich* mich um Sacir gekümmert.«

Mirella hat jemanden getötet, obwohl sie ihn leiden konnte? Kein Wunder, dass sie so fertig ist. Als Yerad sich seiner eigenen Gedanken gewahr wurde, wurde ihm ganz anders. Das Mitleid hatten doch eher die Ermordeten und deren Angehörige verdient. Und nicht die Leute, die ihr Schicksal besiegelt hatten.

Dennoch fühlte Yerad mit Mirella und seinen Freunden und nicht mit den Opfern. Eine Erkenntnis, die ihm Angst machte.

Mirella

Mirella brachte die Messer und den verschmutzten Gürtel in ihre Kammer. Sie bemühte sich darum, leise zu sein, allerdings war Alia gar nicht da. Vielleicht war sie bei Yerad oder mit den anderen im Saal, wie sie es oft nach den Aufträgen taten. Für einen Moment überlegte Mirella, ebenfalls dort hinzugehen. Doch sie wollte nicht reden. Nur vergessen. Sich besser fühlen. Wenigstens so, wie vor dieser Nacht, obwohl das auch nicht gerade gut gewesen war.

›*Falls du mich noch willst*‹, erklang abermals Rabes Stimme in ihrem Kopf, während sie ihre Kette umband.

Wollte sie ihn noch? Im Grunde wollte sie nur einen Teil von ihm. Den Mann, der er war, wenn er nicht als Rebellenanführer agierte. So war es die ganze Zeit gewesen, wenngleich es ihr erst jetzt so richtig bewusst wurde.

Die Frage war wohl eher, ob sie diesen Teil von ihm so sehr wollte, dass sie über die Skrupellosigkeit des Anführers in ihm hinwegsehen konnte. Ob sie mit ihm oder ohne ihn besser dran war. Unschlüssig hockte sie neben ihrem Schlaflager und versuchte, eine Antwort zu finden. Sie konnte es nicht. Am liebsten wäre es ihr, sie könnte Rabe überzeugen, eine solche Tat nie wieder zu begehen, doch er hatte ihr bereits in aller

Deutlichkeit gesagt, dass er sich darauf nicht einlassen würde. In einem Anflug von Trotz kroch sie in ihr Bett.

Die Dunkelheit formte sich zu Farben. Bilder des Auftrags mischten sich mit dem Schrecken aus der Alcazaba. Ein Gardist, der scherzend tötete, ein zweiter, den sie küsste. Rote Blüten und rote Flüsse. Angst, Bedauern, Schuld. Sie ertrug es nicht, rollte sich wie ein Kleinkind zusammen, zog die Decke über den Kopf und zitterte dennoch. Sie sehnte sich nach Wärme, um die Kälte zu vertreiben, die sich nicht nur in ihren Körper, sondern bis in ihr Herz gegraben hatte. Nach Nähe.

Nach *seiner* Nähe.

Da hast du deine Antwort, dachte sie verdrossen. Einen Moment wartete sie und hoffte, dass das Gefühl verschwand, doch die Sehnsucht wurde nur stärker. Frustriert kämpfte sich Mirella unter ihrer Decke hervor und schlich durch die leeren Gänge zu Rabes Kammer. Ob er überhaupt noch wach war?

Auf ihr Klopfen erklangen Schritte hinter der Tür.

Wortlos öffnete er, wortlos trat sie hinein. Er sah sie abwartend an, schien mit weiteren Vorwürfen zu rechnen.

Dabei war Mirella mit ihren Kräften am Ende. Sie überbrückte den Abstand zu ihm, legte behutsam die Finger auf seine Brust.

Er lehnte seine Stirn gegen ihre und schloss die Hände um ihre Hüften. »Ich hab gedacht, du kommst nicht mehr.«

Das wär wahrscheinlich schlauer gewesen. Sie vermied es, ihm das zu sagen, drückte sich auf die Zehenspitzen, bis ihre Lippen seinen Mund fanden. Sie wollte sich besser fühlen und das würde sie mit Reden nicht erreichen. Nicht nach dem, was er getan hatte.

12

Mirella

Als Mirella die Augen aufschlug, befand sie sich in Rabes Bett. Der Vorhang, der die Schlafstätte verdeckte, war zugezogen, aber fahles Licht drang durch den Stoff. Zusammen mit dem Kratzen einer Feder war dies ein unmissverständliches Zeichen, dass Rabe anwesend war. Für einen Moment genoss Mirella den wohligen Dämmerzustand und die weiche Decke auf ihrer Haut. Dann prasselten die Erinnerungen an den gestrigen Auftrag auf sie ein und sie bekam kaum mehr Luft.

Beruhig dich, beschwor sie sich. Irgendwie würde sie Rabe gegenübertreten müssen, sofern sie nicht gleich an ihm vorbei auf den Gang stürzen wollte. Nackt, denn ihre Kleidung lag irgendwo auf dem Boden der Kammer.

Du kannst mit ihm schlafen, da wirst du doch wohl auch mit ihm reden können, machte sich die Stimme lustig.

Allerdings war ihm körperlich nah zu sein deutlich weniger problematisch. Dabei konnte sie ihn nicht verärgern, wenn sie sich natürlich verhielt. Beim Reden sah das anders aus. Ratlos starrte sie die Felsenwand über sich an. Noch hatte er nicht gemerkt, dass sie wach war. Noch hatte sie Zeit, sich etwas einfallen zu lassen.

»Hast du wieder Angst, dass ich dich über die Klippen werfe, Mira?«, erklang Rabes Stimme.

»Gib mir doch drei Sekunden, zu mir zu kommen«, gab sie zurück und hoffte, dass sie sich halbwegs ruhig anhörte.

Der Stoff wurde zurückgezogen und Rabe setzte sich auf den Rand des Bettes. »Dafür kannst du so viel Zeit haben, wie du willst. Dein ruckartiges Gewühle klang aber nicht nach nem entspannten Aufwachen.«

»Ich hab gewühlt?«

Er lächelte warm, womit klar war, dass er gerade ihr Gefährte war und nicht der Anführer, den Mirella fürchtete.

Schlagartig verflog ihre Unruhe. Sie richtete sich auf, wobei die Decke von ihrem nackten Körper rutschte, und küsste Rabe. »Guten Morgen«, wisperte sie gegen seine Lippen.

Er stahl ihr einen weiteren Kuss und grinste. »Es ist fast Mittag.«

»In deiner Welt vielleicht.« Sie krabbelte aus Rabes Bett und schlüpfte in ihre Kleidung, die auf dem Boden verstreut lag. Als sie angezogen war, streifte ihr Blick den Tisch, auf dem Rabe seine Zettel und Bücher ausgebreitet hatte. So, wie das aussah, war er bereits seit einigen Stunden am Arbeiten.

Rabe saß noch auf der Bettkante und deutete neben sich. »Ich muss dir was sagen, was dir nicht gefallen wird.«

Stumm folgte sie seiner Aufforderung.

Hatte er etwa eine weitere unschuldige Person getötet? Konnte er das nicht für sich behalten?

»Und was?«, fragte sie tonlos.

»Die Ketten der Greifin sollen bald gelöst werden«, begann Rabe.

Die erste Erleichterung, dass es um ein anderes Thema ging, wurde prompt von der Angst abgelöst, was die Greifin anstellte, sobald sie frei durch die Höhlen spazierte. »War das die Information, die mir nicht gefällt?«

Er rieb sich die Stirn, sah auf seine Füße und dann zu Mirella. »Nein.«

Was kam denn noch? »Und?«, drängte sie, da er nicht weitersprach.

»Nun ja …«, stammelte er, was sie nie zuvor bei ihm gehört hatte und Mirella wurde bewusst, dass ihr die angedrohte Mitteilung nicht nur nicht gefallen würde. Sie würde sie hassen.

»Du musst dich vorher der Greifin nähern.«

»Ich hab doch schon oft genug bei ihr Wache geschoben.«

»Du musst in den Kreis.«

Mirella erstarrte. »Auf keinen Fall!« Hatte Rabe den Verstand verloren? War das seine Rache, weil sie offen seine Befehle kritisiert hatte? Abrupt erhob sie sich, lief zum Ausgang, drehte den Schlüssel und drückte die Klinke.

Rabe schlug die Tür zu, bevor Mirella hindurchschlüpfen konnte.

»Lass mich gehen!«

»Erst hörst du mir zu.« Er schloss ab und steckte den Schlüssel in seine Hosentasche.

Mistkerl. Sie verschränkte die Arme vor der Brust und funkelte ihn an. »Dann erzähl.«

Entschieden deutete er zu dem Stuhl, auf dem sie immer gesessen hatte, wenn sie über die Alcazaba berichtet hatte.

Einen Moment stand sie noch in ihrer Abwehrhaltung da. Schließlich zog sie geräuschvoll den Stuhl zurück und ließ sich darauf fallen.

Er nahm neben ihr Platz.

»Ich sitze«, wies sie ihn patzig hin, als er nicht sofort begann.

Sein Mundwinkel verzog sich, aber er kommentierte ihre Ungeduld nicht. »Wenn die Greifin keine Ketten mehr hat, kann sie theoretisch auf jeden hier losgehen.«

»Und wieso muss ausgerechnet ich als Versuchskaninchen herhalten?«

Er hob eine Augenbraue. »Denkst du, ich hab dich aus reiner Willkür ausgewählt?«

Ertappt senkte sie den Kopf. »Warum denn dann?«

Nach einem kurzen Zögern fuhr Rabe fort: »Yerad hat vorgeschlagen, dass sich alle Rebellen in den Kreis begeben, bevor wir das Tier befreien. Allerdings wäre das eine ziemlich langwierige Angelegenheit. Daher haben wir uns darauf geeinigt, zuerst die Personen zu schicken, bei denen nicht klar ist, wie die Greifin zu ihnen steht. Und du gehörst dazu.«

»Sie war doch friedlich, als ich die letzten Male bei ihr war.« Mirella weigerte sich, dieses Schicksal zu akzeptieren. Dabei war ihr bewusst, dass sie Rabes Meinung nicht ändern konnte. Das hatte sie noch nie hinbekommen.

»Das schon, aber Yerad ist sich unsicher, ob sie dich akzeptiert oder ignoriert hat. Im zweiten Fall könnte es problematisch werden, sobald sich das Tier frei bewegt.«

»Also darf sie mich zerhacken, bevor die Ketten gelöst werden.« Damit es nur eine Tote gab und nicht Dutzende. Das machte zwar Sinn, doch Mirella freute sich nicht gerade darauf, gefressen zu werden. »Kann ich mich vorher wenigstens betrinken?«

»Hältst du es für schlau, in einer derartigen Situation deine Reflexe zu verlangsamen?«

Mirella stieß ein Schnauben aus. »So schnell, wie das Tier ist, kann ich ihm nüchtern auch nicht ausweichen.« Und vielleicht roch sie zudem weniger köstlich, wenn sie nach Alkohol stank.

»Das stimmt allerdings«, entgegnete Rabe zu ihrer Verwunderung. Er ging zu seinem Regal und holte eine Flasche sowie zwei kleine Becher, die er gleich füllte. Einen schob er zu Mirella und setzte sich.

Mirella beugte sich über die Flüssigkeit und schnupperte. Was immer Rabe ihnen eingeschenkt hatte, war äußerst stark. Irritiert lugte sie zu ihm. »Seit wann lässt du dich so schnell umstimmen?«

»Du bist nicht die Einzige, die Angst hat.« Er lächelte schief. »Wobei wir es bei einem Becher belassen sollten. Nicht dass Yerad das Unterfangen auf morgen verschiebt.«

Das wollte Mirella auch nicht riskieren. Sie bezweifelte, dass sie in der folgenden Nacht schlafen könnte mit der Aussicht, am nächsten Tag als Greifenmahlzeit herzuhalten. »Den Rest der Flasche können wir ja trinken, wenn ich es überlebt habe.«

»Wenn *wir* es überlebt haben«, korrigierte Rabe.

»Wieso *wir*?« In dem Moment setzte die Erkenntnis ein. »Oh.«

»Ich geh zuerst in den Kreis«, sagte Rabe. »Die Gefahr, dass sie mich anfällt, ist meiner Meinung nach um einiges höher als bei dir. Du gehst nur, falls ich das heil überstehe.«

Warum war Mirella nicht selbst darauf gekommen, dass Rabe dieses Vorhaben für sich ebenfalls als unvermeidbar einstufte? Sie schloss kurz die Augen und sah, wie die Greifin sich in seine Richtung gegen die Ketten geworfen hatte. »Wie willst du das überleben?«, fragte sie mit brüchiger Stimme.

»Das liegt nicht in meiner Macht.« Er sprach dabei so ruhig, als ginge es gar nicht um ihn.

Ihre Blicke verfingen sich, Mirellas Herz raste. Weil sie Angst hatte. Um ihn mehr noch als um sich. Ihre Hand tastete nach seiner, umklammerte sie.

Auch er krallte sich seinerseits viel zu stark um ihre Finger. Diese Geste war das einzige Zeichen, das seine Furcht verriet.

»Falls mir was passiert –«

»Red nicht so!«

»Soll ich's dir lieber aufschreiben?«

»Sehr witzig.« Ihr Leseunterricht hatte nicht einmal begonnen, da andere Sachen Vorrang gehabt hatten, was Rabe wissen dürfte.

»Ich wollte dir nur sagen, dass du dir keine Sorgen wegen Zineb machen musst. Sie wird dich nicht davonjagen.«

»Ach nein?« Die Frau wollte Mirella schon die ganze Zeit loswerden. Sobald Rabe nicht mehr sein sollte, hielt sie doch nichts zurück. Auch wenn Mirella dieser Umstand nur am Rande berührte. Verglichen mit dem Gedanken, zuzusehen, wie Rabe von der Greifin zerhackt wurde ... Sie schüttelte die Vorstellung ab.

»Zarif ist auf deiner Seite. Und gegen seinen Willen wird sie dich nicht rauswerfen.«

»Obwohl ich dir immer widerspreche?«

»Nicht ›obwohl‹. Deshalb.« Rabe hielt kurz inne, ehe er weitersprach: »In vielen Punkten ist er deiner Meinung. Er drückt es nur deutlich diplomatischer als du aus. Und höchstens mit Zineb als Zuhörerin.«

Mirella hätte nicht erwartet, dass sie sich mit ihrem aufsässigen Verhalten einen Verbündeten verschaffen würde.

Rabe holte den Schlüssel aus der Hosentasche und legte ihn zwischen die Becher. »Wir können sofort zur Greifin. Aber wenn du noch einen Moment brauchst, kannst du auch erst mal was anderes tun und wir erledigen das irgendwann später am Tag. Sag nur niemandem, was wir vorhaben. Ich möchte vermeiden, dass hier Panik ausbricht.«

Und wie sollte Mirella so etwas für sich behalten? »Lass uns jetzt zur Greifin. Ich will das hinter mich bringen.« Sie hob den Becher vom Tisch.

»Auf die Reaktion hab ich gehofft«, entgegnete Rabe. Mit einem klackenden Geräusch stieß er seinen Becher gegen ihren. »Aufs Überleben«, sagte er.

»Aufs Überleben«, erwiderte sie. »Und wehe, du hältst dich nicht dran.«

Er schmunzelte und sie kippten gleichzeitig die Flüssigkeit herunter. Das Zeug brannte wie Feuer und Mirella musste ein Husten unterdrücken. Wenn sie die gesamte Flasche leerten, wäre es Mirella vermutlich egal, was die Greifin mit ihnen anstellte.

Sofern sie beide überhaupt noch in der Lage wären, dorthin zu kriechen.

Rabe stellte den Becher zurück auf den Tisch und nahm zwei zusammengefaltete Blätter. Seinem Blick zur Flasche nach zu urteilen hätte er auch gern mehr gehabt. Doch er war zu vernünftig, um dem Bedürfnis nachzugeben, denn er stand auf und zog Mirella auf die Beine.

An der Tür schob Rabe zwar den Schlüssel ins Schloss, drehte ihn aber nicht um, sondern wandte sich zu Mirella um. »Mira?« Eindringlich sah er sie an. »Ich liebe dich.«

Mirellas Herz zog sich zusammen. »Ich«, begann sie, brachte die Worte jedoch nicht über die Lippen. Konnte man jemanden lieben, den man gleichzeitig fürchtete? Sie wusste es nicht.

»Du musst nichts sagen«, entgegnete er und verschloss ihren Mund mit einem Kuss. »Ich wollte nur, dass du es weißt, falls ...« Er unterbrach sich und lächelte schief. Ohne ihr Zeit für eine Entgegnung zu geben, drehte er den Schlüssel, öffnete die Tür und zog Mirella hinaus auf den Gang.

Yerad

»Kannst du mir mal erklären, was mit dir los ist?«, brummte Chadrik, als Yerad ihm wieder einmal nicht zugehört hatte. Weil er mit den Gedanken bei der bevorstehenden Zusammenführung von der Greifin mit Rabe und Mirella war. Weil er Angst hatte, dass dabei etwas schiefging.

»Nein«, sagte er unbehaglich, da Rabe ihm verboten hatte, darüber zu sprechen. Er kam sich schrecklich schäbig vor deswegen, doch es war bestimmt keine gute Idee, eine direkte Anweisung von Rabe zu missachten. Er war froh, dass Alia noch schlief und ihm diese Geheimniskrämerei bei ihr erspart blieb.

Chadrik legte die Armbrust ab. »Wir verschieben die Übung auf morgen. Bist du dann wieder aufnahmebereit?«

»Ich hoffe es.« Und falls er es nicht war, würde Chadrik zumindest den Grund kennen.

»Hau schon ab«, sagte der Freund, weil Yerad unschlüssig in der Gegend stand. »Ich such mir nen anderen Schüler.«

Rasch verließ Yerad den Übungsraum. Als er auf dem Gang war, kam ihm Durak entgegen, welcher der Greifin Gesellschaft geleistet hatte. »Der Obervogel sucht dich und es scheint dringend zu sein«, erklärte er und wies über die Schulter. »Er wartet dahinten. Hast du was ausgefressen, Prinzessin?«

Yerad schüttelte den Kopf. Immerhin wusste er, weshalb Rabe gekommen war. Nur Durak durfte es nicht wissen.

»Und warum bist du dann so blass? Lief's bei Mäuschen wieder scheiße?«

»Kann man so sagen.« Yerad deutete den Gang runter. »Ich muss gehen, Durak.«

»Schon klar. Soll ich zurück zur Greifin, solang du vom Obervogel belagert wirst?«

»Brauchst du nicht«, sagte Yerad etwas zu hastig, was Durak verwundert aufblicken ließ. »Es dauert bestimmt nicht lang und da Chadrik die Übungen für heute beendet hat, kann ich danach zu ihr.«

Durak runzelte die Stirn, fragte aber nicht weiter, und Yerad setzte erleichtert seinen Weg fort.

Rabe wartete vor der Kammer, in der sie schon etliche Male Mittag gegessen hatten. Nach einer knappen Begrüßung bedeutete er Yerad, den Raum zu betreten.

Drinnen saß Mirella bereits am Tisch. Hatte sie sich hier vor Durak versteckt, damit er nichts ahnte? »Ich hab's gerade erst erfahren«, sagte sie. Das erklärte ihr kalkweißes Gesicht.

Rabe tauchte neben Yerad auf. »Wir sollten uns ebenfalls setzen.«

Der unverkennbare Geruch von starkem Alkohol schlug Yerad entgegen. »Hast du dich etwa betrunken?«, entfuhr es ihm, bevor er sich auf die Zunge biss.

»Es war nur ein kleiner Becher«, entgegnete Rabe.

»Ich hatte auch einen«, gab Mirella von ihrem Platz aus zu. »Ich glaub nicht, dass ich mich sonst hierher getraut hätte.«

Mirella und Rabe hatten sich Mut angetrunken? Das war zwar verständlich, doch gerade von Rabe hätte Yerad das nicht erwartet. Ohne zu wissen, was er davon halten sollte, setzte er sich. »Ihr seid also nicht betrunken?«

»Machen wir auf dich den Eindruck?«, fragte Rabe zurück.

Yerads Blick wanderte zu Mirella und wieder zu Rabe. Mirella war die Angst überdeutlich anzusehen, aber sie wirkte klar und ihre Sprechweise war dieselbe wie immer. Bei Rabe war überhaupt nichts Besonderes festzustellen. Yerad schüttelte den Kopf. »Ich weiß nur nicht, ob der Geruch ein Problem darstellt. Greifen haben zwar keine gute Nasen, allerdings kann ich mir nicht vorstellen, dass ihr das entgeht.«

Mirellas Augen weiteten sich, Rabe hingegen zuckte mit den Schultern und meinte: »Das Vorhaben ist sowieso eine Aneinanderreihung von Unsicherheiten. Da kommt's auf eine mehr auch nicht an.«

Und das von dem Mann, der gestern aufgrund einer Unsicherheit eine Unschuldige getötet hat. »Wenn du das sagst«, murmelte Yerad.

Rabes Blick ruhte forschend auf Yerad, aber der Mann konnte ja schlecht ahnen, was Yerad dachte. Oder doch? »Wie hat die Greifin die Nachricht aufgenommen?«, fragte er und Yerad war froh, dass er nicht tiefer bohrte.

»Nicht so gut.« Er schilderte den Ablauf seines letzten Abends. Ein bisschen hoffte er, dass Rabe das Ganze absagte. *Und dann?* Die Greifin musste fliegen, ehe ihre Muskulatur dazu gar nicht mehr in der Lage war. Und jeder Tag, der verstrich, könnte einer zu viel sein.

»Ich glaube nicht, dass sie es in einigen Tagen besser findet«, kommentierte Rabe den Bericht. »Sag uns einfach, wie wir die Prozedur am ehesten überleben.«

»Zunächst solltet ihr sämtliche Waffen ablegen.«

»Ich hab nichts dabei«, murmelte Mirella. »Auch kein Messer«, schob sie hinterher, weil sie sich vermutlich ebenso wie Yerad an jene Situation erinnerte, in der sie vor der Greifin plötzlich ihr Messer gezückt hatte.

Rabe zog seinen Dolch unter dem Hemd hervor und platzierte ihn auf dem Tisch.

Zum ersten Mal erkannte Yerad, was die seltsam geformte Waffe darstellte: Es war die Nachbildung eines Rabenschädels, wobei die krumme Klinge den Schnabel bildete. *Ziemlich makaber, so was zu tragen, wenn man sich selbst Rabe nennt.*

»Mehr Waffen hab ich nicht«, riss Rabes Stimme Yerad von dem Anblick los.

Yerad zwang sich, alle weiteren Vorsichtsmaßnahmen vorzutragen, von denen im Zweifel keine einzige Mirella oder Rabe retten würde.

Als er damit fertig war, zog Rabe einen zusammengefalteten Zettel aus der Hosentasche und reichte ihn Yerad. »Das sind die Namen, die du wolltest.«

Yerad warf einen Blick darauf. Rabe hatte die Namen freundlicherweise durchnummeriert. Es waren sechsunddreißig. Er unterdrückte ein Seufzen.

»Mira?«, sagte Rabe anschließend und drehte ein weiteres Blatt zwischen den Fingern. »Wenn du gewisse Dinge nicht hören willst, solltest du jetzt draußen warten.«

Mirellas blasses Gesicht wurde noch fahler. Rasch ging sie hinaus.

Rabe streckte Yerad den zweiten Zettel hin. »Falls ich sterbe, gib das Zarif oder Zineb.«

Zögerlich nahm Yerad das Papier entgegen. »Was ist das?«

»Deine Absicherung.« Auf Yerads fragenden Gesichtsausdruck fuhr er fort: »Da steht, dass du mich auf das Risiko hingewiesen hast, dass die Greifin mich töten könnte, und ich trotzdem darauf bestanden hab, mich ihr zu nähern. Ich will vermeiden, dass Zarif und Zineb auf die Idee kommen, dich für meinen Tod verantwortlich zu machen. Lies es, wenn du mir nicht glaubst.«

Bis eben hatte Yerad gar nicht daran gedacht, dass dies ein Problem werden könnte. Er faltete den Zettel auf, überflog den

Inhalt und legte ihn anschließend vor sich ab. »Danke«, sagte er beklommen.

»Wir können anfangen, richtig?«

Yerad brachte lediglich ein Nicken zustande und sie gingen gemeinsam hinaus, wo Mirella den Gang auf und ab lief. »Geht's los?«, fragte sie.

»Ja«, entgegnete Rabe und richtete sich an Yerad: »Soll Mira solang draußen warten oder mit reinkommen?«

»Die Greifin weiß ohnehin, dass ihr beide kommt. Daher ist es vermutlich egal.«

Rabe betrachtete Mirella. »Mir wär lieber, du bist bei mir.«

»Ich bin mir nicht sicher, ob ich das sehen will.«

Rabe lächelte und selbst Yerad sah, dass es erzwungen war. »Dann bleib hier. Das ist in Ordnung.« Er drückte kurz ihre Hand und wandte sich um.

13

Mirella

Wie versteinert stand Mirella da, während sich Rabe und Yerad in Richtung der Tür entfernten, hinter der die Greifin lauerte. Sie starrte auf den Rücken ihres Gefährten. Womöglich zum letzten Mal.

»Warte, Rabe!«, rief sie und augenblicklich verharrte er. »Lass mich zuerst gehen.«

Rabe wandte sich um, wirkte überrascht. »Du weißt nicht, wie sie auf eine solche Situation reagiert. Vielleicht geht sie gleich auf Angriff. Ich will nicht mit dem Leben meiner Leute spielen. Ganz besonders nicht mit deinem.«

»Das versteh ich ja, aber ...« Mirella lief zu ihm. »Ich kann nicht schon wieder zusehen, wie jemand stirbt, der mir wichtig ist.«

»Du musst nicht zusehen. Du kannst hier warten.«

»Ich will auch nicht dabei zuhören, verdammt!« Ihr war bewusst, dass sie vollkommen unangemessen mit ihm sprach. Noch dazu vor Yerad. Die Angst löschte jede Vernunft aus.

Rabe umschloss ihre Wangen mit seinen Händen. »Das ist eine extrem unsichere Angelegenheit. Aber wenn die Greifin mich nicht zerhackt, ist die Chance, dass sie jemand anderem was tut, ziemlich gering.« Sein Blick war eindringlich. »Ich muss zuerst gehen, Mira. Ich hab es zu verantworten, dass das Tier in den Höhlen ist, also werde ich auch das Risiko auf mich nehmen.«

Sieh's mal so, meldete sich die Stimme, wenn die Greifin ihn verspeist, kann er keine unschuldigen Schankfrauen mehr meucheln.

»Warte hier«, sagte Rabe und gab ihr einen flüchtigen Kuss auf den Mund.

»Vielleicht geh ich einfach zurück in dein Zimmer und trink den Rest der Flasche.«

Dass Rabe in seine Tasche griff und ihr den Schlüssel in die Hand drückte, machte sie noch nervöser. »Aber vergiss nicht, dass du in dem Fall ein andermal zur Greifin musst.«

»Du bist wirklich großartig darin, mich zu beruhigen.«

Ein letztes schiefes Lächeln und Rabe verschwand mit Yerad durch die Tür.

Unschlüssig verharrte Mirella, doch ehe sie sich bewusst zu einer Entscheidung durchrang, setzten sich ihre Beine von selbst in Bewegung und sie folgte Rabe in den Höhlenraum. Leise kroch sie an den Rand direkt neben der Tür.

Mit den Lippen formte Rabe das Wort *Danke*.

Sie zwang sich zu einem Lächeln, das vermutlich nur eine Grimasse wurde.

Dann drehte Rabe sich um und sie konnte sein Gesicht nicht mehr sehen.

Bitte stirb nicht.

Yerad war bei der Greifin und sprach flüsternd mit ihr, sodass Mirella seine Worte nicht verstand. Anschließend nickte er Rabe zu.

Gebannt verfolgte Mirella Rabes Schritte, die auf jene Linie zuhielten, die den Beginn der Todesgefahr markierte. Mirella merkte, dass sie den Atem anhielt, und sie sehnte sich nach dem alten Küchenmesser, das sie inzwischen unter ihrer Matratze verwahrte. Sie griff nach dem Stein ihrer Kette, auch wenn er sie nicht halb so gut beruhigte.

Ein weiterer Schritt von Rabe, der letzte in Sicherheit. Er sagte etwas. Sie hörte seine Stimme, erfasste die Worte jedoch nicht. Dann überquerte er die Linie.

Mirellas Blick wanderte zur Greifin, die Rabe mit ihren unheimlichen Augen musterte. Noch verhielt sich das Wesen still, doch Mirella hatte bereits gesehen, wie schnell es sein konnte.

Rabe stand nun direkt vor der Greifin. Mirella wusste nicht, ob er mit dem Tier sprach. In ihren Ohren rauschte es, als stünde sie hinter dem Wasserfall. Die Greifin verharrte und Mirellas Herz schlug wild und heftig. *Nimm ihn mir nicht weg!*, richtete sie sich in Gedanken an die Greifin.

Die Stimme stichelte: *Echt beeindruckend, wie du dich an diesen skrupellosen Kerl klammerst.*

Konnte das Ding nicht endlich ruhig sein? Die Situation war doch schon so unerträglich genug.

Nö, machte es.

Mirella konzentrierte sich auf Rabe und die Greifin, die sich gegenüberstanden. Auf Yerad, der neben dem Tier war und ihm beruhigend den Kopf streichelte. Die Männer wirkten äußerst angespannt. Die Greifin schlug mit dem Schwanz hin und her, was bestimmt kein Zeichen von Ruhe war. Aber sie tat Rabe nichts. Sie starrte ihn nur aus ihren roten Augen an.

Plötzlich streckte Rabe dem Tier eine Hand entgegen, es wich zurück. Selbst über das Rauschen und die kichernde

Stimme vernahm Mirella den scharfen Ton, den die Greifin ausstieß. Rabe ließ die Hand sinken.

Mirella musste sich regelrecht zwingen, weiter zu atmen, doch wieder geschah nichts. Eine Weile standen sie alle noch an ihren Positionen, während der Greifenschweif rastlos von einer Seite auf die andere peitschte.

Endlich setzte sich Rabe in Bewegung und entfernte sich in einem seitlichen Bogen von der Greifin. Gelegentlich blickte er über seine Schulter, so als rechnete er damit, dass sie sich jeden Moment auf ihn stürzte. Dann hatte er die rettende Linie überquert.

Das Rauschen in Mirellas Ohren verklang.

Rabe ging vor Mirella in die Hocke, sah sie besorgt an und löste ihre Finger, die sich beide um den Stein ihrer Kette krallten. Mit gerunzelter Stirn betrachtete er ihre Handinnenflächen, ihren Hals.

Mirella sah, dass ihre Fingernägel Einkerbungen in der Haut hinterlassen hatten. Nur zeitversetzt setzte der Schmerz ein. Dann nahm sie auch das Brennen an ihrem Hals hinten wahr, weil sie vermutlich derart stark an ihrer Kette gezerrt hatte, dass sich das Lederband in ihre Haut geschnürt hatte. »Ich hätte nicht zusehen dürfen«, murmelte sie kläglich.

Wortlos hielt Rabe ihre Hände fest. Er sagte zwar nichts, aber sie sah die Frage in seinen Augen. Ob sie bereit war, jetzt ihren Teil des Auftritts zu erledigen.

Wie viel schlimmer konnte es schon sein, sich selbst der Gefahr auszusetzen? Wenn es zum Äußersten kam, musste sie wenigstens anschließend nicht mit den Geschehnissen fertigwerden.

»Wir können es verschieben«, bot Rabe an, doch Mirella lehnte mit einem vehementen Kopfschütteln ab. Morgen würde es nicht leichter werden. Sie hätte nur jede Menge Zeit, sich vorher verrückt zu machen.

Entschieden erhob sie sich. Der nackte Felsen fühlte sich kühl an. Am Rande bemerkte sie, wie Rabe ihren Platz einnahm, und sie tappte langsam der Greifin entgegen, deren Hals unentwegt von Yerad gestreichelt wurde.

Ruckartig bewegte das Tier den Schnabel in Mirellas Richtung, und sie verharrte angespannt. Sie war noch nicht einmal über die Linie getreten und die Greifin wurde schon unruhig. Das ging ja gut los.

»Sprich mit ihr«, sagte Yerad.

Was soll ich dem Vieh denn sagen? Fieberhaft dachte Mirella nach, doch in ihrem Kopf war nichts, was sie greifen konnte.

»Erzähl ihr von deiner Familie«, vernahm sie Rabes Stimme hinter sich.

Sie sind tot, verdammt. Warum soll ich von ihnen erzählen? Sie schob den Gedanken von sich und holte die Zeit zurück, als ihre Welt noch nicht in Trümmern gelegen hatte. »Ich heiße Mirella Callini«, hörte sie sich sagen, »und ich komme aus einer Artistenfamilie. Meine Mutter war eine Tänzerin. Wenn sie sich drehte, wirbelte ihr Kleid hoch und sie sah aus wie eine Blume. Ihre Schleier umstoben sie wie der Nebel, der morgens manchmal übers Meer kriecht.« Das Bild glitt vor ihrem geistigen Auge vorbei. Sie machte einen Schritt vorwärts. »Mein Vater war ein begnadeter Sänger. Seine Stimme war unglaublich. Sie trug einen regelrecht in eine fremde Welt.« Abermals setzte sie einen Fuß vor den anderen. »Er hat sich einige Lieder selbst ausgedacht.«

Vollkommen ruhig erwiderte die Greifin Mirellas Blick.

Ein weiterer Schritt. »Einmal hat er ein Lied über einen Greifen erfunden.« Sie wühlte in ihren Erinnerungen, doch die

Zeilen wollten ihr nicht einfallen, lediglich die Melodie, die sie gedankenverloren summte.

Die Greifin neigte den Kopf.

»Leider weiß ich den Text nicht mehr.« Wieder traute sich Mirella ein Stückchen näher. »Mein Großvater konnte trommeln und wunderbare Geschichten erzählen. Meine Großmutter ...« Sie lächelte, als sie an die alte Dame dachte, die sie vor einigen Jahren auf ihre letzte Reise hatten schicken müssen. »Meine Großmutter war eine fantastische Frau. Immer stark, immer fröhlich.« Sie deutete auf den Stein um ihren Hals. »Die Kette hat sie mir geschenkt. Sie hat behauptet, sie sei verzaubert und mit ihr würden meine Messer niemals ihr Ziel verfehlen.« Mirella sah, dass Yerad zusammenzuckte. Verdammt, sie hätte die Messer nicht erwähnen sollen. Doch die Greifin blieb friedlich, weshalb Mirella abermals einen Schritt ging. »Mein großer Bruder Sendro«, wisperte sie und die Stimme brach ihr beinahe weg, »war ein Feuerspucker. Manchmal sind wir bei Nacht hinaus in den dunklen Hof gegangen und da hat er seine Vorführung für mich allein gegeben. Da gab es dann nur das lodernde Flammenspiel, das sein Gesicht rötlich schimmern ließ, und um uns nichts als Schwärze.« Stockend holte sie Luft. »Jetzt sind sie alle tot. Ich vermisse sie jeden Tag.« Sie ging einen Schritt voran und ihr wurde bewusst, dass sie sich längst innerhalb des Kreises befand. So nah bei der Greifin, dass sie die Hand nach ihr ausstrecken könnte. Sie wagte es nicht.

Das Tier betrachtete sie aus seinen rotglühenden Augen, die auf einmal wie das Feuer von Sendros Kunststücken aussahen. Die warm und verständnisvoll wirkten. In diesem Moment verstand Mirella nicht, wie sie diese Augen noch vor wenigen Minuten hatte unheimlich finden können. »Ich wünschte, du könntest mir auch deine Geschichte erzählen.«

Die Greifin stieß ein leises Geräusch aus.

Mirella hatte zwar keine Ahnung von diesen Geschöpfen, aber bedrohlich klang es nicht. Dennoch schaute sie zu Yerad, der ihr zunickte. Also war alles in Ordnung. »Darf ich dich anfassen?«, fragte sie das Tier.

»Ik«, kam es von der Greifin.

»Das heißt ja«, übersetzte Yerad.

Mirella schluckte ihre Zweifel herunter und berührte mit den Fingerspitzen die Federn am Hals des Tieres. Sie war überrascht, wie weich sie sich anfühlten.

Die Greifin gab leise Zwitscherlaute von sich und sah Mirella auffordernd an.

Verwundert blickte Mirella zu Yerad, doch er zuckte mit den Schultern. »Ich hab nur verstanden, dass sie eine Frage gestellt hat.«

Abrupt schoss der Kopf des Tieres zu Yerad. Eine Abfolge von abgehackten Lauten entwich dem Schnabel.

Yerad sah etwas hilflos aus. »Nun beschwert sie sich über meine katastrophalen Sprachkenntnisse«, gestand er und rang sich ein Lächeln ab, ehe er sich an die Greifin richtete: »Vielleicht gibt es ja unter den ganzen Leuten, die du demnächst kennenlernst, jemanden, der schneller lernt, dich zu verstehen.«

Geräuschvoll ließ sich die Greifin auf den Boden fallen, wobei Yerad zurückspringen musste, da ihr Kopf sonst auf seinen Füßen gelandet wäre. Sonderlich beunruhigt wirkte er allerdings nicht. Also kam so etwas wohl öfter vor. Er streichelte das Tier noch einmal und teilte ihm mit: »Ich geh kurz mit Mirella und Rabe raus. Ich bin gleich wieder bei dir.«

»Ik.«

Yerad sah Mirella auffordernd an, doch sie wusste nicht, was er ihr sagen wollte. *Verabschiede dich*, formte er mit den Lippen.

Oh. Darauf hätte sie auch alleine kommen können. »Bis nächstes Mal«, sagte sie dem Tier, das daraufhin etwas von sich gab, das ein bisschen wie ein Miauen klang. »Ist das dein Tschüss?«, fragte sie.

»Ik.«

»Dann bis bald.«

Yerad

Die Zusammenführung zwischen der Greifin mit Rabe und Mirella war überstanden und Yerad war mindestens so erleichtert wie die beiden Menschen, die im Zweifel getötet worden wären.

Es dauerte etwa eine Woche, bis Yerad es geschafft hatte, die Namen von Rabes Liste abzuarbeiten. Wie erwartet gab es zwar jede Menge Angst, aber keine Verletzten. Und nachdem etliche Rebellen diesen Schritt gemacht hatten, ließ sich auch Alia überzeugen und war anschließend kaum noch von der Greifin wegzubekommen, da sie nach ihrer Aussage so ›schmuseweich‹ war.

Beim Armbrusttraining feuerte Yerad mittlerweile seine ersten Schüsse ab und traf sogar halbwegs. Selbst das Verhältnis zu Mirella würde er inzwischen als gut bezeichnen. Sie half ihm mit der Armbrust und er übte mit ihr Lesen, wie Chadrik es vor einiger Zeit vorgeschlagen hatte. Sie besuchte von sich aus jeden Tag die Greifin und erzählte mit ihr, wobei sie beim Erlernen der Greifensprache deutlich talentierter war als Yerad.

Das Einzige, was Yerad Magenschmerzen bereitete, war die Angst vor dem Lösen der Ketten. Dass die Greifin bislang niemandem etwas getan hatte, musste nämlich nicht bedeuten, dass sie ihnen friedlich gesinnt war. Vielleicht wartete sie nur auf einen vorteilhafteren Zeitpunkt.

Dieses Gefühl beschlich Yerad vor allem dann, wenn er beobachtete, wie die Greifin Rabe behandelte, der in der letzten Woche ebenfalls regelmäßig in ihrer Kammer aufgetaucht war. Sie tat die meiste Zeit so, als sei er nicht da, aber gelegentlich peitschte ihr Schweif unruhig und ihr entwich der Anflug eines Grollens. Dass sie ihm nicht verziehen hatte, war offensichtlich. Ob sie sich dennoch zurückhalten würde, fraglich. Und wenn sie erst Rabe zerhackt hatte …

Yerad wollte, er könnte die Worte seines Lehrers aus dem Kopf verbannen, doch sie wühlten sich immer wieder an die Oberfläche: ›*Ein Greif, der einmal einen Menschen angegriffen hat, wird es auch ein zweites Mal tun. Ein solches Tier muss umgehend getötet werden.*‹

»Steckt der Bolzen zu fest, Yerad?«, fragte Chadrik hinter ihm.

Yerad blinzelte die Gedanken fort und ihm wurde bewusst, dass er schon eine Weile vor der Zielscheibe stehen musste. Eilig zog er den letzten Bolzen heraus, ging zurück zu dem Freund und bedeutete ihm, zum Rand des Raumes mitzukommen.

Chadrik folgte ihm.

»Ich hab Sorgen, dass es nachher Probleme gibt.« Yerad musste nicht erwähnen, was er meinte. Die Befreiung der Greifin war *das* Ereignis des Abends, dem nach einer Ansprache von Rabe jeder Rebell entgegenfieberte.

»Sie hat doch nicht mal Rabe angegriffen.«

»Vielleicht hebt sie sich das für heute auf.«

Eine Weile sah Chadrik Yerad schweigend an. »Hast du Rabe von deinen Zweifeln erzählt?«

»Natürlich.«

»Dann wird sie sowieso befreit. Hör auf, dir Gedanken zu machen.«

Wirklich beruhigend klang das nicht, wenngleich Chadrik im Grunde recht hatte.

»Nun zieh nicht so ein Gesicht, Yerad. Du kannst eh nichts an seiner Entscheidung ändern.« Er nahm Yerad die Bolzen und die Armbrust ab. »Geh zur Greifin. Ich komm gleich nach und wir spielen ein paar Runden. Und wenn du dich dabei nicht zu dämlich anstellst, werden's auch ein paar Runden mehr.«

Wie immer half das Spielen erstaunlich gut, um sich von den trüben Gedanken abzulenken. Chadrik und Yerad hatten sich neben der Greifin niedergelassen, wobei diese permanent Yerads Züge kommentierte. Als Yerad dem Freund gerade eine Falle stellte und die Greifin einen anerkennenden Ton ausstieß, konnte Yerad sich nicht länger zurückhalten: »Durch deine Geräusche machst du ihn doch darauf aufmerksam, dass ich was plane.«

»Denkst du, das hätt ich nicht gesehen?«, gab Chadrik zurück und die Greifin zwitscherte etwas, das beleidigt klang.

Schließlich erschien Rabe im Türrahmen, was wohl bedeutete, dass es draußen dunkel genug war, für den Fall, dass die Greifin abhaute. Rabe hielt einen Schlüssel hoch. »Es ist bestimmt das Beste, wenn du das übernimmst, Yerad.«

Yerad fühlte sich, als könne er sich nicht entscheiden, ob er einen Freudensprung machen oder panisch aus dem Raum rennen sollte. Unbeholfen nahm er den Schlüssel entgegen.

Rabe reagierte mit einem knappen Grinsen und Yerad verstand nicht, wie ihm das in dieser Situation gelang.

Immerhin wusste er genauso gut wie Yerad, wie das hier enden konnte.

Chadrik räumte das Spiel mit einer Gelassenheit zusammen, als sei dies ein ganz gewöhnlicher Abend. Offenbar war außer Yerad jeder die Ruhe selbst. Als Chadrik fertig war und sich ein paar Schritte an den Rand des Höhlenraums entfernte, ging Yerad zu der Greifin. »Ich befreie dich jetzt, meine Liebe«, sagte er sanft und hielt den Schlüssel hoch.

Aufmerksam verfolgten ihre Augen seine Bewegungen. Yerad lief um das Tier herum, hin zu den Hinterläufen, um welche die Eisenringe gelegt worden waren. Er schob den Schlüssel ins erste Schloss. Mit einem Klicken öffnete sich die Fessel. Bei der zweiten Hinterpfote verfuhr er ebenso. Scheppernd fiel das Eisen zu Boden.

Einen Moment verharrte die Greifin reglos, dann bewegte sie die Hinterläufe jeweils einzeln, als könne sie nicht fassen, dass sie nun tatsächlich frei war. Plötzlich schnellte ihr Haupt herum und richtete sich auf Rabe, der scheinbar besonnen den Blick erwiderte. Mit einem Satz war sie bei ihm, der riesige Kopf direkt vor seinem und aus ihrer Kehle schrillte ein Schrei.

14

Yerad

Das ist nicht gut. Das ist gar nicht gut. Yerad eilte der Greifin nach, bis er neben Rabe stand. »Lass ihn, Mädchen. Er wird dir nichts tun. Das weißt du doch.«

Die Greifin senkte ihren spitzen Schnabel tiefer zu Rabe hinab. Yerad begriff nicht, wie der Mann so ruhig stehen bleiben konnte, aber er war froh, dass es so war. Mit hastigen Bewegungen hätte Rabe womöglich den Jagdinstinkt des Tieres geweckt.

Vorsichtig streckte Yerad die Hand nach der Greifin aus. »Bitte lass ihn.«

Wieder stieß sie den schrillen Schrei aus und ihr Schnabel berührte beinahe Rabes Nase.

»Vielleicht solltest du einfach still sein, Yerad«, presste der Mann hervor.

Wenn ich still bin, wird sie dich töten, geisterte es durch Yerads Kopf. »Er ist Mirellas Gefährte«, sagte er schnell, weil er hoffte, das Tier dadurch zu besänftigen. Immerhin mochte die Greifin sie. »Du weißt, dass sie ihre gesamte Familie verloren hat. Willst du ihr wirklich den nächsten Menschen wegnehmen, der ihr wichtig ist?«

Das Haupt der Greifin schnellte zu Yerad herum, die roten Augen richteten sich auf ihn. »Es ist wahr«, flüsterte er und betete stumm, dass sie in ihrer Wut nicht auf ihn losging. »Hast du nicht gesehen, wie viel Angst sie um ihn hatte, als er sich dir vor einer Woche genähert hat?«

Die Greifin warf den Kopf in den Nacken und kreischte gellend. Dann preschte sie durch die Tür. Die Bretter, die den Zugang verkleinerten, splitterten und flogen durch die Luft. Unwillkürlich wandte Yerad sich ab. Als er sich zurückdrehte, war die Greifin verschwunden.

Rabe entwich der angehaltene Atem, ehe er sich an Yerad richtete: »Ihr hinterher oder in Ruhe lassen? Was meinst du?«

»Ich folge ihr allein«, entgegnete Yerad. Auch wenn er nicht sicher war, ob das eine gute Idee war.

Kurz begegnete sein Blick dem von Chadrik. Der Freund war blass geworden. »Lass dich nicht fressen«, sagte er.

Yerad verkniff sich den Kommentar, dass sein Einfluss diesbezüglich begrenzt war, und rannte den Gang entlang. Die Greifin war nirgends zu sehen, wohl aber die Überreste der Tür am Ende des Tunnels. Yerad lauschte auf Geschrei, sowohl das von der Greifin als auch menschliches. Nichts. Das bedeutete immerhin, dass sie nicht gerade versuchte, einige Rebellen zu verspeisen. Oder dass sie bereits fertig mit ihrer Mahlzeit war.

Wahrscheinlicher war allerdings, dass die Greifin verschwunden war. Trotzdem begann Yerad, systematisch jeden Winkel abzusuchen. Er fing in dem Bereich beim Wasserfall an. Als er den Raum erreichte, in dem er öfter mit Alia saß, entdeckte er eine weitere zerstörte Tür und dann vor dem nachtdunklen Himmel die massige Gestalt der Greifin. Sie war bei der Fensteröffnung, nur einen Flügelschlag von ihrem Weg in die Freiheit entfernt.

Langsam ging Yerad in den Höhlenraum und achtete auf ruckartige Bewegungen der Greifin, doch sie blieb ruhig. Mit vorsichtigen Schritten näherte er sich ihr und kniete sich neben sie auf die Steine, welche noch die Wärme vom Tag abstrahlten. »Es ist gut, dass du ihn verschont hast«, sagte er gerade laut genug, um das Rauschen des Wasserfalls zu übertönen. Wieder brachte er es nicht fertig, Rabes Namen zu nennen. Aus Angst, das Tier abermals zu verärgern.

Es zeigte keinerlei Reaktion, zumindest keine, die Yerad in der Dunkelheit erkennen konnte, und so redete er weiter: »Wenn du nicht bleiben willst, kannst du jetzt wegfliegen. Niemand wird dich aufhalten.«

Plötzlich spürte er Federn an seinem nackten Arm und strich behutsam hindurch. Eine Weile ließ die Greifin sich streicheln, dann ging ein Ruck durch ihren Körper, und sie richtete sich auf. Sie stieß ihr leises Miauen aus, anschließend ein Sprung in die Nacht und sie schoss hinunter zum Meer.

Yerad beugte sich über den Rand und versuchte, in der Dunkelheit etwas zu erkennen. Er hoffte inständig, dass die Kraft der Greifin zum Fliegen reichte und sie nicht ins Wasser stürzte und ertrank. Langsam gewöhnten sich seine Augen an das spärliche Licht und konnten die hellen Wellenkämme in der Finsternis ausmachen. Von der Greifin fehlte jede Spur. Mit aufkeimender Panik suchte Yerad weiter nach ihr, da sah er einen schwarzen Schatten dicht über der Wasseroberfläche dahingleiten.

Erleichtert sank er gegen die Felsenwand und richtete den Blick gen Sternenhimmel. *Es ist besser so,* beschwor er sich. Sie war ein Wildtier. Wie hätte sie hier zusammen mit den Rebellen leben sollen? Dennoch kam er nicht umhin, eine gewisse Enttäuschung zu empfinden. Er wäre gern mit ihr geflogen. »Lebewohl«, wisperte er in die dunkle Nacht. Ein Wort des Abschieds, auf das er keine Antwort erhalten würde.

An den Stein neben dem Fenster gelehnt, wartete Yerad. So lange, dass ihm Hintern und Rücken schmerzten, aber die Greifin kehrte trotz seiner unsinnigen Hoffnung nicht zurück. Schwerfällig erhob er sich und machte sich auf die Suche nach Rabe. Bestimmt gab es nun einiges zu klären und ehe der Mann ihn aus dem Schlaf riss, brachte Yerad es lieber gleich hinter sich. Im Saal erfuhr er, dass sich der Rebellenanführer in seiner Kammer befand, und er begab sich dorthin.

»Sie ist abgehauen, oder?«, fragte Rabe und wies auf einen Stuhl.

Yerad nickte und nahm Platz.

»Immerhin hat sie mich vorher nicht in Stücke gerissen.«

Abermals nickte Yerad stumm, denn viel hatte nicht gefehlt, dass genau das passiert wäre.

»Du hast einmal von der Möglichkeit gesprochen, einen Greifen zu stehlen«, begann Rabe, ohne sich länger mit der Vergangenheit aufzuhalten.

Yerad brauchte einen Moment, ehe er seine Gedanken fort von der Greifin und hin zu seinem alten Leben lenken konnte. »Ich weiß nicht, wie gut sie den Hof inzwischen bewachen, aber ich denke, das sollte machbar sein.« Vor allem konnten sie sich bei dem Greifen, den Yerad zu stehlen plante, sicher sein, dass er niemanden anfiel, was im Grunde auf jedes Tier des Greifenhofes zutraf.

»Überleg dir mal, wie du das anstellen würdest und wir spre—«

In dem Moment hallte ein Greifenschrei durch die Höhlen. Augenblicklich sprang Yerad vom Stuhl auf und rannte auf den Flur, Rabe folgte ihm mit etwas Abstand. Ein weiterer Schrei und Yerad eilte in die Richtung, aus der er kam. Da sah er die Greifin durch den Gang laufen. *Sie ist zurückgekehrt.* Er warf alle Regeln, die er selbst im Umgang mit ihr aufgestellt hatte, über den Haufen, lief auf sie zu, schlang die Arme um ihren Hals und grub das Gesicht in ihr Gefieder. Es war mit einem feuchten Film überzogen, doch das war ihm gleich. »Ich dachte, du wärst fort«, flüsterte er.

Sie gab ein kehliges Geräusch von sich und er spürte, wie sich ihr Kopf an ihn schmiegte. Eine Weile standen sie so da, bis Yerad schließlich einen Schritt zurücktrat. Über die Schulter sah Yerad, dass sich Rabe ein Stück hinter ihnen befand und hoffte, dass die Greifin nicht erneut auf den Rebellenanführer losging. Denn vielleicht war genau das der Grund für ihre Rückkehr. »Willst du den riesigen Höhlenraum sehen?«, fragte Yerad. »Dort sind bestimmt auch Alia, Chadrik, Durak und Mirella.« Und gewiss noch jede Menge anderer Menschen, von denen Yerad aber nicht einschätzen konnte, ob die Greifin sie überhaupt treffen wollte.

»Ik.«

»Dann komm mit.«

Yerad lief voraus und als sie Rabe passierten, schielte er unbehaglich nach der Greifin, die ihm mit gemächlichen Schritten folgte. Sie ignorierte den Rebellenanführer, wie Yerad erleichtert feststellte, und ging weiter, als sei er gar nicht da.

Der Eingang zum Saal war zum Glück groß genug, dass die Greifin problemlos hindurchpasste. Als sie eintraten, verstummten augenblicklich sämtliche Gespräche. Trotz der späten Stunde waren viele Tische besetzt. Die Menschen hatten vermutlich nicht mitbekommen, dass die Greifin zwischenzeitlich verschwunden war, und gehofft, das Tier heute noch sehen zu können.

Yerad wagte sich ein wenig dichter an die Leute heran, achtete allerdings darauf, es nicht zu übertreiben. »Darf ich vorstellen«, sagte er betont unbekümmert und wies auf die Greifin. »Das ist unsere neue Mitbewohnerin.«

Fast alle waren wie versteinert auf ihren Stühlen. Lediglich Alia, Chadrik, Durak und Mirella kamen zu ihnen und umarmten die Greifin. Das war bei den beiden Männern zwar nicht gerade die übliche Begrüßungsform, aber vermutlich wollten sie den restlichen Menschen demonstrieren, dass das Tier harmlos war.

Schließlich trauten sich zwei Jungen näher und begrüßten die Greifin mit einem Winken. »Du siehst echt gewaltig aus«, meinte der eine ehrfürchtig.

Die Greifin neigte den Kopf, dann glitt ihr Blick zu den anderen Leuten, die noch immer wie festgenagelt auf ihren Plätzen verharrten.

Mit dem Kinn deutete Yerad eine energische Bewegung an, sodass die Sitzenden sich hoffentlich aus ihrer Erstarrung lösten, um die Greifin zu begrüßen. Nicht, dass es gleich zur nächsten Eskalation kam. Der Einzige, bei dem Yerad es sinnvoll fand, dass er sich im Hintergrund hielt, war Rabe. Und selbst er war mit in den Saal gekommen.

Endlich erhob sich zumindest Khadra, ging durch die Küchentür und kam mit einem gehäuteten Kaninchen zurück. Zielstrebig und ohne Yerads Freunden auch nur einen Blick zuzuwerfen, lief sie auf die Greifin zu und legte das tote Tier vor ihr ab. »Ich dachte, du hast vielleicht ein wenig Hunger«, sagte sie und klang dabei sogar einigermaßen freundlich.

Die Greifin betrachtete sie schweigend, anschließend machte sie sich über das Kaninchen her, riss es in zwei Hälften und verschlang beide innerhalb von Sekunden.

»Oh«, entwich es Khadra, »offenbar hast du ziemlich großen Hunger. Soll ich dir noch ein zweites Tier holen?«

Die Greifin entgegnete: »Ik ik.«

Yerad übersetzte rasch und Khadra nickte ihm knapp zu. Das war dann wohl ihre Art, Danke zu sagen.

Als Nächstes trauten sich Zineb, Zarif und andere, die bereits Kontakt mit der Greifin gehabt hatten, in ihre Nähe. Und langsam wurden auch die restlichen Menschen mutiger. Erleichtert stellte Yerad fest, dass die Greifin keinerlei aggressive Verhaltensweisen zeigte.

Als sein Blick abermals Rabe streifte, winkte ihn der Rebellenanführer zu sich, und Yerad gesellte sich zu ihm.

»Sieht ganz so aus, als wär ich der Einzige, dem sie den Kopf abbeißen will«, sagte Rabe nüchtern.

»Das glaube ich ebenfalls«, stimmte Yerad zu.

»Wenigstens dürfte sie nicht durch die Tür zu meiner Schlafkammer passen.« Da Rabes Kammer mit Ausnahme der schmalen Tür komplett von Felsen umschlossen war, hatte er damit vermutlich sogar recht. »Du hast deine Aufgabe mit dem Tier gut erledigt, Yerad.«

Wenn man bedachte, dass Rabe diesen Tag fast nicht überlebt hätte, wirkte das Lob etwas unangebracht. »Dass nichts passiert ist, ist in vor allem der Verdienst der Greifin. Nicht meiner.«

Rabes Mundwinkel hoben sich amüsiert. »Geschirr und Sattel sind übrigens fertig.«

»Das heißt, ich darf morgen mit ihr fliegen?«

Rabes Lächeln verstärkte sich. »Aber erst mal nur im Saal. Versuch, dir nicht gleich den Hals zu brechen. Und noch was:

Sobald du die Greifin allein lassen kannst, komm mit Mira zu mir.«

»Mit Mirella?«, wunderte sich Yerad.

»Ist das ein Problem?«

»Nein«, sagte Yerad schnell. Er konnte sich lediglich keinen Reim darauf machen, was Rabe ihnen mitteilen wollte, das nur sie beide betraf.

Der Mann nickte ihm wortlos zu und machte sich davon.

Also musste sich Yerad wohl gedulden. Dabei war er jetzt schon nervös. Unschlüssig blickte er zur Greifin. Ob er sie bereits allein lassen konnte? Seine Augen suchten die Öllampenuhr. Aber selbst wenn er nahe genug wäre, um die Zeit zu erkennen, würde ihm das nichts nützen, da er sich nicht erinnern konnte, wann er mit der Greifin in den Saal gekommen war.

In dem Moment tauchte Chadrik bei ihm auf. »Läuft doch bestens.« Er wies auf die Greifin, die mit drei Kindern Ball spielte. Ein bisschen unbeholfen sah es zwar aus, wie das Tier den Ball mal viel zu kräftig und dann wieder zu sachte mit dem Schnabel anstieß. Aber die Greifin und die Kinder hatten sichtlich ihren Spaß.

»Ja«, bestätigte Yerad. »Das tut es wirklich.« Deutlich besser, als er sich erhofft hatte.

»Und warum das lange Gesicht?«

Yerad erklärte es ihm. »Hast du ne Ahnung, was Rabe von uns will?«

Chadrik schüttelte den Kopf. »Geh doch gleich und krieg's raus.«

»Und wenn es Probleme mit der Greifin gibt?«

»Die kann's immer geben. Willst du ihr jetzt permanent hinterherlaufen?«

Dass das nicht möglich war, war Yerad zwar bewusst, aber er würde sich durchaus wohler fühlen, wenn er es könnte.

Chadrik wies zu Mirella, die mit Alia und Durak zusammen das Spiel der Greifin beobachtete. »Geh. Durak, Alia und ich bleiben hier, bis ihr zurück seid.« Als Yerad nicht sofort losging, rollte Chadrik mit den Augen. »Soll ich dich schieben?«

Yerad verzog das Gesicht. »Ich frag vorher die Greifin, ob das in Ordnung für sie ist.«

Zu Yerads Überraschung war es für das Tier überhaupt kein Problem. Es verabschiedete sich mit einem fröhlichen Miauen und wandte sich gleich wieder ab. Als sei Yerad nur ein flüchtiger Kontakt. Das war vermutlich gut, aber es fühlte sich dennoch seltsam an.

Mirella

Mirella saß auf ihrem Stammplatz in Rabes Kammer und tat das, was sie stets tat, sobald sie hier auftauchte: warten, dass Rabe fertig wurde. Sie lugte zu Yerad, der genauso nervös aussah, wie sie sich fühlte. Und es genauso schlecht verbergen konnte.

Schließlich lehnte Rabe sich zurück und musterte sie nacheinander. Noch immer bequemte er sich nicht, irgendetwas mitzuteilen.

»Was?«, fauchte Mirella und biss sich auf die Zunge. »Ich meinte«, presste sie in bemüht neutralem Ton heraus, »magst du uns vielleicht verraten, warum wir hier sind?« Zum Ende hin hatte sie nahezu bissig geklungen. *So viel zum neutralen Ton ...*

Rabe lächelte stumm und Mirella zog es vor, dieses Mal den Mund zu halten. Schließlich fragte er: »Ihr habt euch inzwischen vertragen, richtig?«

Mirella tauschte einen verdutzten Blick mit Yerad. Ihr Verhältnis war zwar deutlich besser, aber ob sie sich bereits erfolgreich vertragen hatten oder noch auf dem Weg dahin waren, wusste sie nicht.

»Haben wir«, antwortete Yerad. Mirella konnte nicht beurteilen, ob er das wirklich so empfand. Vielleicht wollte er auch einfach, dass Rabe nicht länger auf der Angelegenheit herumritt.

»Seht zu, dass keine neuen Streitigkeiten aufkommen.«

Mirella hegte zwar keinen Wunsch, dass das eisige Verhältnis von früher zurückkam, dennoch verstand sie nicht, weshalb Rabe sich dafür interessierte. Und Yerads gerunzelter Stirn nach zu urteilen, begriff er es genauso wenig.

Abermals redete Rabe nicht weiter, abermals tauschten Yerad und Mirella einen verständnislosen Blick.

Yerad fragte: »Das hatten wir sowieso vor, aber warum ist das wichtig?« Im Gegensatz zu Mirella brachte er seine Worte in einem äußerst höflichen Ton hervor.

»Weil ich will, dass ihr bei den Aufträgen mit der Greifin zusammen fliegt.«

Kurz war es vollkommen still in der Kammer. »Wie bitte?«, entfuhr es Mirella und Yerad dann gleichzeitig.

Rabe lehnte sich zurück und musterte sie. »Bei den ersten Flügen wird Yerad allein mit der Greifin üben, aber danach übt ihr beide gemeinsam und auf Aufträge geht's auch nur zu zweit. Ich wollte euch nur vorwarnen, bevor ihr wieder auf die Idee kommt, euch gegenseitig an die Gurgel zu gehen.« Er sah Mirella an und konnte ein Schmunzeln nicht unterdrücken. »Oder Messer ins Bein zu schleudern.«

Mirella schluckte einen spitzen Kommentar herunter. »Warum ausgerechnet ich?«

»Weil du von den vier Personen, mit denen Yerad am meisten Zeit verbringt, die beste Option bist. Du hast keine Angst vor der Höhe und ein gutes Gleichgewichtsgefühl, weshalb ich davon ausgehe, dass du dich problemlos auf der Greifin halten wirst. Zudem bist du mittlerweile recht gut mit der Armbrust und besonders schwer bist du auch nicht.« Sämtliche Punkte trafen ebenso auf Alia zu, allerdings wollte Rabe sie vermutlich als eine Art Pfand benutzen, damit Yerad in die Höhlen zurückkehrte. »Deine Aufgabe wird es sein, Gegner unter Beschuss zu nehmen«, fuhr er fort. »Ich hab zwar keine Ahnung von der Fliegerei, aber dass man gleichzeitig fliegen und nebenbei zielsicher schießen kann, halte ich für unwahrscheinlich.« Er fixierte Yerad. »Oder täusche ich mich?«

Der Angesprochene zuckte sichtlich zusammen. »Zumindest in bestimmten Situationen ist es schwierig, sich auf etwas anderes zu konzentrieren. Außerdem«, fügte er verunsichert hinzu, »hab ich doch gerade erst mit dem Armbrustschießen angefangen.« Er klang, als hätte er nur den halben Satz gesagt.

»Und weißt sowieso nicht, ob du jemals zielsicher schießen und gleichzeitig fliegen kannst«, beendete Rabe Yerads Kommentar. »Das ist mir bewusst, Yerad. Und das verlange ich von dir als Greifenreiter auch nicht. Deshalb meine Anweisung.« Er deutete auf Mirella. »Das wär dann alles.« Augenblicklich senkte sich sein Blick auf die Zettel vor ihm, weshalb Mirella und Yerad auf den Gang schlüpften.

Schweigend entfernten sie sich von Rabes Tür. Ein Stück weiter befand sich eine Bank, auf die Mirella sich setzte. Sie wies neben sich.

Yerad folgte ihrer Bitte.»Ich hab immer gedacht, ich würd allein fliegen«, sagte er leise.

Mirella ebenfalls, wenngleich es eigentlich keine Überraschung sein sollte. Rabe nahm jedes Sicherungsseil, das er kriegen konnte. Und Mirella war es in doppelter Hinsicht: Sie bot Schutz für Yerad und verringerte die Gefahr einer Flucht seinerseits.»Ist das ein Problem für die Greifin, uns beide zu tragen?«

»Wahrscheinlich nicht. Sonst hätt ich vorhin schon was gesagt. Sie ist ein wenig größer als der Greif, mit dem ich damals geflogen bin, und der wurde auch mit Gepäck beladen, das vom Gewicht an das eines erwachsenen Mannes herankam. Sie sollte nur nicht zusätzlich noch andere schwere Dinge tragen müssen.«

»Und was ist mit dir?«

»Was meinst du?«

»Na ja«, murmelte sie.»Weil ich dich so mies behandelt hab ... Ist es für *dich* ein Problem, mit mir zu fliegen?«

Verwundert sah er sie an.»Ich hab doch eben gesagt, dass wir uns vertragen haben.«

»Das war ernst gemeint?« Selbst Mirella merkte, wie überrascht sie klang.

»Ich hab's mittlerweile aufgegeben, Rabe anzulügen. Das hat sowieso noch nie geklappt.« Er lächelte.»Solang du nicht wieder beginnst, mir mit deinen Messern zu drohen, ist von meiner Seite alles in Ordnung.«

Mirella fiel ein ganzer Felsbrocken vom Herzen.»Dann solltest du mich auch endlich Mira nennen.«

»Mach ich.« Im nächsten Moment wich sein Lächeln einer ernsten Miene.

»Was ist?«, fragte Mirella. War ihm jetzt doch ein Grund eingefallen, weshalb es zwischen ihnen nicht in Ordnung war?

»Ich bin das letzte Mal in meiner Ausbildung mit jemand anderem zusammen geflogen. Und da war ich derjenige, der unbeteiligt hinten saß. Ich weiß echt nicht mehr, was man da beachten muss.«

»Na ja«, murmelte Mirella, erleichtert darüber, dass es um etwas anderes ging. »Ich bin bislang nicht mal geflogen.«

»Stimmt«, meinte Yerad mit einem Schmunzeln.

Einen Moment schwiegen sie beide. Aber es war kein angespanntes Schweigen wie früher.

»Wie lief die Befreiung eigentlich?«, fragte Mirella in die Stille, da sie sich von Yerad eher eine detaillierte Auskunft erhoffte als von Rabe.

Er sah sie an. Zögerte. »Es hätte schlimmer laufen können.«

»Die Greifin ist auf Rabe losgegangen«, schlussfolgerte sie.

»Ja.«

Mühsam drängte sie die Bilder zurück, die sich vor ihr geistiges Augen schoben. Rotes Blut und schwarze Federn. *Es ist nichts passiert*, beschwor sie sich. *Es geht ihm gut.* »Wie hast du ihn gerettet?«

»Ich hab auf sie eingeredet. Sie hat erst von ihm abgelassen, als ich ihr gesagt hab, dass er dein Gefährte ist.«

»Sie hat ihn meinetwegen verschont?« Mirella hatte nicht gewusst, dass sie der Greifin derart wichtig war. »Soll ich ihr dafür danken?«

»Ich weiß nicht. Eigentlich glaub ich, es ist besser, Rabe gar nicht zu erwähnen. Allerdings muss sie sich daran gewöhnen, dass er da ist. Wenn du als seine Gefährtin von ihm sprichst, akzeptiert sie das vielleicht eher.«

»Also soll ich das selbst entscheiden?« Ihr wäre lieber, Yerad könnte ihr sagen, was das Beste ist.

Zu ihrem Bedauern nickte er.

»Das mach ich aber nur, wenn du in der Nähe bist, und sie notfalls besänftigen kannst.«

»Von mir aus.« Yerad erhob sich und deutete Richtung Saal, woraufhin Mirella ebenfalls aufstand. Gemeinsam liefen sie zurück und Yerad sagte:»Heute brauchst du ihr allerdings nicht mehr danken. Das war für einen Tag genug Aufregung.« Als sie im Saal ankamen, spielte die Greifin noch immer mit den Jungen und mittlerweile auch mit Durak Ball. Sie setzten sich zu Alia und Chadrik auf eine Bank und beobachteten das Schauspiel.

»War offenbar nichts Schlimmes, was Rabe von euch wollte«, merkte Chadrik von der Seite an.

Alia, die unter Yerads Arm geschlüpft war, sagte:»Was hätte es schon Schlimmes sein sollen? Die beiden haben doch nichts angestellt.«

Mit einem Seitenblick zu Mirella meinte Chadrik:»Bei Mira weiß man das nie so genau.«

»Heute war ich ganz brav bei Rabe.«

Unbeeindruckt fragte Chadrik:»Sieht Yerad das genauso?«

Als Yerad zögerlich zu Mirella blickte, gab sie zu:»Vielleicht war mein Tonfall zwischendurch etwas ... forsch.« Sie hoffte, dass Yerad bald verstand, dass er in dieser Runde nichts beschönigen musste.

Chadrik lachte und Alia entgegnete amüsiert:»Ja, das klingt nach Mira.«

Eine ganze Weile später wurden die Kinder von ihren Müttern in die Betten gescheucht und Durak sank neben Mirella erschöpft auf die Bank. Er war ungewohnt still, da er damit beschäftigt war, zu Atem zu kommen.

Selbst die Greifin hatte ob der vielen Bewegung die Flügel abgespreizt, sodass Yerad kurz verschwand und mit einem

Wassereimer zurückkam, den die Greifin prompt aussoff. Als Yerad mit dem leeren Eimer abzog, um ihn erneut zu füllen, trat Mirella dichter an die Greifin und strich ihr durch das Gefieder am Hals. Das Tier strahlte eine beachtliche Hitze ab. Vielleicht sollte es das Wasser nicht trinken, sondern über den Kopf geschüttet bekommen.

Die Greifin neigte das Haupt. »Riri?«

Diesen Ton übersetzte Mirella immer als Frage, was los war. Ob es stimmte, wusste sie nicht, aber bislang hatte sich die Greifin noch nie über Mirellas Reaktion beschwert.

Da Mirella ihr nicht für Rabes Leben danken wollte, sagte sie: »Ich find's schön, dass du jetzt hier bist.«

Die Greifin stupste sie so heftig an, dass Mirella sich an ihr festhalten musste, um nicht zu stürzen.

Ihr entwich ein Lachen, während sie ihr Gesicht in die weichen Federn drückte. »Du freust dich offenbar auch.«

»Ik«, zwitscherte die Greifin leise.

Eine Weile standen sie so da, dann wurde das Tier zappelig und Mirella löste sich von ihm. Yerad war mit dem vollen Wassereimer zurück, in den die Greifin ihren Schnabel versenkte.

»Noch mehr?«, fragte Yerad, als der Eimer wieder leer war.

»Ik ik«, entgegnete das Tier und gab gleich darauf seinen miauenden Abschiedsgruß von sich.

»Wo willst du denn hin?«, sprach Yerad sichtlich alarmiert das aus, was Mirella auch gerade dachte. Wollte die Greifin etwa doch verschwinden?

Sie zwitscherte etwas, das wie »rak« klang.

Yerad warf einen fragenden Blick zu Mirella, aber für sie war dieses Wort ebenfalls neu.

Vor sich hinmeckernd breitete die Greifin ihre Schwingen aus und erhob sich mit einer Mischung aus Springen und

171

Flügelschlagen in die Luft. Sie fegte so dicht über Mirella hinweg, dass sie ruckartig in die Hocke gehen musste, um keinen Zusammenstoß zu riskieren. Und nicht nur sie: Yerad hatte sich auch auf den Boden geworfen, während die Greifin sich über ihnen in die Höhe schraubte. Bis hin zu einem Felsvorsprung, auf den sie sich niederließ, und – sofern Mirella das von ihrer Position richtig erkannte – ihren Kopf unter den Flügel steckte.

»*Rak* bedeutet wohl schlafen«, murmelte Mirella.

15

Mirella

»Noch am Arbeiten?«, fragte Mirella, als sie vor dem Zubettgehen bei Rabe vorbeischaute.

Er nickte, lehnte sich aber zurück. »Viel Sinn macht das allerdings nicht mehr.«

»Das heißt, ich darf dich von deinen Papierbergen weglocken?«

»Ja, das sollte es heißen.« Er sah müde aus, doch Mirella hatte ihn bislang nie schlafen sehen. Obwohl sie, seit sie und Rabe ein Paar waren, schon oft bei ihm übernachtet hatte – auch wenn diese Übernachtungsbesuche bis vor Kurzem recht sittsam abgelaufen waren. Mirella wusste natürlich, dass das nicht bedeutete, dass er gar nicht schlief. Nur dass er nach ihr einschlief und vor ihr auf den Beinen war, was zumindest auf eine sehr überschaubare Dauer der Nachtruhe hinwies.

Inzwischen fragte sie sich, ob es sein schlechtes Gewissen war, das ihn nicht zur Ruhe kommen ließ. Sein übertrieben schnelles Töten von harmlosen Zeugen, aber bislang hatte sie nicht den Mut aufgebracht, Rabe danach zu fragen. Generell hatten sie kaum gesprochen seit dem Vorfall mit der Schank-frau. Weil Rabe sich in Arbeit gestürzt und noch weniger Zeit als sonst gehabt hatte. Weil Mirella, wenn sie dann doch zu zweit waren, nicht die Energie für ein Gespräch hatte aufbrin-gen können, das nur in Streit gipfelte.

So tat Mirella, was sie seit jener Nacht immer tat, wenn sie bei ihm war: sich in Rabes Arme flüchten und dabei jeden Gedanken von sich schieben, dass er der Grund für einen Teil ihrer Albträume war. Und es geschah, was immer geschah: Sie küssten und umarmten sich, befreiten sich gegenseitig von der Kleidung und schliefen miteinander. Das war es, wie sie zurzeit zusammen funktionierten. Vielleicht die einzige Art, wie sie überhaupt zusammen funktionieren konnten bei derart unterschiedlichen moralischen Prinzipien, denen sie beide folgten.

Dennoch wollte Mirella glauben, dass das nur ein vorüber-gehender Zustand war.

Dass es nicht erneut geschehen würde.

Dass sie vergessen konnte.

»Du gehst mir wieder aus dem Weg«, sagte Rabe, während sie im Schein einer Öllampe eng umschlungen in seinem Bett lagen.

Mirella versteifte sich. »Ich bin doch hier.«

»Das schon. Aber du redest nicht mit mir.«

Wie zur Bestätigung schwieg sie auch dazu. Eine Weile hielten sie sich stumm fest und sie hoffte, dass er das Thema ruhen ließ. Dabei sollte sie mittlerweile gelernt haben, dass Rabe nicht so schnell aufgab.

»Mir ist bewusst, dass das nach unserem gemeinsamen Auftrag angefangen hat, Mira. Ich hätte dir damals in der Bade-höhle nicht den Mund verbieten dürfen.« Er zögerte und seine

Atemzüge streichelten ihre Stirn. Zweimal, dreimal. »Du kannst mir deine Meinung sagen. Mach's bloß nicht vor anderen.«

»Und was soll das bringen?« Mirella hob den Kopf von seiner Brust, um ihn anzusehen. »Du hast mir ziemlich deutlich gesagt, dass du dich meinetwegen nicht änderst. Oder gilt das jetzt nicht mehr?«

»Doch, das gilt noch.«

»Dann weiß ich nicht, wieso wir darüber reden sollen.« Sie merkte, dass sich eine gewisse Schärfe in ihre Stimme geschlichen hatte.

»Damit wir einander besser verstehen«, sagte er, als hätte er ihren Ton nicht gehört.

»Ich verstehe, warum du's gemacht hast.« Nun brachte sie es selbst nicht fertig, es beim Namen zu nennen. In der Badehöhle hatte sie Rabe genau das vorgeworfen. Das Atmen fiel ihr plötzlich schwerer und sie sank zurück auf seine Brust. Sie zwang sich zur Ruhe, zwang sich, zu reden, denn vielleicht bewirkte es ja doch etwas. Immerhin war Rabe gerade in einer ganz anderen Stimmung als damals in der Badehöhle. »Ich verstehe nur nicht, wie du einfach jemanden töten kannst, der nichts Schlimmes getan hat.«

Es dauerte lange, bis er antwortete: »Es gab mal eine Zeit, da hätte ich das genauso wenig verstanden. Manchmal ...« Er brach ab, stieß hörbar die Luft aus. »Das ergibt vermutlich keinen Sinn, aber manchmal geht's mir heute noch so.«

»Doch«, murmelte Mirella. »Das ergibt sogar ziemlich viel Sinn.«

»Ach ja?« Er klang, als hätte er tatsächlich keine Ahnung.

Abermals sah sie in sein Gesicht. »Jetzt ist so ein Moment, richtig?«

Er hob eine Augenbraue. »Woher weißt du das?«

Weil du gerade mein Gefährte bist und nicht der Anführer. Sie rutschte ein Stück höher, sodass ihr Kopf neben seinem lag. »Es ist, als wären zwei verschiedene Männer in deinem Körper«, erklärte sie.

Er runzelte die Stirn. »Wie meinst du das?«

»Dem einen ist es egal, dass er Unschuldige tötet und dem anderen nicht, um einen Unterschied zu nennen.«

Wieder schwieg Rabe eine Weile. »Ich kann mir kein Zögern erlauben, wenn ich auf einem Auftrag bin. Das kann meine Leute töten.« Ihn zwar ebenfalls, aber das sagte er nicht. Schätzte er die Verantwortung für die anderen wichtiger ein als die Verantwortung gegenüber sich selbst? War er deshalb bereit, jede Schuld auf sich zu nehmen, nur damit seine Leute in Sicherheit waren? Ganz gleich, was das mit ihm anrichtete? Leise fuhr er fort: »Mit den Jahren hab ich in derartigen Situationen aufgehört zu zögern. Inzwischen beseitige ich eine Gefahr, sobald ich sie sehe, und wäge nicht erst lange ab. Auch wenn es nur eine harmlose Schankfrau ist.« Sie hörte an seiner Stimme, dass es ihm leidtat, doch das machte die Frau nicht lebendig. »Sie war die Siebte«, sagte er tonlos.

»Die siebte *was*?«, fragte Mirella, als sie begriff, dass er ihr nun die Frage beantwortet hatte, die sie ihm damals in der Badehöhle gestellt hatte. »Oh.« Eine Gänsehaut kroch über ihren Rücken. *Sieben unschuldige Menschen, die nur das Pech hatten, Rabe in der falschen Situation zu begegnen.* Dass er mit dieser Schuld überhaupt schlafen konnte ... Sie richtete sich in seinem Bett auf, setzte sich auf die Kante und starrte in die Flamme der Öllampe auf seinem Tisch, ohne sie richtig zu sehen.

Rabe legte eine Decke um Mirellas Schultern, dann griff er nach seiner Hose.

Verwundert fragte sie:»Musst du noch wohin?« Er hatte nichts von einem Auftrag erwähnt und für eine Besprechung mit Zineb oder Zarif war es schon ein wenig spät.

»Ich denke, du kannst gerade etwas Abstand von mir gebrauchen.« Er erhob sich und zog die Hose hoch. »Du zitterst, Mira. Du hast Angst vor mir.« Er wandte sich zum Gehen um, doch sie griff nach seiner Hand.

»Nicht vor dir«, sagte sie schnell.

»Aber vor dem anderen Mann, der in meinem Körper steckt.« Zögerlich nickte sie.

»Großartig«, murmelte er verdrießlich und wollte abermals los.

Mirella gab seine Hand nicht frei, erhob sich rasch, wobei die Decke von ihrem Leib rutschte, und schlang von hinten ihre Arme um Rabe.»Du hast gerade das Gespräch gesucht, Rabe. Und nun bist *du* derjenige, der wegläuft.«

Für einen Moment verharrte er, schließlich berührten seine Finger ihren Arm.

»Setzt du dich wieder zu mir?«, fragte sie. Als er sich nicht rührte, fügte sie hinzu:»Bitte, Rabe.«

Nebeneinander sanken sie auf die Bettkante, wo Rabe Mirella abermals in die Decke hüllte.

Demonstrativ nahm Mirella ein Ende der Decke, legte sie über seine Schulter und schmiegte sich an seine Seite.»Siehst du: Ich hab keine Angst vor dir.«

Zögerlich schloss sich sein Arm um sie und sie saßen stumm da.»Ich glaube, du hast recht«, sagte er plötzlich.»In dem Gasthaus damals, da war mir egal, dass die Schankfrau starb. Da hat mich nur interessiert, dass wir heil da rauskamen.«

»Und falls uns mehr Leute überrascht hätten, hättest du sie auch getötet?«

»Ja«, gab er zu. »Ganz ehrlich: Ich hätte das gesamte Gasthaus abgefackelt und jeden Einzelnen darin umgebracht, wenn es nötig gewesen wäre, um euch alle in einem Stück nach Hause zu bringen.«

Das hatte Mirella zwar erwartet, aber es so deutlich von ihm ausgesprochen zu hören, brachte sie zum Frösteln.

Wieder stieß Rabe geräuschvoll die Luft aus. Bestimmt weil er erneut ihre Angst vor dem Anführer bemerkt hatte.

Mirella hob den Kopf und ihre Blicke trafen sich.

Leise sagte er: »Manchmal frag ich mich, warum du überhaupt mit mir zusammen bist.«

Mirella schluckte. Es war bereits eine Woche her, dass er ihr seine Liebe gestanden hatte. Die alte Mirella hatte immer geglaubt, diese Worte von dem Mann an ihrer Seite zu hören, würde sie glücklich machen. Doch die alte Mirella hatte keinen Rabe gekannt und wäre niemals auf die Idee gekommen, dass eine Liebeserklärung Grund für Verunsicherung anstatt für Freude war. Sie konnte ihm keine Gefühle gestehen, von denen sie nicht wusste, ob sie existierten. Aber dafür konnte sie ihm etwas anderes offenbaren. Etwas, das definitiv der Wahrheit entsprach: »Weil du mir verdammt wichtig bist, Rabe. Die Vorstellung, dich zu verlieren ...« Ihre Stimme versagte bei dem Gedanken, dass es heute beinahe geschehen wäre.

Er legte auch den anderen Arm um sie, zog sie behutsam auf seinen Schoß, wobei er es sogar schaffte, dass die Decke auf ihren Schultern blieb. Zunächst dachte Mirella, dass er sich abermals in körperliche Nähe flüchten wollte, allerdings tat er es nicht. Nicht so, wie sie es vermutet hatte, jedenfalls. Er lehnte nur seinen Kopf gegen ihren und schloss die Arme so fest um sie, als hätte er Angst, dass sie jede Sekunde aufsprang und zur Tür hinausstürmte.

»Du brauchst mich nicht so zusammenquetschen«, sagte sie sanft. »Ich lauf nicht weg.«

Während er die Umarmung lockerte, glaubte Mirella ihn murmeln zu hören: »Noch nicht.«

Yerad

Endlich war der Tag gekommen, dem Yerad seit seiner Entführung entgegengefiebert hatte. Aus der Küche holte er einen großen Eimer mit Fischen. Chadrik und Durak schafften in der Zwischenzeit Sattel und Zaumzeug heran.

Von ihrem Felsvorsprung aus lugte die Greifin zu ihnen, kam aber nicht herunter.

»Die kleine Elster ist vielleicht nicht so glücklich, wenn sie deinen ersten Flug verpasst, Prinzessin«, gab Durak zu bedenken.

»Ich weiß.« Yerad hatte auch schon darüber nachgedacht, Alia zu wecken, sich jedoch aus gutem Grund dagegen entschieden. »Das riskier ich allerdings lieber, als dass sie sich Sorgen macht, dass ich mir den Hals breche.«

Chadrik runzelte die Stirn, während Durak gedehnt fragte: »Wie wahrscheinlich ist das denn?«

»Keine Ahnung«, gab Yerad ehrlich zu. »Ich bin noch nie auf einem Wildtier geflogen.« Er hielt es zwar für wahrscheinlicher, dass die Greifin ihn gar nicht erst auf ihren Rücken ließ, als dass sie sich zunächst in lebensgefährliche Höhen begab, um ihn dort abzuwerfen, doch vielleicht redete er sich das bloß ein, um seine Nerven zu beruhigen.

Chadrik und Durak tauschten skeptische Blicke. Schließlich entschied Durak: »Ich geh Säbel schärfen. Meld dich, wenn du's überlebt hast, Prinzessin.« Mit einem kräftigen Schlag auf Yerads Schulter stapfte er davon.

Chadrik blieb schweigend neben Yerad stehen.

»Möchtest du nicht auch lieber was anderes machen?«, fragte Yerad den Freund.

»Vielleicht brauchst du gleich meine Hilfe.«

»Wie willst du mir denn helfen? Mich auffangen, wenn ich abstürze?«

»Zum Beispiel«, entgegnete Chadrik in einem Tonfall, als sei das sein Ernst.

Offenbar hätte Yerad nicht nur auf Alias Abwesenheit, sondern zudem auf die von Chadrik achten sollen. Aber da Yerad nun sogar bei Chadrik und Durak schlief und sie alle seit gestern Abend praktisch ununterbrochen zusammen waren, war das schlecht möglich gewesen. »Ich bin ein guter Reiter und ich glaub nicht, dass die Greifin mir schaden will«, versuchte er den Freund zu beruhigen.

»Ich bleib trotzdem«, beharrte Chadrik und ging zur nächsten Bank.

Yerad war zwar der Meinung, dass Chadrik woanders besser aufgehoben wäre, aber das war nicht seine Entscheidung. Er blickte sich um, doch alle anderen Anwesenden hielten sich bei den Tischen im Essbereich und damit recht weit von ihm entfernt auf.

Also hob Yerad den Kopf in den Nacken und winkte der Greifin zu. »Guten Morgen, meine Liebe«, rief er. »Ich bräuchte dich mal hier unten.«

Sie stieß ihr Miauen aus, entfaltete die Schwingen und segelte zu Yerad hinab.

Er entleerte den Eimer mit den Fischen und sie schlang alles hinunter. Dann beäugte sie den Sattel und anschließend ihn, als wolle sie fragen, was er eigentlich mit diesem merkwürdigen Ding vorhatte.

»Das nennt man Sattel«, erklärte er ihr. »Ich werde ihn auf deinem Rücken festschnallen, damit ich mit dir –«

Ihr Kopf schnellte zu ihm herum und sie stieß einen drohenden Laut aus.

Yerad wich einen Schritt zurück. »Es funktioniert wie bei den Pferden aus dem letzten Buch, das wir gelesen haben. Erinnerst du dich? Das tut dir nicht weh.«

Die Greifin grollte, grub den Schnabel in den Sattel und schleuderte ihn knapp an Chadrik vorbei, sodass er hinter Chadrik gegen einen Tisch prallte und diesen umkippte. Alles war derart schnell gegangen, dass Chadrik nicht einmal in Deckung gegangen war.

Yerad eilte zu dem Freund und gemeinsam richteten sie den Tisch auf. »Wenn du unbedingt bleiben willst, dann halte wenigstens Abstand zu ihr«, beschwor Yerad ihn. Am Ende war es noch Chadrik, der Schaden nahm, und nicht Yerad.

»Und du auch«, gab Chadrik zurück. »Auf Fliegen mit dir hat sie offenbar keine Lust.«

»Der Sattel ist bloß ungewohnt für sie. Ich muss ihr nur ...« Yerad brach mitten im Satz ab, als er sah, dass die Greifin das Zaumzeug mit einem Blick taxierte, als wolle sie damit gleich die nächste Wurfübung veranstalten. Eilig ging er dazwischen. »Beruhige dich. Bitte. So schlimm ist das alles doch gar nicht. Der Greif, mit dem ich früher geflogen bin, hatte ebenfalls Sattel und Zaumzeug.«

Wieder stieß sie einen Drohlaut aus. Sie bewegte sich zielstrebig auf Yerad zu, sodass er nach hinten auswich, und trieb ihn vor sich her, bis er mit dem Rücken gegen eine Wand prallte, meckerte ein weiteres Mal und hackte in Richtung seines Gesichtes. Ruckartig wandte die Greifin sich um, zerfetzte das Zaumzeug in einer Geschwindigkeit, als bestünde es aus sprödem Stroh, breitete die riesigen Schwingen aus, sprang in die Luft und flog zurück auf ihren Felsvorsprung.

So viel zum heutigen Fliegen ... Als Yerad den Blick senkte, sah er, dass Chadrik neben ihm stand und die Hand von seiner Hüfte nahm. Hatte er etwa vorgehabt, das Messer zu ziehen, das er mit Sicherheit unter seinem Hemd hatte? »Hilfst du mir mal, Sattel und Zaumzeug wegzuschaffen?«, bat Yerad ihn.

Der Freund nickte und sie schleppten die Sachen zurück in die Werkstatt der Näherin, aus der Chadrik und Durak vorhin alles geholt hatten.

Die alte Näherin Adara, die Sattel und Zaumzeug nachbearbeitet hatte, damit es für die Greifin passte, blickte von ihren Arbeiten auf und musterte mit gehobener Augenbraue die Überreste des Zaumzeugs. »Das kann ich nicht mehr reparieren und das erklärst *du* Rabe, Yerad.«

»Mach ich«, versprach Yerad, während Adara sich erhob und den Sattel von allen Seiten begutachtete.

»Immerhin muss ich mich mit dem Ding nicht noch mal abmühen.« Sie fixierte Yerad. »Wenn du die Sachen jetzt immer so zurichtest, brauchen wir einen Sattler. Ich bin nicht vom Fach und für mich ist es echt ne Herausforderung, so was umzuändern.«

Das mochte zwar stimmen, allerdings würde Yerad sich hüten, Rabe das auszurichten.

Als er und Chadrik wieder auf dem Gang und damit weit weg von der Greifin und anderen Zuhörern waren, fragte Yerad geradeheraus: »Hast du ein Messer im Gürtel, Chadrik?«

»Einen Dolch«, korrigierte Chadrik, setzte an, um etwas zu sagen, schüttelte dann aber den Kopf. »Du bist mit der Greifin noch nicht fertig, oder?«

»So kann ich doch nicht mit ihr auseinandergehen.«

Chadrik verzog das Gesicht, holte den Dolch hervor und betrachtete ihn einen Moment. »Ich bring ihn in unsere Kammer.«

Yerad war froh darüber, dass Chadrik es selbst eingesehen hatte. Sie machten einen kurzen Abstecher zu ihrem Raum, wo Chadrik die Klinge auf sein Bett warf und die Tür wieder schloss.

»Du kannst das Ding ruhig ordentlich wegräumen«, meinte Yerad.

»Wozu?«

»Hast du keine Angst, dass du die Waffe vergisst und dich nachher darauf legst?«

»Nein«, antwortete Chadrik schlicht und sie machten sich gemeinsam auf den Rückweg.

Im Stillen nahm sich Yerad fest vor, ab sofort stets zu überprüfen, wo er sich in ihrer Kammer hinsetzte. Dann waren sie wieder im Saal, wo die Greifin auf dem Felsvorsprung hockte.

Yerad starrte nach oben.

Sie starrte zurück.

»Kannst du bitte runterkommen?«, rief er hinauf.

Sie reagierte nicht.

»Wir haben Sattel und Zaumzeug weggeräumt. Ich werde heute nichts bei dir festschnallen.«

Es dauerte einen Moment, aber schließlich glitt die Greifin hinab.

»Willst du noch mit mir fliegen?«

»Ik.«

Also war zumindest *das* nicht das Problem. »Ich weiß nicht, ob ich mich ohne Sattel auf dir halten kann.«

Sie stieß mit ihrer Stirn gegen seine, was äußerst schmerzhaft war, und gab eine Zwitscherfolge von sich, die Yerad nicht verstand. Dann legte sie sich vor ihm flach auf den Boden und spreizte die Flügel ab, womit offensichtlich war, was sie von ihm wollte.

»Du hast recht«, entgegnete er. »Wir können es ja mal ausprobieren.« *Ist ja nur mein Genick, das ich mir breche.* Unbehaglich sah er zu Chadrik.

Kannst du das auch so?, fragte der Freund lautlos.

Yerad antwortete mit einem Schulterzucken und richtete seinen Blick auf den Rücken der Greifin, der sich sanft hob und senkte. Ohne Zaumzeug zu fliegen, war ja eine Sache, aber ohne Sattel erschien ihm wie Irrsinn.

Die Greifin gab ein unwirsches Geräusch von sich und Yerad schob die Zweifel von sich. Das Tier würde ihn nicht töten. Zumindest nicht absichtlich. Vorsichtig kletterte er auf den Rücken und schlang die Arme um den Hals der Greifin. »Bitte keine waghalsigen Manöver. Menschen sind ziemlich zerbrechliche Geschöpfe.«

Sie keckerte und richtete sich auf. Ein Ruck ging durch ihren Körper und Yerad empfand ein Gefühl von Unsicherheit, das er nie zuvor auf einem Greifen gehabt hatte. Nicht einmal bei seinen allerersten Flügen. Er spürte, wie die Greifin die Muskeln anspannte, die riesigen Schwingen ausbreitete und sich mit einer Mischung aus Springen und Flügelschlagen in die Luft hob. Yerad schloss die Augen, versuchte, sich auf die Bewegungen des Tiers zu konzentrieren, und nicht darüber nachzudenken, dass er vollkommen ungesichert war und jeder kleine Fehler ihn zu Fall brachte.

Das Gespür für die Flugbewegungen kehrte schneller zurück, als er nach der langen Zeit am Boden erwartet hatte.

Vielleicht lag es auch daran, dass er ohne Sattel alles viel deutlicher wahrnahm. Er achtete darauf, wie die Greifin den Körper neigte, einzelne Muskeln anspannte, und auf Veränderungen im Takt des Flügelschlages. Allmählich ebbte das Gefühl von Unsicherheit ab.

Yerad spürte, wie die Greifin ihre Kreise drehte, hörte ihre Schwingen die Luft durchpflügen, immer noch mit geschlossenen Augen. Es war, als wäre über ihm nichts als weiter Himmel und unter ihm undurchdringliche Wälder und das Ewige Meer.

Als er die Lider aufschlug, wischte das halbdunkle Grau der Wirklichkeit die farbenfrohen Bilder weg.

Am Boden sah er einige Rebellen, wie sie Yerads Flug begeistert verfolgten. Er konnte sogar Chadrik ausmachen. Die wenigsten von ihnen dürften so etwas bisher aus der Nähe gesehen haben, vielleicht niemand.

Aber außer, dass Yerad bislang nicht hinabgefallen war, hatte er zu diesem Flug nichts beigetragen. Es war die Greifin, die die Richtung vorgab – nicht Yerad. Wenn das auf lange Sicht funktionieren sollte, musste sie auf seine Kommandos hören. Er drückte sein Bein in ihre rechte Seite. »Flieg rechts«, rief er ihr dabei zu, doch es interessierte die Greifin überhaupt nicht.

Er wiederholte diese Prozedur einige Male, allerdings war sie kein einziges Mal von Erfolg gekrönt. *Das kann ja heiter werden.* »Lässt du mich wenigstens herunter?«, fragte er missmutig und erwartete, dass auch diese Worte ignoriert werden würden.

Jäh senkte sie sich in die Tiefe und Yerad musste sich mit aller Kraft an ihrem Hals festklammern, um nicht abzurutschen. Der Sturzflug währte nur den Bruchteil eines Augenblicks und schon war die Greifin am Boden und Yerad kletterte hinab. »Danke für den Flug«, sagte er.

Sie stieß einen Laut aus und begab sich prompt zurück auf den Felsvorsprung.

Yerad sah die umherstehenden Rebellen, die ihm bewundernde Blicke zuwarfen. *Das war nichts, wofür ich Anerkennung verdiene. Ganz im Gegenteil.* Chadrik kam zu ihm, doch das Grinsen des Freundes erstarb, als er Yerads Gesichtsausdruck erkannte. »Was ist?«, fragte er. Bevor Yerad antworten konnte, fokussierten Chadriks Augen etwas hinter ihm. »Rabe ist da.«

Yerad stöhnte auf, drehte sich um und stellte fest, dass der Rebellenanführer direkt auf ihn zuhielt.

»Das sah ziemlich eindrucksvoll aus«, begrüßte Rabe ihn.

»Können wir woanders reden?« Er wollte weder, dass die Greifin noch die Umherstehenden seine Zweifel hörten.

Yerad und Rabe begaben sich in Rabes Kammer, wo der Rebellenanführer Yerad einen Stuhl anbot, doch Yerad war derart aufgewühlt, dass er lieber stehen blieb. »Sie weigert sich, Sattel und Zaumzeug zu tragen, und meine Befehle ignoriert sie gänzlich«, fasste er das Fiasko zusammen.

Rabe setzte sich auf den Tisch. »Du bist ohne Sattel mit ihr geflogen? Ist mir gar nicht aufgefallen.«

»Ich hab mich an ihrem Hals festgehalten. Das ging besser als gedacht. Zumindest bis zu ihrem Sturzflug vor der Landung.« Hätte der nur ein wenig länger gedauert, wäre Yerad womöglich doch abgestürzt. Unsicher sah er Rabe an. »Ich weiß nicht, wie Mira sich hinter mir halten soll.«

»Das wird sie schon schaffen.« Ein Lächeln glitt über Rabes Lippen. »Aber erst einmal musst du die Greifin überzeugen, dass sie sich von dir was sagen lässt. Vorher wirst du mit ihr die Höhlen nicht verlassen und vorher wird Mira auch nicht mit euch fliegen.«

Natürlich nicht. Rabe konnte es sich schließlich nicht leisten, gleich zwei seiner Leute an eine aufmüpfige Greifin zu verlieren. Noch dazu seine Gefährtin. Er senkte den Kopf.

»Yerad«, vernahm er Rabes Stimme und blickte auf. »Vor wenigen Monaten war die Greifin in einer Verfassung, dass sie jeden von uns in Stücke gerissen hätte. Du hast es geschafft, dass sie ohne Ketten friedlich mit uns in den Höhlen lebt. Und du wirst es schaffen, dass sie sich beim Fliegen was von dir sagen lässt.« Rabe klang vollkommen überzeugt. Doch falls er sich irrte und Yerad sich bei den Flugübungen den Hals brach, konnte Rabe ja einfach einen neuen Greifenreiter entführen. Bei der Gelegenheit könnte er auch gleich den Sattler mitnehmen. »Wenn du nichts mehr mit mir besprechen willst, kannst du gehen.«

»Das alte Zaumzeug ist zerfetzt.«

»Brauchst du neues oder fliegst du jetzt sowieso ohne?«

Yerad wollte nicht darauf verzichten. Aber dass die Greifin sich jemals etwas um den Schnabel binden ließ, hielt er nach dem heutigen Theater für nahezu unmöglich. Da war es seiner Ansicht nach wahrscheinlicher, dass sie den Sattel zuließ. »Ich fürchte, ich muss ohne Zaumzeug auskommen.«

»Ich kann ja was besorgen. Das geht ohnehin nicht von heut auf morgen. Dann haben wir es da, falls du es später brauchst. War das alles?«

Yerad nickte und verließ Rabes Kammer, um in seine eigene zu schlüpfen. Er entzündete die Öllampe an einer Fackel vom Flur und streckte sich auf seinem Schlaflager aus. Chadriks Dolch war fort, also war er offenbar in der Zwischenzeit hier gewesen.

Und während Yerad die Decke anstarrte, ebbte seine Aufregung allmählich ab. Was hatte er denn von seinem ersten

Flug mit der Greifin erwartet? Sie war ein Wildtier und kannte es nicht, beim Fliegen Befehle zu bekommen. Sie daran zu gewöhnen, würde Zeit brauchen. Zeit, die Rabe ihm allem Anschein nach gab.

Unwillkürlich formten sich Yerads Lippen zu einem Lächeln. Er war geflogen und er würde wieder fliegen. Nicht einmal der Kalif konnte ihm das mehr verweigern. Mit deutlich besserer Laune als noch vor ein paar Minuten erhob sich Yerad von seinem Bett, löschte das Licht und kehrte mit einem neuen Buch zur Greifin zurück.

16

Yerad

Es hatte etliche Tage und Überzeugungsversuche gedauert, bis die Greifin zumindest gelegentlich Yerads Befehle befolgte. Doch selbst bei den Malen, wo es bislang geklappt hatte, war sich Yerad unsicher, ob sie wirklich auf ihn gehört hatte oder sie diese Bewegung ohnehin hatte ausführen wollen.

Viel Platz für Manöver ließ der Saal nämlich nicht zu. Er war zwar riesig für menschliche Verhältnisse, aber nicht für einen Greifen, der innerhalb von Sekunden beachtliche Strecken zurücklegen konnte. Daher war es gut möglich, dass Yerad und die Greifin bei einer heranrasenden Höhlenwand schlicht die gleiche Idee gehabt hatten, in welche Richtung sie ausweichen wollten.

Bei Sattel und Zaumzeug hingegen war Yerad keinen Schritt weiter als am ersten Tag und da das Tier schon bei der kleinsten Andeutung unwirsch reagierte, sprach er dieses Thema gar nicht mehr an. Nachdem die Greifin monatelang angekettet gewesen war, war es auch verständlich, dass sie keinerlei Einschnürungen akzeptierte.

Nun saßen sie beim Mittag, das inzwischen wieder fleischlos ausfiel. Etwa zur gleichen Zeit, als das Fleisch für die Rebellen vom Speiseplan verschwand, waren im Sack für die Greifin neben den üblichen Hühnern, Kaninchen, Fischen und vereinzelten Möwen erstmals Ratten und kleine Singvögel aufgetaucht. Angeblich gab es bei der Kaninchenzucht Probleme mit Krankheiten, aber das waren bislang nur unbestätigte Gerüchte. Hoffentlich hieß das alles nicht, dass Yerads Freunde bald auf den nächsten Beutezug für neue Kaninchen geschickt wurden.

»Und?«, fragte Durak. »Wie oft war's heute, Prinzessin?« Er meinte die Anzahl der von der Greifin missachteten Befehle, denn danach erkundigte er sich stets mit einer gewissen Belustigung.

Verübeln konnte Yerad es ihm nicht. Mittlerweile hatte er das Gefühl, dass jeder andere, der über ein halbwegs gutes Gleichgewichtsgefühl verfügte, diese Aufgabe genauso gut ausführen würde. »Ich hab nicht mitgezählt. Es war allerdings mehr als die Hälfte.«

Durak fragte: »Das ist aber keine nette Umschreibung dafür, dass sie dich komplett ignoriert hat?«

»Ganz so schlimm war's nicht.« Vielleicht sollte Yerad der Greifin endlich mitteilen, dass Rabe sie erst ins Freie ließ, wenn sie ihm gehorchte. Bislang hatte er sich damit zurückgehalten, da das Tier die Höhlen auch unerlaubt verlassen könnte. Oder Rabe auffressen. Möglicherweise sollte Yerad doch den Mund halten. Solange Rabe nicht drängelte, bestand schließlich kein Grund zur Eile, und der Rebellenanführer verfolgte die langsamen Fortschritte mit einer erstaunlichen Gelassenheit.

Das Lachen seiner Freunde riss Yerad aus den Gedanken. Fragend sah er sie an.

Alia erbarmte sich:»Mira hat nur gemeint, dass die Greifin bestimmt schon perfekt auf dich hört, du sie aber nicht mit ihr teilen willst.«

Über den Tisch grinste Mira ihn frech an.

Amüsiert schüttelte Yerad den Kopf, denn dass Mira noch nicht mit ihnen flog, war in der Tat das einzig Positive, was er dem störrischen Verhalten der Greifin abgewinnen konnte. Nicht wegen Mira, sondern da die Greifin auf diese Weise ihre Flugmuskulatur hatte stärken können, ehe sie sich mit Mira zusätzliches Gewicht auflud. Dennoch hatte die Greifin inzwischen genug Übung gehabt und sollte in der Lage sein, eine derart zierliche Frau zu tragen.»Überzeug Rabe, dass du jetzt schon mitfliegst, und du darfst es gern überprüfen.«

»Was überprüfen?«, fragte Rabe plötzlich hinter ihm und Yerad fuhr zusammen. Rabes Anschleichen war etwas, woran er sich wohl nie gewöhnte. Aber damit war er nicht allein, denn selbst seine Freunde, die bereits seit Jahren in den Höhlen lebten, wurden immer wieder von Rabe aufgeschreckt.

»Dass die Greifin ein wenig unkooperativ ist«, antwortete Mira für Yerad.

»Das war doch zu erwarten gewesen«, sagte Rabe, während er den Tisch umrundete. Er setzte sich neben Mira, grüßte in die Runde, gab seiner Gefährtin einen Kuss auf die Stirn und begann, sich ausgiebig von ihrem Teller zu bedienen.

»Kannst du dir nicht selbst was holen?«, maulte sie.

»Geht nicht. Ich bin nachher mit Zarif und Zineb zum Mittag verabredet.«

»Und warum klaust du dann mein Essen?«

»Weil ich jetzt schon Hunger hab.«

Mira rollte mit den Augen, schob den Teller aber näher zu Rabe.

Yerad war immer erstaunt, wie viel unbeschwerter sich der Rebellenanführer benahm, wenn er mit Mira zusammen war. Plötzlich fixierte er Yerad. »Zu dir wollte ich übrigens.« Yerad nickte nur, da sein Mund voller Gemüsereis war, und Rabe fuhr freundlicherweise fort: »Dir ist vielleicht aufgefallen, dass Fleisch wieder knapp ist.«

An Yerads Seiten versteiften sich Alia und Chadrik. Durak und Mira tauschten besorgte Blicke.

Rabe nahm Miras Löffel, den diese vermutlich vor Schreck liegen gelassen hatte, und schob sich eine Portion gebratener Pilze in den Mund. Konnte der Mann ihnen nicht erst einmal mitteilen, was er zu sagen hatte?

»Und was soll ich daran ändern?«, fragte Yerad. Er konnte die Greifin ja schlecht überreden, auf Zucchini umzusteigen. Sie fütterten ohnehin jeden Tag einen Teil Gemüse zu, aber größere Mengen hielt Yerad für riskant, wenn das Tier nicht krank werden sollte.

In Seelenruhe schluckte Rabe herunter und gab Mira den Löffel zurück. »Wäre es möglich, dass die Greifin nachts ihr eigenes Fressen jagt?«

»Theoretisch ja. Denke ich jedenfalls. Sofern der Himmel nicht bedeckt ist, sollte das Mondlicht ausreichen, dass ein Greif Nahrung findet. So hat man uns das zumindest in der Reiterschule beigebracht. Ob's stimmt, weiß ich allerdings nicht.«

»Wieso nicht? Bist du damals nicht auch manchmal so weit geflogen, dass dein Greif zwischendurch fressen musste?«

»Schon, aber außerhalb der Taifas durften wir nur auf den Versorgungstürmen landen. Dort wurden die Greifen gefüttert.«

Rabe schien nachzudenken, während er eine rohe Möhre von Miras Teller nahm, womit dieser nun leer war.

Kopfschüttelnd erhob sich Mira und ging mit ihrem Teller zu den Tischen mit dem Essen.

»Darf ich fragen«, begann Yerad, »warum du das alles wissen willst? Du hast mal gesagt, dass ich erst dann mit der Greifin im Freien fliege, wenn sie meinen Befehlen gehorcht und das ist definitiv nicht der Fall.«

»Ich weiß, was ich gesagt hab. Doch es macht keinen Sinn, daran festzuhalten, wenn ich dadurch meine Leute gefährde.« Er senkte die Stimme. »Ihr habt sicher von den Krankheiten unserer Kaninchen gehört. Die scheinen jetzt zwar eingedämmt zu sein, aber die Bestände sind dezimiert. Und dann habe ich noch vor einigen Tagen erfahren, dass die nächtlichen Wachen zwischen den Ringen massiv erhöht wurden. Deshalb ist zurzeit nicht mal ein Überfall auf eine Farm eine Option. Wir müssen also irgendwie unsere Kaninchenzucht wieder vergrößern, um aus dieser Misere herauszukommen. Und das klappt nicht, wenn die Greifin täglich mehr Tiere verputzt als nachkommen.«

Alia schlug vor: »Ich könnte was auf meinen Streifzügen besorgen. Ist doch wichtiger als Alkohol und Schmuck.«

»In wie viele Häuser willst du denn jede Nacht einsteigen, damit du ausreichend unverarbeitetes Fleisch für das Tier auftreibst?« Rabe schüttelte entschieden den Kopf. »Auf die Idee bin ich auch schon gekommen, allerdings ist das nichts, was du gefahrlos leisten kannst. Vor allem, da die meisten Leute auf dieser Flussseite nicht über Nacht rohes Fleisch rumstehen lassen. Falls du zufällig was findest, bring's mit, aber such nicht danach.«

Yerad konnte es sich nicht verkneifen, anzumerken: »Im Barri-Al-Noble gibt es in den Vorratskammern öfter unverarbeitetes Fleisch.«

»Mag sein, allerdings kommt Alia da nicht hin«, entgegnete Rabe. »Zumindest nicht ohne die Greifin. Und wenn ich das Tier eh ins Freie lasse, kann es sich auch selbst um seine Nahrung kümmern.«

In diesem Moment tauchte Mira neben Rabe auf und schob einen übervollen Teller sowie einen Löffel vor Rabes Nase. »Das Brot ist für dich«, sagte sie bestimmt.

Rabes Mundwinkel zuckten belustigt, aber er griff tatsächlich nach einer Scheibe. Seine Aufmerksamkeit richtete sich abermals auf Yerad: »Heute Nacht gehst du mit ihr auf die Jagd. Falls es nicht klappt, lassen wir uns was anderes einfallen. Falls doch, wäre uns allen sehr geholfen. Traust du dir das zu?«

Yerad nickte. Er war hier im Saal noch nicht von der Greifin gestürzt, also würde er das da draußen auch nicht tun. Trotz des fehlenden Sattels fühlte er sich mittlerweile recht sicher auf dem Rücken der Greifin. Außer wenn sie ihre abrupten Sturzflüge vollführte, aber selbst bei denen wähnte er sich inzwischen nicht mehr derart in Lebensgefahr wie beim ersten Flug.

»Und nun zur wichtigeren Frage: Wird sie dich zurückbringen?«

»Ich denke schon.« Er sah zu Alia, die seinen Blick erwiderte. *Hoffentlich.*

»Und noch was, Yerad«, riss Rabes plötzlich mahnender Tonfall ihn von Alias Anblick los. »Wenn du da draußen irgendetwas anstellst, was uns gefährden kann, wird das Konsequenzen haben.«

Mira sah aus, als wolle sie etwas sagen, nahm dann allerdings einen Löffel Reis.

»Hatte ich nicht vor«, antwortete Yerad und fügte vorsichtig hinzu: »Aber die Greifin hört nicht auf mich. Falls sie auf die Idee kommt, sich die Alcazaba aus der Nähe anzuschauen, was soll ich denn machen, damit es keine Konsequenzen gibt? Ins Meer springen?«

»Lass dir was einfallen«, gab Rabe zurück.

Warum ließ Rabe die Greifin nicht einfach alleine raus? Dann müsste es Yerad oder – schlimmer noch – einer seiner Freunde wenigstens nicht ausbaden, wenn das Tier einen Besichtigungsflug durch die Taifa unternahm.

Oder erhoffte Rabe sich lediglich, dass Yerad da draußen endlich gelang, woran er hier drinnen seit anderthalb Wochen kläglich scheiterte?

Mirella

»Du hättest Yerad nicht drohen müssen«, sagte Mirella, als sie auf Rabes nackter Brust lag.

»Dir ist schon bewusst, dass es etwas seltsam für mich ist, wenn du von einem anderen Mann sprichst, direkt nachdem wir miteinander geschlafen haben.« Sie hörte an seinem Ton, dass er sie neckte. »Erklärst du mir, wann ich ihm gedroht hab?«, fragte er dann. Er hatte es wieder nicht mitbekommen.

Mirella wunderte sich nicht einmal mehr darüber. »Als du sagtest, dass er nichts anstellen soll, was uns gefährdet. Das würde er doch sowieso nie tun. Er hat es nicht mal getan, als er noch ein Gefangener war.«

»Das stimmt zwar, aber ein wenig Vorsicht kann dennoch nicht schaden.«

Mirella hob den Kopf, um Rabe anzusehen. »Zumindest solang er sich nicht wirklich ins Meer stürzt, um deine angedrohten Konsequenzen abzuwenden.«

»Hältst du ihn für derart lebensmüde?«

»Ich weiß es nicht«, sagte sie. »Ich weiß nur, dass er alles tut, um seinen Freunden keine Schwierigkeiten zu bescheren. Und du hast ihm ja nur gesagt, dass es Konsequenzen hat und nicht, wer diese Konsequenzen zu spüren bekommt. Also ist es nicht gerade abwegig, dass er befürchtet, dass es Alia oder Chadrik sind, die bestraft werden. Und wenn er keine andere Möglichkeit sieht, die Greifin von Dummheiten abzuhalten, kommt er vielleicht sogar auf solche lebensmüden Ideen.« Für Mirella wäre es jedenfalls durchaus eine Option.

Rabe schwieg. Er wirkte nachdenklich. Schließlich richtete er sich auf und Mirella war gezwungen, es ihm gleichzutun. »Es müsste langsam so weit sein«, sagte er. »Kommst du mit?«

»Ich lass mir doch nicht entgehen, wie die Greifin zur Jagd aufbricht.«

Schnell schlüpften sie in ihre Kleidung und eilten zu dem äußeren Höhlenraum mit der großen Öffnung, die Alia und Yerad als Fenster bezeichneten. Anhand der vielen Silhouetten, die sich im schwachen Mondlicht abzeichneten, erkannte Mirella, dass Rabe und sie die Letzten waren.

Es wurden Begrüßungen ausgesprochen und miaut, dann entfernten sich Durak, Chadrik, Alia und Mirella von der Öffnung, sodass nur noch Rabe bei Yerad und der Greifin stand, was Mirella unbehaglich beobachtete. So ganz verschwand die Angst nicht, dass das Tier Rabe attackierte, obwohl es das seit seiner Befreiung kein zweites Mal versucht hatte.

»Vor Anbruch der Dämmerung müsst ihr wieder hier sein«, sagte Rabe.

»Ich geb mein Bestes, dass wir das hinbekommen«, antwortete Yerad. »Falls ich es nicht schaffe, überbrücke ich mit der Greifin den Tag in den Wäldern.«

Alias Finger schlangen sich um Mirellas.

Mirella drückte beruhigend zu. »Er wird das schon hinkriegen«, flüsterte sie.

»Das ist akzeptabel«, entgegnete Rabe und entfernte sich ebenfalls ein Stück von Yerad und der Greifin. »Kommt beide heil zurück und unter keinen Umständen ins Meer stürzen, Yerad, in Ordnung?«

Mirella glaubte, sie hätte sich verhört. Das erschien ihr jedenfalls plausibler, als dass Rabe seine Drohung zurückgenommen hatte.

Yerad sah das offenbar ähnlich, denn seine zögerliche Antwort klang äußerst verwundert: »Ähm, ja. In Ordnung.«

Vage konnte Mirella erkennen, wie Yerad auf den Rücken der Greifin kletterte. Dann schoss das Tier nach oben, sprang durch die Öffnung und verschwand aus ihrem Blickfeld.

Alia huschte zur Öffnung, Mirella folgte ihr und sank neben die Freundin.

»Dort sind sie«, sagte Alia erleichtert und deutete auf einen dunklen Schemen, der durch die Nacht glitt. »Der Start sah echt gruselig aus.«

»Wieso?«, fragte Durak. »Weil die Greifin die Flügel erst hinter der Öffnung ausbreitet? Anders passt sie doch gar nicht durch.«

»Und wie landet sie?«, erkundigte sich Alia. Ein Anflug von Panik verfärbte ihre Stimme.

»Genauso, nehm ich an. Flügel kurz vorm Loch anlegen und schwups ... durch.«

»Stürzt sie dann nicht ab?«

Chadrik sagte: »Sie hat das schon mal hinbekommen.«

Das Geräusch, das Alia von sich gab, klang, als sei sie nicht wirklich überzeugt. Wieder starrte sie hinaus und wurde regelrecht hektisch.

»Alia?«, meldete sich Rabe. »Du wolltest nachher noch auf Beutezug, richtig?«

»Ja. Ich werd mich gleich fertig machen.«

»Wirst du nicht«, entschied er. »Du hast heute frei.«

»Oh, ach so.«

Rabe verabschiedete sich und Mirella beeilte sich, ihm hinterherzukommen. Auf dem Gang mit den Fackeln hatte sie ihn eingeholt. »Ich bleib erst mal bei Alia«, sagte sie und küsste ihn innig. Als sie sich mit kribbelnden Lippen von ihm löste, wisperte sie: »Ich wollt dir nur gute Nacht sagen.«

Er lächelte und strich ihr eine Strähne aus dem Gesicht. »Gute Nacht, Mira.«

»Und danke. Wegen dem, was du zu Yerad gesagt hast.«

Er küsste sie ein weiteres Mal und verschwand. Vermutlich, um sich noch für etliche Stunden in Arbeit zu vergraben.

Mirella wandte sich um und traf nach wenigen Schritten auf Durak. »Wir verbringen die Nacht auf dem Greifenlandeplatz«, verkündete er grinsend. »Bist du dabei, Feuerschopf?«

»Gute Idee«, sagte Mirella. Zusammen würden sie Alia hoffentlich davon abhalten, sich die ganze Zeit um Yerad zu sorgen.

»Dann pass auf, dass sich das Elsterchen nicht versehentlich durch ihr Fenster stürzt, und sag Mäuschen Bescheid, dass er beim Schleppen der Matratze helfen kann.«

Yerad

Yerad beschloss, sich für den Anfang nicht mit Befehlen, die doch nur ignoriert würden, herumzuärgern und die Greifin einfach fliegen zu lassen. Sie sollte schließlich jagen und wie man das machte, wusste sie selbst am besten.

Die Greifin sank hinunter zum Meer, dermaßen steil, dass er sich an ihrem Hals festklammern musste. Das hier war anders als im Saal. Unsicherer zwar, aber auch aufregender. Die im Mondlicht funkelnden Schaumkronen kamen rasant näher, das Donnern der Wellen gegen die Felsen dröhnte, und Yerad schrie seine Freude über dem Krachen der Wellenkämme hinaus.

Plötzlich ging die Greifin knapp über dem Meer in einen Gleitflug über. Yerad spürte kaltes Wasser durch den Stoff seiner Hosenbeine, er konnte das Salz der Luft regelrecht schmecken. So nah war er noch nie über der Wasseroberfläche geflogen. Fasziniert betrachtete er die dahinrauschende Mischung aus Schwarz und silbrigem Weiß.

Vor ihm zeichnete sich etwas Dunkles vor dem Sternenhimmel ab. *Eine Insel.* Er brauchte einen Moment, ehe er begriff, welche es sein musste: Die Greifin hielt auf den Totenwächter zu.

Ob sie dort Beute erspäht hatte? Doch was sollte da schon sein, außer ein paar schlafenden Seevögeln? Sie umrundete die Insel einmal, landete schließlich, drückte sich auf den Boden und gab eine Abfolge von Lauten von sich.

Yerad hoffte inständig, dass er ihr Verhalten falsch deutete. »Du willst, dass ich absteige?«

»Ik.«

Also kein Irrtum. Yerad überkam ein mulmiges Gefühl. »Wir müssen vor Anbruch der Dämmerung zu den anderen zurück.«

»Ik.«

Er wollte diesen Felsen im Meer nicht betreten. »Du weißt, dass du mich wieder abholen musst, ja? Wenn ich hierbleibe, sterbe ich.« Auf dem Totenwächter gab es keinen Tropfen Süßwasser und der Weg zur Küste war schon mit Booten kaum zu schaffen.

Schwimmend war es Selbstmord.

»Ik«, erklang es abermals. Inzwischen ziemlich ungeduldig. Die Greifin presste sich enger auf den Felsen.

Yerad kaute auf der Unterlippe, suchte nach einer Möglichkeit, nicht absteigen zu müssen. »Warum kann ich nicht auf deinem Rücken bleiben?«

Sie zwitscherte eine wortreiche Antwort, von der Yerad keinen einzigen Ton übersetzen konnte. Manchmal dachte er, sie drückte sich absichtlich kompliziert aus, um ihn zu ärgern, weil er ihre Sprache so schlecht verstand.

»Du holst mich heute Nacht wieder ab?«

»Ik!« Sie kreischte so laut, dass es in seinen Ohren klingelte, und er rutschte von ihrem Rücken.

Kaum hatten seine Füße den Grund berührt, erhob sich die Greifin in die Höhe. Er spürte noch den Luftzug ihrer Flügelschläge, dann war sie fort. Vorsichtig ging Yerad in die Hocke und stellte fest, dass das Gestein glitschig von all dem Seewasser war. Ein falscher Tritt und er stürzte entweder ins Meer oder er brach sich erst das Genick, um anschließend ins Meer zu rutschen.

»Ich hoffe, du weißt, was du tust«, murmelte er an die Greifin gerichtet, die ihn sowieso nicht hörte. Tastend und kriechend brachte er sich in eine halbwegs sichere sitzende Position.

Er sah hinüber zur Steilküste, die sich wie ein schwarzes Nichts vor ihm auftürmte und wo sich irgendwo das Versteck der Rebellen befand.

Wo seine Freunde auf ihn warteten.

Mirella

Alia saß noch immer an der Höhlenöffnung und starrte in die Nacht. Die meiste Zeit dürfte sie bei dieser Dunkelheit nicht einmal etwas erkennen.

»Falls das jetzt deine Beschäftigung ist, bis die Prinzessin zu Haus ist, kann ich mich auch verdrücken, Elsterchen«, murrte Durak.

»Nur zu«, gab Alia wenig interessiert zurück.

Durak schnaubte, blieb jedoch sitzen.

»Komm bitte zu uns, Alia«, versuchte nun Mirella ihr Glück. »Die Männer haben sogar ne Matratze rangeschafft.«

»Hm, gleich«, machte Alia, ohne sich zu bewegen.

»Mit nem bequemen Platz kannst du das Elsterchen nicht locken, Feuerschopf. Da musst du schon die Prinzessin her-zaubern.«

Das mochte zwar stimmen, aber Alia konnte doch nicht die ganze Zeit da hocken. So froh Mirella anfangs gewesen war, dass sich die Freundin in ihrem Zustand nicht auf einen Auftrag und damit in Gefahr begab, so sehr zweifelte sie nun, ob das wirklich eine gute Entscheidung von Rabe gewesen war. Ihre Diebesmission hätte sie zumindest abgelenkt. Andererseits war Alias Schutz vielleicht auch gar nicht der Grund für Rabes Anordnung gewesen, sondern die Sicherstellung, dass Yerad zurückkehrte. Heute wusste er zwar nicht, dass Alia hierblieb. Aber es würde Mirella nicht überraschen, wenn Rabe es immer so regelte, dass entweder Yerad oder Alia draußen waren, doch nie beide gleichzeitig.

Mirella ging zu der Freundin und kniete sich neben sie. »Wenn du unterwegs bist und Yerad sich Sorgen macht, ziehst du ihn sogar damit auf.«

»Ich hab einfach so wahnsinnige Angst um ihn.«

»Und das hier hilft, sie zu lindern?«

Zunächst sagte Alia nichts und nur das Rauschen des Wasserfalls war zu hören. Dann kam ein kaum hörbares »Eher nicht« von ihr.

»Siehst du.« Mirella griff nach Alias Hand und wollte sie zu der Matratze führen, als Alia erstarrte. »Was ist los?«

»Er ist weg!«

Mirella blickte übers Meer und erspähte glücklicherweise die Greifin, bevor sie sich von Alias Panik anstecken ließ. Mit dem Finger deutete sie auf das Tier. »Da vorne sind sie doch.«

»Nur die Greifin. Yerad nicht!« Die Hilflosigkeit verfärbte Alias Stimme.

»Das kann nicht sein«, murmelte Mirella und betrachtete angestrengt das Tier, das sich in die Höhe schraubte. »Bestimmt hat er sich flach auf den Rücken gedrückt, um sich besser festzuhalten.«

Hinter ihnen tauchten Durak und Chadrik auf. Mirella deutete noch einmal auf die Greifin, damit die beiden sie nicht erst suchen mussten. Für einen Moment zeichnete sich die Silhouette der Greifin vor dem Silberlicht des fast vollen Mondes deutlich ab. Von Yerad fehlte jede Spur.

»Ich kann ihn auch nicht finden«, sagte Durak nervös. »Aber er ist ein Greifenreiter. So jemand stürzt doch nicht ab.«

»Vielleicht sehen wir ihn nur nicht.« Mirella schob den Gedanken von sich, dass es anders sein konnte. Verdammt, wenn der Kerl schon sterben musste, hätte er das nicht damals machen können, als er ihr noch egal gewesen war?

Beklommen meinte Chadrik: »Früher ist Yerad immer mit Sattel geflogen ...«

Alias Finger krallten sich schmerzhaft um Mirellas. »Musste das jetzt sein, Mäuschen?«

17

Yerad

Yerad hockte auf dem Felsen und zitterte von dem Spritzwasser, das der nächtliche Wind über ihn peitschte. Dennoch
wagte er es nicht, sich zu bewegen. Aus Angst, dann im Ewigen
Meer zu enden.

Sein Blick folgte der Greifin, so gut es ging. Er sah ihre
schattenhafte Gestalt hoch hinaufsteigen, wo sie beinahe eins
wurde mit dem nachtschwarzen Himmel. Anschließend schoss
sie wie ein Pfeil in die Tiefe. Die Wellen spritzten über sie und
Yerad fürchtete, sie würde ertrinken. Da erhob sie sich mit
ihrer Beute zwischen den Krallen in die Luft und hielt auf eine
Felseninsel zu. Leider nicht auf die, auf der Yerad hockte.
Vermutlich wollte sie sich den Fisch schmecken lassen, ohne
seine Beschwerden zu ertragen.

Dann wiederholte sich das Schauspiel. Oft genug, dass Yerad
sich keine Sorgen mehr um sie machte, wenn sie mit Ausnahme ihrer Flügel im Meer verschwand. Und wie er sie so
beobachtete, wurde ihm eines bewusst: Hätte sie ihn nicht
abgesetzt, wäre er ertrunken. Allein der Winkel, mit dem sie in

die Tiefe jagte, wäre ohne Sattel bestenfalls eine Herausforderung, vielleicht sogar unmöglich gewesen. Und dass Yerad bei den ständigen Stürzen ins Wasser die Kraft gehabt hätte, auf ihrem Rücken zu bleiben, bezweifelte er.

Er bibberte hier schon und die Kälte zehrte ihn aus. Dabei war es sicherlich ein Unterschied, ob man mit Spritzwasser besprüht wurde oder die Wellen über einem zusammenbrachen.

Yerad konnte nicht sagen, wie lange er auf seinem Felsen hockte, aber irgendwann hielt die Greifin auf den Totenwächter zu und landete neben Yerad. Sie begrüßte ihn und es folgte eine Vielzahl von Zwitscherlauten.

»Danke, dass du mich nicht vergessen hast.«

Die Geräusche, die sie nun von sich gab, klangen fast ein wenig bösartig. Sie war beleidigt.

»Tut mir leid«, sagte er hastig, ehe sie sich davonmachte. »Ich bin nass und durchgefroren.« Vorsichtig und mit ungelenken Bewegungen tastete sich Yerad zu ihr. »Nächstes Mal lässt du mich besser in den Höhlen, während du jagst.«

»Ik.«

Wenigstens da waren sie sich einig. Wie Yerad allerdings Rabe überzeugen sollte, wusste er nicht. Andererseits … freiwillig würde Yerad nicht noch einmal mit der Greifin zur Jagd aufbrechen und er bezweifelte, dass Rabe es wagte, ihn auf dem Tier festzubinden. Schon deshalb, weil die Greifin ihm dann gewiss den Arm abbiss. Wenn der Mann Fleisch einsparen wollte, blieb ihm wohl nichts anderes übrig, als das Tier alleine loszuschicken.

Yerad war bei der Greifin angekommen. Sie roch nach Salz und rohem Fisch. Angenehm war Letzteres nicht, aber er kletterte trotzdem schnell auf ihren Rücken, bevor sie noch auf die Idee kam, sich einen Nachschlag zu holen. Ihr Gefieder war genauso nass wie Yerads Kleidung. »Flieg bitte zurück in die Höhlen«, bat er, sobald er seine klammen Hände um ihren Hals gelegt hatte.

Sie antwortete nicht, was er als schlechtes Zeichen wertete. Hoffentlich setzte sie ihn nicht gleich auf dem nächsten Felsen im Meer ab, um an einer anderen Stelle zu jagen. Sein Zeitgefühl hatte sich auf dem Totenwächter zwar verabschiedet, aber er war sich dennoch ziemlich sicher, dass es bis zur Dämmerung noch Stunden dauerte. Ruckartig erhob sich die Greifin in die Höhe und hielt, wie befürchtet, *nicht* auf das Versteck der Rebellen zu.

Yerad rollte mit den Augen. Probehalber presste er den rechten Fuß in den Körper der Greifin – das Zeichen für sie, dass sie nach rechts fliegen sollte. Sie flog stur geradeaus. Alles andere wäre auch überraschend gewesen. Yerad gab es auf. Für derartige Spielchen fehlte ihm schlicht die Kraft. Da der kühle Nachtwind ihn noch mehr frieren ließ, lehnte er sich so weit nach vorne, dass er mit dem Oberkörper auf dem Hals der Greifin lag. Das Gefieder war zwar genauso nass wie er, aber der Greifenkörper strahlte eine wohltuende Wärme aus. »Bringst du uns rechtzeitig vor Beginn der Dämmerung zurück?«, rief er.

»Ik.«

»Und darf ich den Rest der Nacht auf deinem Rücken bleiben?«

»Ik.«

Immerhin. »Halt dich von den anderen Menschen fern«, sagte er vorsichtshalber, und zumindest diesen Rat befolgte das Tier, denn es hielt einen großen Abstand zur Küste. Aber so, wie es ihm anfangs bei den Rebellen ergangen war, war das möglicherweise reiner Selbstschutz.

Yerad sah die Lichter, die zum Barri-Al-Noble gehörten. Er konnte sogar das Haus seiner Eltern ausmachen und das schlechte Gewissen grub sich so plötzlich in sein Innerstes, dass es ihm die Luft abschnürte. Sie mussten seinetwegen leiden und er war so sehr mit seinem neuen Leben beschäftigt, dass es bestimmt schon einige Tage her gewesen war, dass er an sie gedacht hatte. Er war ein miserabler Sohn.

Das Haus war vorbeigeglitten und das schlechte Gewissen verblasste, sodass Yerad wieder atmen konnte. Es gab nichts, was er für seine Eltern tun konnte, beschwor er sich. Rabe hatte ihm verboten, mit ihnen Kontakt aufzunehmen, und gegen diesen Mann aufzubegehren, wäre Wahnsinn.

Dann tauchte die Wiese des Greifenhofs auf, wo sein alter Greif nun hoffentlich mit Tarek flog. Yerad hatte den Freund vor seiner Entführung nicht gefragt, ob das Tier ihn akzeptiert hatte, was er nun bereute. Wenn sein Greif von damals niemanden als Reiter angenommen hatte, war er bestenfalls in eine andere Taifa verkauft worden. Bislang hatte Yerad derartige Gedanken von sich schieben können, doch jetzt, wo er den Greifenhof sah, überrollten ihn die Sorgen. Wegen des Greifen. Wegen Tarek, der sich selbst womöglich die Schuld gab, wenn der Greif nicht mit ihm flog. Abermals wartete Yerad, bis es erträglicher wurde, denn für diese zwei konnte er genauso wenig tun.

Die Alcazaba zeichnete sich vor dem nachtschwarzen Himmel ab. Gewaltig, aber auch einschüchternd. Vor allem, wenn man wusste, was sich vor gar nicht allzu langer Zeit dort ereignet hatte. Die Greifin glitt weiter, die Lichter verschwanden und mit ihnen die Taifa. Dann waren unter ihnen nur noch Meer und Wald. Beides so dunkel, dass kaum auszumachen war, wo das eine begann und das andere endete.

Lediglich die aufschäumende Gischt, die helle Flecken in das Schwarz sprenkelte, unterschied sie voneinander.

Yerad konnte nicht sagen, wie lange sie flogen, aber als er feststellte, dass sowohl er als auch die Greifin vollkommen getrocknet waren, fragte er:»Du weißt schon, dass du irgendwann zurück musst?« Als sie nicht reagierte, fügte er hinzu: »Falls du dich absetzen willst, tu das bitte alleine. Ich weiß weder, wie ich mir hier draußen Essen besorge, noch, wie ich mir ein Feuer anzünde, um nachts nicht zu frieren.«

Sie stieß ein meckerndes Geräusch aus und wendete so abrupt, dass Yerad seine Beine fest in ihre Seiten stemmte, um nicht abzustürzen. Hatte sie tatsächlich gerade abhauen wollen? Yerad wagte es nicht, danach zu fragen. Aus Angst, dass sie mit einem Ik antwortete.

»Sie hat dich auf dem Totenwächter abgesetzt?«, entfuhr es Alia und sie schlang erneut ihre Arme um Yerad, als müsste er beschützt werden. Dabei war er doch jetzt in Sicherheit.

»War nicht besonders angenehm.« Seine Angst, von dem Felsen aus ins Meer zu stürzen, erwähnte er lieber nicht. Alia war aufgebracht genug.

»Zum Glück ist dir nichts passiert«, flüsterte sie gegen seine Brust.

Die Greifin zwitscherte ihren Abschiedsgruß, gefolgt von einem »Rak«.

»Schlaf gut«, wünschte Yerad ihr.

Jemand öffnete ihr die Tür und die Greifin machte sich davon.

Müde war Yerad ebenfalls, sehr sogar. Aber nachdem seine Freunde die ganze Zeit in dieser Höhle ausgeharrt und ihn zwischenzeitlich auch noch für tot gehalten hatten, konnte er sie jetzt nicht einfach stehen lassen.«Wieso habt ihr eigentlich *hier* gewartet?«

»Das Elsterchen war nicht wegzubekommen und wir hielten's für besser, dass sie Gesellschaft hat. Auf den Schrecken, den du uns eingejagt hast, hätt ich allerdings verzichten können.« Durak gähnte geräuschvoll. »Nächstes Mal hau ich mich aufs Ohr und Feuerschopf kann ihr beistehen. Die geht ja eh erst mitten in der Nacht schlafen.«

»Von mir aus«, sagte Mira.

»Und danach übernehm ich«, schlug Chadrik vor.

»Sehr gut«, meinte Durak. »Bis ich wieder dran bin, glaubt das Elsterchen hoffentlich, dass ihre Prinzessin wohlbehalten heimkehrt.« Abermals gähnte er. »Lass uns die Matratze zurückschleppen, Mäuschen, und dann ab ins Bett.«

Yerad runzelte die Stirn. »Ihr habt eine Matratze hergebracht?«

»Ist schlimm genug, müde zu sein. Aber müde sein und nen kalten Hintern zu bekommen, ist noch blöder.«

»Kommst du gleich mit, Yerad?«, fragte Chadrik.

»Ich muss vorher zu Rabe. Ist er um diese Zeit überhaupt wach?« Die Jagd hatte ja um einiges länger gedauert als erwartet.

»Er brütet bestimmt über seinen Papieren«, sagte Mira. »Ich kann mitkommen und nachschauen.«

Gemeinsam verließen sie die finstere Höhle, wobei sich Chadrik und Durak mit der Matratze abmühten, was von Duraks Seite mit einer kreativen Auswahl von missmutigen Kommentaren untermalt wurde, die Chadrik belustigt schnauben ließen.

Alias Finger schlangen sich abermals um Yerads und wollten überhaupt nicht mehr loslassen, weshalb er sie bis zu ihrer

Kammer begleitete, obwohl das ein kleiner Umweg war. Zum Abschied küsste sie ihn derart drängend, dass er zum ersten Mal glaubte, sie würde ihn bitten, bei ihr die Nacht zu verbringen. Trotz des Publikums. Dennoch sagte sie nichts, was vielleicht an den amüsierten Blicken lag, die die anderen ihr zuwarfen, denn plötzlich huschte sie völlig überstürzt in ihr Zimmer.

Chadrik und Durak wuchteten die Matratze weiter den Gang hinunter und Mira und Yerad schlugen die andere Richtung ein.

Während sie neben dem kleinen Wasserlauf zwischen den Hütten entlangliefen, sagte Mira:»Ich werd heut übrigens bei Rabe übernachten.« Warum sie ihm das mitteilte, war offensichtlich.

»Überrumpel ich Alia nicht, wenn ich ohne Einladung in ihre Kammer platze?«

»Würd mich wundern. Sie hat sich nur nicht getraut, dich einzuladen, weil wir alle danebenstanden.« Sie waren vor Rabes Tür angekommen. Mira hob die Hand zum Klopfen, verharrte aber.»Frag sie doch nachher einfach. Nach all der Aufregung wird sie garantiert nicht so bald schlafen.«

Yerad nickte, während Mira klopfte.

Tatsächlich antwortete Rabe mit einem prompten »Herein«.

Mira öffnete die Tür, ließ Yerad vorbei und wollte sich gerade zurückziehen, als Rabe sie ansprach:»Du musst nicht draußen warten, Mira.«

Sichtlich verwundert setzte sie sich neben Rabe, der – wie von ihr prophezeit – über seinen Unterlagen brütete.

Dann wandte sich Rabe an Yerad:»Da du wieder hier bist, nehme ich an, es ist alles gut gegangen?«

»Wie man's nimmt.« Yerad nahm ebenfalls Platz und begann, zu erzählen.

Während Mirella Yerads Schilderungen lauschte, fiel ihr auf, dass er die Ereignisse vorhin deutlich abgemildert hatte. Vermutlich da Alia ohnehin ein Nervenbündel gewesen war.

»Immerhin hat sie sich satt gefressen«, kommentierte Rabe den Bericht.

»Das ist korrekt und aus meiner Sicht spricht auch nichts dagegen, sie morgen Nacht wieder jagen zu lassen. Allerdings ...« Yerad hob den Kopf und sah Rabe fest an. »... werde ich sie dabei nicht noch einmal begleiten.«

Rabe hob eine Augenbraue. »Und wie kommst du darauf, dass du das allein entscheidest?« Sein Ton war lauernd geworden. Der Anführer hatte übernommen.

Yerad schluckte sichtlich. »Weil ich früher oder später ins Meer stürze, wenn ich das jede Nacht machen muss. Ich bin auf dem Felsen in dem kalten Spritzwasser völlig durchgefroren und wir haben erst Oktober.« Er hielt inne. »Wir haben doch Oktober?«

Rabe nickte und machte mit einer Handbewegung deutlich, dass Yerad fortfahren sollte.

»Die nächsten Monate werden noch kühler sein und ich hatte heute schon Schwierigkeiten, mich mit meinen zitternden Armen und Beinen auf der Greifin zu halten.«

»Wenn ich dich dennoch dazu zwinge, brauche ich also demnächst einen neuen Greifenreiter.«

Mirella biss sich auf die Zunge, um Rabe nicht an den Kopf zu werfen, dass das hoffentlich nicht sein Ernst war. Dass er so redete, bedeutete nicht, dass er Yerad wirklich einen solchen Befehl erteilen würde. So hoffte sie jedenfalls.

Auch Yerad presste die Lippen zusammen, während Rabe ihn zappeln ließ.

Schließlich fragte Rabe: »Besteht nicht die Gefahr, dass die Greifin fortfliegt, wenn sie alleine jagt?«

»Die Gefahr besteht genauso, wenn ich dabei bin. Sie kann mich mitnehmen oder einfach irgendwo absetzen. Sie braucht doch nicht einmal bis zur Jagd warten. Sie weiß, wie sie die Höhlen verlassen kann. Wenn sie es darauf anlegt, abzuhauen, wird meine Anwesenheit bei den Jagden sie nicht davon abhalten.«

Rabe taxierte Yerad mit einem derart bohrenden Blick, dass selbst Mirella die Luft anhielt. Konnte der Kerl nicht endlich mit seiner Einschüchterungstaktik aufhören? »Und? Legt sie es darauf an?«

»Möglicherweise«, murmelte Yerad ausweichend.

»Das klang eher wie eine Bestätigung.«

Yerad schaffte es irgendwie, Rabes Blick standzuhalten. »Ich weiß nicht, was in ihrem Kopf vor sich geht.«

»Aber?«, ließ Rabe nicht locker.

Schließlich gab Yerad zu: »Heute hatte ich zumindest kurzzeitig das Gefühl, dass sie fliehen wollte.« Dass er diese Information lieber für sich behalten hätte, war nicht verwunderlich, denn er konnte sich bestimmt, genau wie Mirella, zusammenreimen, was nun kam.

»Und warum ist sie nun wieder hier?«

Yerad schwieg.

»Weil du sie darum gebeten hast, richtig? Damit ist für mich bewiesen, dass es durchaus sinnvoll ist, wenn du das Tier bei der Jagd begleitest.«

Einen Moment war es vollkommen still. Dann sagte Yerad: »Trotzdem werde ich das nicht tun.« Er sprach leise, aber bestimmt.

Wieder starrten sich die Männer an. Bis Yerad den Kopf senkte.

»Ist das dein letztes Wort, Yerad?«

Der Angesprochene bejahte und schien fest damit zu rechnen, jetzt bestraft zu werden.

Rabe warf einen Blick zu Mirella und gleich darauf zu Yerad. Anschließend stieß er ein Schnauben aus, das irgendwo zwischen Belustigung und Resignation lag. »Steht dein Angebot mit dem Diebstahl des neuen Greifen noch, für den Fall, dass die Greifin uns verlässt?«

Abermals nickte Yerad.

»Dann war das alles für heut.«

Yerad wirkte überrascht, fing sich aber schnell. Nach einem knappen Gutenachtgruß an Mirella und Rabe sah er zu, dass er nach draußen kam.

Mirella stieß die angehaltene Luft aus.

Sie spürte Rabes Blick mehr, als dass sie ihn sah. »Was ist los?«, fragte er.

»Kannst du mir mal erklären, weshalb ich zusehen muss, wie du Yerad einschüchterst?«

»Das war nicht meine Absicht, als ich dich bat, zu bleiben.« Rabe zog seinen Stuhl näher zu Mirella und nahm ihre Hände. »Dass ausgerechnet ein Greifenreiter mir mitteilt, dass die Fliegerei für ihn lebensgefährlich ist, hab ich nicht kommen sehen.«

»Und warum hast du trotzdem versucht, ihn zu zwingen?«

»Um sicherzugehen, dass es wirklich ein Problem darstellt, und er nicht lieber seine Zeit mit Alia verbringen wollte.«

»Dass er sich auch im Falle einer Lebensgefahr hätte breitschlagen lassen können, ist dir nicht in den Sinn gekommen?«

»Bei Yerad? Nein. Er ist vielleicht ein bisschen waghalsig, aber er hängt am Leben.« Rabes Daumen strichen über Mirellas Handrücken, bis ihre Verunsicherung, die der Anführer geweckt hatte, verschwand. »Ich sag dir nicht noch einmal, dass du bei einer solchen Besprechung bleiben kannst. Versprochen.«

Mirella wäre es lieber, wenn er gar nicht erst anfangen würde, andere Leute einzuschüchtern. Dass dies nur ein Wunschtraum war, war selbst ihr bewusst.

Yerad

Yerad lief auf dem Gang hin und her, um die Unruhe abzubauen, in die Rabes Verhör ihn versetzt hatte. Und um den Mut zu sammeln, an Alias Tür zu klopfen. Die Bewegung half allerdings überhaupt nicht. Also klopfte er schnell, bevor er es sich anders überlegte.

»Mira?«, murmelte Alia und Schritte erklangen aus der Kammer.

»Yerad«, antwortete er, doch da stand Alia ihm schon gegenüber.

Zum ersten Mal sah er sie ohne ihre Flechtzöpfe. In sanften Wellen fielen die dunklen Haare über ihre Schultern, die nur von dünnen Trägern bedeckt wurden. Er zwang seinen Blick auf ihr Gesicht. Ein hinreißendes Lächeln umspielte ihre Lippen. Dann erkundigte sie sich: »Ist Mira bei Rabe?«

»Sie übernachtet dort, ja.«

»Gut.« Alia trat zur Seite, aber Yerad war wie erstarrt, sodass Alia fragte: »Willst du nicht reinkommen? Ich dachte, deshalb bist du hier. Es ist auch in Ord–«

»Doch«, sagte er schnell, da Alias Nervosität mit jedem Wort hörbar zunahm. Er zwang seine Füße in den Raum und Alia schloss die Tür.

In der Dunkelheit strebten sie zusammen. Alias Hände strichen über seine Brust und dann über sein Gesicht. Seine Finger legten sich um ihren schlanken Körper. Das dünne Stück Stoff, das sie trug, ließ ihn jede Kontur erspüren. Ihre Lippen fanden seine, warm und weich und lockend. Yerad wollte Alia. Er wollte sie ganz, und so eng, wie sie einander umschlangen, würde ihr das kaum entgehen. Dennoch zögerte er, weil er fürchtete, weiter zu gehen, als sie bereit war.

Schließlich war sie es, die sein Hemd auszog und sich daraufhin an seinem Gürtel zu schaffen machte, wobei sich ihre Münder nie länger als Sekunden voneinander lösten.

Er verdrängte den letzten Funken Zweifel und befreite Alia aus dem dünnen Stoff. Ihre Haut an seiner zu spüren, brachte ihn schier um den Verstand. »Wo ist dein Bett?«, wisperte er, da er in der Finsternis und zwischen den Küssen jede Orientierung verloren hatte.

»Gute Frage«, murmelte sie an seinen Lippen, zog ihn aber ein Stück mit sich, ehe sie verharrte. »Ich glaub, hinter mir. Oder es ist Miras Bett.«

»Das ist mir jetzt auch egal.« Notfalls bezog Yerad es ihr morgen neu.

Alia lachte leise und gemeinsam sanken sie auf das Lager. Küssten und berührten einander, bis Yerad es nicht länger aushielt, sich über Alia kniete und in sie eindrang. Behutsam, da er ihr nicht wehtun wollte. Ihr wohliges Seufzen ließ ihn kühner werden. Als sie ihm schließlich ihr Becken entgegenstreckte, verschwand auch sein letzter Gedanke an Vorsicht.

Sie wollte ihn genauso wie er sie und diese Nacht gehörte ihnen beiden.

Als Yerad aufwachte, lag Alia in seinen Armen. Er genoss es, sie zu spüren. Das sanfte Auf und Ab ihrer Brust auf seiner, den Luftzug ihres Atems, der ihn streichelte. Regungslos, um sie nicht zu wecken, blieb er liegen. Da die Greifin nachts bereits gefressen hatte, gab es keinen dringenden Termin, den er einhalten musste.

Das Armbrusttraining bei Chadrik und das zwingend erforderliche Gespräch mit der Greifin, um sie zu überzeugen, endlich auf ihn zu hören, konnte er im Laufe des Tages erledigen.

Irgendwann regte sich Alia in seinen Armen, rutschte etwas höher und hauchte einen Kuss auf seinen Mund. »Morgen.« Augenblicklich sackte ihr Kopf wieder auf seine Brust.

Yerad musste schmunzeln. »Guten Morgen, Alia.« Da sein Magen mittlerweile vor Hunger schmerzte, fragte er: »Willst du in den Saal mitkommen, um was zu essen, oder soll ich was holen und wir essen hier?«

»Ich komm mit«, murmelte sie und rappelte sich hoch. Irgendetwas raschelte. »Ist übrigens wirklich mein Bett«, sagte sie. »Ich hab gerade die Kiste mit meiner Wechselkleidung gefunden.«

»Wenn du fertig bist mit Anziehen, kannst du Licht machen?« Yerad bezweifelte, dass er seine Kleidung anders finden würde.

»Klar, natürlich.«

Nachdem sie sich angezogen und am Bachlauf frisch gemacht hatten, gingen sie in den Saal, nur um zu erfahren, dass gerade keine Essenszeit war.

»Bis zum Mittag dauert's noch etwa eine Stunde«, stellte Alia mit Blick auf die Öllampenuhr fest. »Hoffentlich haben die anderen was aufgehoben.«

Das hoffte Yerad auch, denn Khadra wollte er nicht nach Essen fragen. Sie fanden Chadrik und Durak in dem Trainingsraum. Letzterer sagte zu Yerad: »Hast du was gegen unsere Kammer? Erst schläfst du ewig bei der Greifin und dann haust du nach wenigen Nächten zum Elsterchen ab.«

»Du weißt doch, Durak: Eine Prinzessin braucht mehrere Schlafplätze.«

Durak lachte, Chadrik grinste, nur Alia verzog das Gesicht. »Könnt ihr das nicht später klären? Ich hab Hunger.« Und an Chadrik und Durak gerichtet fuhr sie fast flehentlich fort: »Sagt bitte, dass ihr was aufgehoben habt.«

»In unserer Kammer«, entgegnete Chadrik. »Lasst nur was für Mira übrig.«

Als sie den Raum verließen, hörte Yerad noch Durak murmeln: »Langsam nimmt das mit dem Essen zurückbehalten echt überhand.«

Auf dem Weg kam ihnen Mira entgegen geschlurft. Alia nahm die Freundin gleich an die Hand. »Essen gibt's bei den Männern.«

Miras Blick wanderte von Alia zu Yerad und wieder zu Alia. »Stör ich euch auch nicht?«

»Nein, tust du nicht«, antwortete Alia hastig und senkte mit geröteten Wangen den Kopf.

Überzeugt war Mira allerdings nicht, denn sie blickte fragend zu Yerad.

»Tust du wirklich nicht«, bekräftigte er und endlich kam sie mit ihnen.

18

Yerad

In den folgenden Tagen führte Yerad derart viele Gespräche mit der Greifin, dass er schon die Hoffnung aufgab, dass sie sich jemals mit dem Gedanken anfreunden konnte, seine Anweisungen zu beachten. Sie einigten sich schließlich darauf, dass Yerad ihr nur dann Vorschriften machte, wenn es notwendig war, und anfangs noch ein wenig öfter zum Üben.

Zu seiner Überraschung befolgte sie bei den anschließenden Flügen, zunächst im Saal und danach im Freien, jeden einzelnen seiner Befehle. Offenbar wollte die Greifin wirklich gerne mit Mira fliegen, denn Yerad hatte ihr zwischenzeitlich verraten, dass Mira sie ebenfalls begleitete, sobald die Flüge reibungslos verliefen.

»Warum hast du der Greifin eigentlich keinen Namen gegeben, Yerad?«, erkundigte sich Alia, als sie nach dem Abendbrot der Menschen und vor der nächtlichen Jagd der Greifin in ihrer üblichen Fünferrunde mit dem Tier in einer Ecke des Saals zusammensaßen.

Yerad blickte von seinem Bataderspiel mit Chadrik hoch. »Auf die Idee bin ich noch gar nicht gekommen.«

»Wieso nicht?«, bohrte Alia nach, während sie fast wie eine Reiterin auf dem Rücken der Greifin hockte, beide Arme um den Hals des Tiers geschlungen und das Gesicht halb in den Federn vergraben hatte.

Die Greifin schien diese Kuscheleinheiten genauso zu genießen wie Alia, denn sie lag entspannt und mit geschlossenen Augen da.

»Auf dem Greifenhof durften wir das nicht«, erklärte Yerad. Und diese Regel war ihm offenbar dermaßen in Fleisch und Blut übergegangen, dass er nicht einmal hier in den Höhlen auf die Idee gekommen war, sie zu hinterfragen.

Nun hakte Mira, die neben Durak an der Seite der Greifin lehnte, verwundert nach: »Eure Greifen hatten keine Namen? Wie habt ihr die denn auseinandergehalten?«

»Sie hatten Bezeichnungen. Der Greif, auf dem ich damals geflogen bin, ist S57.«

Durak grinste. »Das S steht für Schreihals?«

»Schwarzgreif«, verbesserte Yerad schmunzelnd. »Und er ist der Siebenundfünfzigste seiner Art am Greifenhof.«

»Und die Sonnengreifen?«, kam von Chadrik.

»Die haben nur Nummern. Ohne S davor.«

Entschieden sagte Alia: »Unsere Greifin wird aber weder 1 noch F1 heißen. So ein hässlicher Name für so ein schönes Tier. Das geht ja gar nicht.«

Von der Greifin ertönte ein zustimmendes Zwitschern. Dafür dass es um sie ging, hatte sie sich erstaunlich lange zurückgehalten.

Yerad streichelte die Greifin am Schnabelansatz. »Möchtest du denn einen Namen von uns haben, meine Liebe?«

Sie schlug die Augen auf und schien nachzudenken, reagierte aber schließlich mit einem »Ik«.

Yerad sah seine Freunde an. »Irgendwelche Vorschläge?«

Durak entgegnete: »Wie wär's mit Riesenhuhn?«

Prompt wandte die Greifin den Kopf in Duraks Richtung und grollte bedrohlich.

»Mal ehrlich, Durak.« Mira sah aus, als müsse sie sich beherrschen, nicht loszulachen. »Du kannst die Ärmste doch nicht nach was benennen, was sie frisst. Wie würdest du's denn finden, wenn wir dir den Namen Riesenflechtenbrot oder Riesenrattenbraten geben?«

Durak zuckte mit den Schultern. »Wär mir beides recht.«

Alia meinte: »Das sagst du nur, weil du genau weißt, dass das keiner von uns durchzieht, du *Riesenrattenbraten.*«

So, wie sich Durak amüsierte, war's ihm augenscheinlich wirklich gleich. »Also kein Riesenhuhn«, murmelte er dann, woraufhin die Greifin mit einem vehementen »Ik« reagierte.

Es wurde so still, dass die fernen Gespräche der anderen Rebellen als Gemurmel zu ihnen drangen. Fieberhaft suchte Yerad nach einem klangvollen und passenden Namen, aber für ihn war die Greifin einfach nur die Greifin. *Oder ›meine Liebe‹.* Doch das war kein Name.

Auch der zweite Vorschlag kam von Durak: »Nachtschwinge.«

»Das klingt toll«, lobte Alia und kraulte die Greifin. »Möchtest du Nachtschwinge sein?«

»Ik.«

»Heute also«, sagte Mira am nächsten Tag. Sie versuchte, mit fester Stimme zu sprechen. Es gelang ihr nicht.

»Heute«, wiederholte Rabe, der ihnen gegenübersaß. »Sobald es dunkel ist.« Dieser Moment hatte so lange auf sich warten lassen und kam nun irgendwie doch ganz plötzlich.»Ich habe auch gleich einen Auftrag für euch.«

Bei ihrem ersten gemeinsamen Flug? War das schlau? Yerad unterdrückte den Kommentar und wartete, dass Rabe weitersprach.

Rabes Mundwinkel zuckte. Offenbar sah er Yerad die zurückgehaltenen Widerworte an.»Ihr sollt etwas abholen. Aus dem Barri-Al-Noble.« Er entrollte eine Karte und zeigte auf den Park, der direkt neben dem Greifenhof an die Steilküste grenzte.»Da soll nachts nichts los sein, hörte ich.«

Yerad nickte.»Der Park wird nach Sonnenuntergang abgeschlossen.«

»Dann stimmen meine Informationen ja. Mein Freund aus dem Barri-Al-Noble hat dort ein Kästchen hinterlegt.« Abermals deutete Rabe auf die Karte.»In diesem Bereich hier steht ein alter Olivenbaum. Er ist ziemlich markant, da er größer als die anderen ist.« Nun sah er Yerad an.

»Ich kenn den Baum. Um den Stamm herum sind Gedenktafeln im Boden für alle Kalifen, die über Al-Lucant geherrscht haben.«

Rabe wirkte zufrieden.»Eine davon ist locker und darunter ist das Kästchen versteckt. Genau genommen unter der Tafel von ...« Er nahm einen Zettel und las den Namen des längst verstorbenen Herrschers vor. Erwartungsvoll blickte er zu Yerad.

»Keine Ahnung, welche Platte das ist.«

»Dann müsst ihr eben suchen. Sie soll sich nordöstlich vom Olivenbaum befinden. Mehr kann ich dazu nicht sagen.« Rabe rollte die Karte zusammen.»Geht mit dem Kästchen vorsichtig um. Und lasst es in der Höhle liegen, in der Nachtschwinge landet. Möglichst nah an der Öffnung.«

Das klang nicht gerade vertrauenerweckend.

»Was ist denn darin, dass wir so vorsichtig sein müssen?«, fragte Mira das, was Yerad auch brennend interessierte.

Rabe zögerte, als ob er überlegte, ob er es wagen könnte, es ihnen zu verraten. Hoffentlich tat er es. Yerad wollte es lieber vorher wissen, wenn ihnen der geheimnisvolle Inhalt bei falscher Handhabung die Gliedmaßen abriss oder sie in Flammen aufgehen ließ. »Betäubungsmittel«, sagte er schließlich. »Als Flüssigkeit abgefüllt in kleine Tonflaschen. Zerbrechen sie, entströmt Dampf und versetzt jeden, der genug davon einatmet, in Schlaf. Das Mittel hält sich in Innenräumen sehr lange. Daher will ich auch nicht riskieren, es durch eines der Löcher werfen zu lassen. Im Freien verflüchtigt es sich recht schnell, weshalb ihr relativ sicher sein dürftet.«

Beruhigend klang das trotzdem nicht. Vor allem, da Yerad keine Ahnung hatte, wie empfindlich die Greifin ... Nachtschwinge auf das Mittel reagierte. Wenn sie zum Fliegen zu müde wurde, hatten sie ein gewaltiges Problem. »Wie groß ist das Kästchen?«

Rabe stellte mit den Händen die Maße dar. »Es passt problemlos in einen Rucksack.«

Den würde Yerad allerdings ordentlich auspolstern. Sicher war sicher.

Mirella

Unbehaglich verharrte Mirella neben Nachtschwinge und hoffte, dass es endlich begann. Sie war nervös wie bei der Vorführung eines neuen Kunststücks, für das sie viel zu wenig geübt hatte. Eigentlich hatte sie überhaupt nicht geübt.

Dass ihre Freunde erwartungsvoll plappernd um sie herum standen, machte die Angelegenheit nicht besser. Wenigstens war es so finster, dass es egal war, was für ein Gesicht sie zog. Ein letztes Mal überprüfte sie, dass Wurfmesser, Armbrust, Bolzen, Spannwippe sowie der Beutel mit der verhassten Perücke, die sie auf jeden Auftrag mitnehmen musste, vernünftig an Körper und Gürtel befestigt waren. Dann ließ sie die Abschiedszeremonie über sich ergehen und kletterte hinter Yerad auf Nachtschwinges Rücken.

»Scheu dich nicht, dich an mir festzuhalten«, sagte Yerad.

»Tu ich nicht.« Auch wenn sie das nur im äußersten Notfall machen würde. Denn wie sollte sie Feinde unter Beschuss nehmen, wenn sie ihre Arme brauchte, um nicht abzustürzen? Sie rutschte ein wenig hin und her, bis sie eine gute Position gefunden hatte. »Es kann losgehen.«

Im nächsten Moment schoss Nachtschwinge nach oben, sprang durch das Loch und rauschte in die Nacht. Mirella presste die Beine eng um den Leib des Tieres und hielt die Hände knapp hinter Yerads Rücken, um sich im Zweifelsfall an ihm festzuklammern. Aber das war gar nicht nötig und so ließ sie die Hände sinken und blickte in die Tiefe. Es war unbeschreiblich. Der kühle Luftzug, die Schwerelosigkeit beim kurzen Sturz hinab, die fernen Lichter. Da fiel ihr auf, dass Nachtschwinge in die falsche Richtung flog. Sie beugte sich dichter zu Yerad und rief: »Wir müssen doch ins Barri-Al-Noble.«

Er sah über die Schulter. »Wir drehen erst mal eine Übungsrunde.«

Sie nickte, was er offenbar im Mondlicht erkannte, denn er wandte sich zurück.

Mirella genoss den Blick in die Weite und wie sie so unter dem Sternenhimmel dahinglitten, begann sie zu verstehen, warum Yerad das Fliegen so liebte. Warum er eher bereit gewesen war, sich in Lebensgefahr zu begeben, anstatt darauf zu verzichten.

Später ließ Yerad Nachtschwinge mehrere Manöver vollführen, dann machten sie sich auf den Weg zu ihrem Auftrag, den Mirella schon ganz verdrängt hatte. Sie wäre lieber noch eine Weile ohne jede Verpflichtung geflogen.

Yerad

Rasend schnell näherten sie sich ihrem Ziel. Zunächst tauchten die spärlichen Lichter vom Barri-Al-Obrero auf, anschließend das schwarze Band des Wadi-Al-Kabir und dahinter das hell erleuchtete Barri-Al-Noble. Wie jedes Mal ging Yerads Blick zu seinem Elternhaus. Es war seltsam, ihnen so nah zu sein und gleichzeitig zu wissen, dass sie ihn tot glaubten. Und es schmerzte auf eine Weise, die er kaum ertrug.

»Was hast du?«, fragte Mira hinter seinem Ohr.

Er wies auf das Haus, das sie fast schon passiert hatten. »Meine Eltern leben dort.«

Sie legte ihre Hand auf seinen Arm – eine Geste des Trostes, die den Schmerz nicht linderte.

Yerad verdrängte die Schuldgefühle und das Brennen in seinem Herzen und zwang die Konzentration zu dem dunklen Flecken Land an der Küste, wo sich der Park befand.

Kreisend ließ er Nachtschwinge sinken und hielt Ausschau nach dem Landeplatz, für den er sich im Vorfeld entschieden hatte. Und auch nach Wächtern und Gardisten, die sie womöglich gleich unter Beschuss nahmen. Doch er hatte schon

Schwierigkeiten, die kleine Wiese in der Nähe des Olivenbaums auszumachen in all der Finsternis. Es gelang ihm vermutlich nur deshalb, weil er diesen Park ziemlich gut kannte. Unbehaglich ließ Yerad die Greifin in die Schwärze hinab. Die Bäume umschlossen sie bedrohlich, dann ein abrupter Ruck und sie waren unten.

Sofort rutschte Yerad auf den Boden, ging zum Kopf von Nachtschwinge und streichelte sie. »Warte hier. Wir sind gleich zurück.«

Ihre Bestätigung klang gehetzt. Als ob sie den Ort so schnell wie möglich verlassen wollte. Da war sie nicht die Einzige.

»Yerad?«, flüsterte Mira. »Du musst vorgehen. Ich kann nichts sehen.«

»In Ordnung.« Er setzte die ersten Schritte Richtung Olivenbaum, als Miras Stimme ihn innehalten ließ.

»Dich kann ich übrigens auch nicht sehen.«

Darauf hätte Yerad selbst kommen können, denn er sah Mira ebenfalls nicht. Die hohen Bäume um sie herum raubten den letzten Funken Sternenlicht. Irgendwie fand er ihre Hand und machte sich abermals auf den Weg zu ihrem Ziel.

»Wenn die Aufträge jetzt immer so laufen«, sagte Mira hinter ihm, »solltest du schleunigst die Geheimzeichen lernen.«

»Kannst *du* sie denn inzwischen?«

»Die meisten«, gab sie zögerlich zu.

Er lachte leise. »Wir können ja zusammen üben.« Als Yerads Fuß harten Untergrund traf, hielt er inne, bückte sich und tastete mit den Händen über den Boden. Glatter Stein, unterbrochen von feinen Einkerbungen, die vermutlich eine Inschrift darstellten. Er rief sich die Karte in Erinnerung und zog Mira ein Stück weiter, damit sie sich etwa nordöstlich von dem Baum befanden. »Hier müsste es sein.«

»Viel Erfolg beim Suchen«, sagte Mira, die nun in der Dunkelheit irgendwie Wache schob, während Yerad sich von Steinplatte zu Steinplatte tastete und versuchte, jede einzelne anzuheben. Die achte Platte löste sich. Er hievte sie zur Seite und erspürte darunter das Holzkästchen, das mit mehreren Stricken verschnürt war. Rasch nahm er den Rucksack ab, zupfte einen Teil der Tücher heraus, die er zur Polsterung mitgenommen hatte, und hob das Kästchen behutsam aus dem Loch und in den Rucksack. Anschließend drapierte er die Tücher so um das Behältnis herum, dass es hoffentlich einigermaßen sicher lag. Falls nicht, würde er es spätestens dann wissen, wenn er aus seiner Bewusstlosigkeit erwachte. Nachdem er die Steinplatte zurückgeschoben hatte, erhob er sich. »Fertig«, sagte er. »Ich hätt nicht gedacht, dass das so einfach ist.«

Mirella

Sie erstarrte. »Warum hast du das gesagt?«

Ahnungslos fragte Yerad: »Was war denn falsch daran?«

»Weil nun garantiert gleich was schiefgeht.« Hektisch suchte Mirella nach seiner Hand, fand sie in der Schwärze jedoch nicht. »Wir müssen zurück!« Endlich stieß sie mit den Fingerspitzen gegen seinen Arm, umklammerte ihn und zerrte ihn in die Richtung, wo sie Nachtschwinge zurückgelassen hatten. In dem Moment sah sie blasse Lichter vor sich. *Verdammt!*

Auch Yerad versteifte sich.

Am liebsten hätte Mirella ihm ›Siehst du?‹ zugezischt, aber sie hielt besser den Mund, während sie Yerad hastig mit sich zog. Hin zur Greifin. Bevor diejenigen, die die Lichter trugen, sie erreichten.

Plötzlich rief jemand: »Das Tier ist nicht vom Greifenhof!« Und im nächsten Moment: »Feuer!« Mirella meinte, das Klacken der Abzüge von Armbrüsten zu hören.

Nachtschwinge schrie. Ein Laut, so kläglich und schrill, dass es Mirella ins Mark ging, dann das Geräusch von Schwingen, die die Luft durchpflügten. Ein riesenhafter Schatten erhob sich in den Himmel und floh in die Nacht.

Dennoch bewegten sich die Lichter nicht zurück.

Mirella zog Yerad nun in die entgegengesetzte Richtung, fort von den Männern mit den Armbrüsten. Wenn die Kerle ihre Runde gleich fortsetzten und nicht, wie erhofft, umkehrten, saßen sie sonst auf dem Präsentierteller. Yerad verstand zum Glück auch ohne Worte und übernahm die Führung. Im Gegensatz zu ihr kannte er diesen Park und konnte ihnen eher ein geeignetes Versteck suchen, in dem sie ausharren mussten, bis die Kerle weg waren.

Mit einem Blick nach hinten sah Mirella, dass die Männer weiterliefen. In ihre Richtung. Und wenn sie die hin- und herschwankenden Lichter richtig deutete, suchten sie die Umgebung ab. Dann lotste Yerad sie über eine niedrige Mauer, hinein in eine Wasserpfütze. *Ein Zierbrunnen.* Das Wasser umschloss ihre nackten Füße und sog sich in den Saum ihrer Hose.

Alte Bilder drängten sich vor die Finsternis: vom schmalen Wasserlauf, in dem sie einst Schutz gesucht hatte, nach ihrer Flucht aus der Alcazaba. Von Schmerzen, Kälte und lähmender Angst. Die Stimme kreischte vor Vergnügen.

Yerad zog Mirella in die Hocke und sie presste sich an die Mauer. Das Wasser fraß sich weiter in ihre Kleidung. Dennoch verharrte sie und Yerad neben ihr. Bis die Lichter verschwanden und die Stimmen verklangen und noch sehr viel länger.

Irgendwann wagte sie einen Blick über die Mauer. »Ich glaub, wir können raus.«

»Endlich«, murmelte Yerad und sie hörte seine Erleichterung. »Lass uns zu dem Platz, wo wir vorhin gelandet sind. Vielleicht ist die Greifin ... Nachtschwinge ja zurückgekommen.«

Wenn sie denn dazu in der Lage war und nicht zu verletzt. Oder Schlimmeres.

Die Greifin war aber nicht dort. Und sie kam auch nicht mehr.

19

Yerad

»Und nun?«, fragte Yerad, als sich das Schwarz der Nacht langsam aus dem Himmel schlich. Immerhin hatte die ganze Warterei bewirkt, dass sie wieder trocken waren.

»Erst mal verstecken«, entgegnete Mira, »und dann überlegen, wie wir auf die andere Flussseite kommen.«

»Und *wo* sollen wir uns verstecken?«

»Das fragst du mich? Du bist der Noble. Du kennst dich hier aus.«

»Ich glaub kaum, dass Rabe es schätzt, wenn wir zu mir nach Hause gehen.«

»Warum nicht? Du hast allein gelebt. Solang wir uns von den Fenstern fernhalten, merkt niemand, dass wir da sind.«

»Doch, ich denke schon.« Yerad rieb sich das Gesicht. Da bot sich nun eine Gelegenheit, seine Eltern wissen zu lassen, dass er lebte, und er schlug sie aus. Weil er nicht wollte, dass Rabe ihnen schadete, wie er es vor Monaten angedroht hatte. Weil er seine Freunde aus den Höhlen nicht verlieren wollte. *Alia.* Er wusste nicht einmal, welcher dieser Gründe überwog.

»Yerad?«, fragte Mira und ihm fiel auf, dass er ihr eine Erklärung schuldig geblieben war.

»So, wie ich meine Mutter einschätze, hat sie Personal abgestellt, das Tag und Nacht in meinem Haus bleibt. Und falls ich zurückkomme, werden sie's ihr sagen.«

»Verstehe«, murmelte Mira. »In mein altes Heim können wir auch nicht. Fällt dir irgendwas anderes ein?«

»Nicht wirklich. Alle Orte, die ich früher aufgesucht habe, sind jetzt eine schlechte Idee.« Weil dort Leute lebten, denen er nicht schaden wollte. Oder weil sie in ihrer Kleidung auffielen. Auf den ersten Blick mochten sie vielleicht als Arbeiter des Barri-Al-Noble durchgehen, aber jeder, der genauer hinsah, würde sofort erkennen, dass sie von der anderen Flussseite stammten. Nicht einmal das diffuse Licht könnte die Einfachheit der Stoffe verbergen, die schlichteren Schnitte.

Schließlich sagte Mira: »Ich kenn noch ein Versteck von dem Kerl, der das Kästchen hinterlegt hat, doch ich weiß nicht, ob das ne gute Idee ist. Eigentlich glaub ich, es war nur Zufall, dass die Wächter plötzlich aufgetaucht sind, aber ...« Sie redete nicht weiter.

Den Gedanken hatte Yerad auch schon gehabt, während sie vergeblich auf die Greifin gewartet hatten. Er verdrängte die Sorge um das Tier, die augenblicklich aufflammte, und konzentrierte sich auf die Gegenwart. Ein Aspekt sprach Yerads Meinung nach gegen einen Verrat des Noblen, der das Kästchen hinterlegt hatte: »Er hätte uns doch nicht das Betäubungsmittel dagelassen, wenn er wirklich die Wächter angelockt hätte.«

»Hast du nachgesehen, ob das Zeug im Kästchen ist? Vielleicht ist es leer.«

Nein, hatte er nicht. Er war froh gewesen, dass alles so gut verschnürt gewesen war.

»Und selbst wenn da Flaschen drin sind, in denen irgendwas rumschwappt«, fuhr Mira fort. »Solang wir keine davon zerbrechen, kann es sonst was sein, was da abgefüllt wurde. An wem willst du das denn testen?« Mira seufzte. Als Yerad schwieg, sagte sie: »Können wir uns tagsüber hier verstecken?«

»Eher nicht. Der Park ist meistens ziemlich gut besucht. Hauptsächlich von Familien. Und die Kinder spielen in jedem Winkel.«

»Dann führ uns zum Tor, ich knack das Schloss und –«

»Geht auch nicht. Am Tor stehen die ganze Nacht zwei Wächter.«

»Wie wär's, wenn du zur Abwechslung mal selbst nen Vorschlag machst, anstatt meine alle zunichtezumachen?«

»Ich denk doch schon nach«, gab er zurück und einen Moment war es vollkommen still. »Ich bring uns zu einer Stelle, von wo aus wir hoffentlich über den Zaun kommen.« Ausprobiert hatte er es natürlich nie. Er griff nach Miras Hand und lief los.

»Wie gut kannst du eigentlich klettern?«, fragte sie.

»Als Kind bin ich regelmäßig auf Bäume geklettert.«

»Hoffen wir, dass du's nicht verlernt hast.«

Das hoffte er ebenfalls. Andernfalls könnte er nicht einmal diesen Park verlassen.

»Wenn wir hier raus sind«, fuhr Mira fort, »suchen wir uns ein schönes Dach. Da sollten wir zumindest vor irgendwelchen Wachen sicher sein.«

Aber es brachte sie nicht ins Barri-Al-Obrero. Yerad wäre lieber, sie kämen noch heute zurück. Dabei war es nicht einmal sicher, dass sie es überhaupt schafften. »Wie bist du denn damals ins Barri-Al-Obrero gekommen?«

»Durch den Fluss.« Mit knappen Sätzen berichtete sie ihm von der Tortur. »Das mach ich bestimmt kein zweites Mal. Eher schieße ich mir den Weg über die Brücke frei.«

»Wir könnten auch einen Greifen stehlen«, sagte Yerad, weil es ihm nicht behagte, dass Mira ein paar Brückenwächter niederstrecken wollte. *Gewöhn dich lieber daran*, mahnte er sich. Er hatte sich einer Gruppe von Gesetzesbrüchigen angeschlossen. Menschen, die töten und verletzen mussten, um nicht selbst zu sterben. In den Höhlen hatte er es gut ignorieren können. Hier war das deutlich schwieriger. »Allerdings«, fiel Yerad unvermittelt ein, »hat Rabe gesagt, dass er keinen zweiten Greifen will.« Also schied diese Möglichkeit aus. Sobald sie dem Greif ihr Versteck zeigten, würden sie ihn anschließend behalten oder umbringen müssen, sonst bestand die Gefahr, dass er jemand anderen zu ihnen führte.

»Es würde reichen, wenn er uns in die Wälder hinter dem Barri-Al-Obrero bringt«, sagte Mira.

Richtig, der Tunnel. Yerad musste den Greifen gar nicht ins Versteck lenken, was die Angelegenheit zumindest wieder zu einer Option machte.

»Aber es ist gefährlich, oder?«, fragte sie. »Den Greifen stehlen, meine ich.«

»Vermutlich. Auf dem Greifenhof sind nachts immer einige Wächter.« Wie viele, wusste er nicht. Weil es ihn damals nie interessiert hatte.

»Dann machen wir das heute Nacht sowieso nicht mehr. Vielleicht fällt uns noch was Besseres ein.«

Sie hatten die Stelle erreicht, an der hohe Bäume bis an den Zaun ragten. »Hier kommen wir hoffentlich auf die andere Seite.« Yerad mühte sich an einem der Stämme ab und schaffte es erst, als Mira ihm mit einer Räuberleiter half. Offenbar hatte er doch einiges vergessen. Danach war das Klettern aufgrund einer Vielzahl von Ästen leichter, sodass er tatsächlich über den Zaun kam. Mira war direkt hinter ihm, wie auch immer sie das so rasch und ohne Hilfe bewerkstelligt hatte.

Sie landeten im Schein einer Lampe und ihre Kleidung sowie Miras am Rücken befestigte Armbrust würden jedem Wächter, der zufällig ihren Weg kreuzte, überdeutlich zeigen, dass er sie dringend verhaften sollte.

Schnell umgriff Mira Yerads Hand und zog ihn raus aus dem Licht und hinein in eine finstere Gasse. Im Zickzackkurs entfernten sie sich über die spärlich beleuchteten Nebengassen, ehe Mira endlich anhielt. »Lass uns dieses Haus hier nehmen.«

Zweifelnd blickte Yerad die Hausfassade hoch. Er war als Kind keine glatten Steinwände, sondern Bäume hochgeklettert und seine Fähigkeiten diesbezüglich waren auch ziemlich eingerostet, wie die Kletterei über den Zaun eben gezeigt hatte. Doch sofern ihm keine bessere Idee kam, blieb ihm wohl nichts anderes übrig, als sich von Mira auf dieses Dach helfen zu lassen. Auf den Straßen zu bleiben, war jedenfalls keine Alternative. Mira wäre tot, sobald man sie fasste. Und für ihn würde es ebenfalls kaum gut ausgehen, wenn man entdeckte, was er in seinem Rucksack transportierte. Falls es denn wirklich das Betäubungsmittel war. »Warte, Mira.« Ihm kam ein Gedanke, der zwar ein bisschen schäbig war, aber so, wie die beiden sich zum Schluss verhalten hatten, hielt sich Yerads schlechtes Gewissen in Grenzen. »Ich hab einen Vorschlag, wie wir heute noch nach Hause kommen«, sagte er. »Höchstwahrscheinlich jedenfalls.«

»Es ist bald Tageslicht«, erinnerte sie ihn.

»Das brauchen wir auch. Allerdings musst du mir was versprechen.«

Mirella

Yerads Plan war vernünftig. Nicht ganz ohne Risiko zwar, aber um Längen besser als ihre anderen Einfälle. Wenn alles glattging, würde ihnen das Versprechen, das Mirella ihm gegeben hatte, auch keinerlei Schwierigkeiten machen. Falls nicht und man Yerad erkannte, hatten sie jedoch ein gewaltiges Problem.

Doch selbst ohne dass Yerad erkannt werden würde, barg schon die in ein Tuch gewickelte Armbrust unter Mirellas Arm genügend Potential für eine rasche Eskalation.

Auf einmal verlangsamte Yerad seine Schritte und starrte auf etwas schräg vor ihnen.

Mirella befürchtete, dass da jemand aus seinem früheren Leben war oder – schlimmer noch – eine Gruppe Wächter oder Gardisten, aber da die Straße aktuell leer war, entspannte sie sich. »Was ist?«

»Das Haus dort ...«, sagte er mit brüchiger Stimme. »Tarek wohnt da.«

»Ein Freund von dir?«, fragte sie, da sie sich nicht erinnern konnte, dass er jemals von einem Tarek gesprochen hatte.

Er nickte. »Der Einzige, der zu mir gehalten hat, nachdem ich kein Reiter mehr war.«

Sie konnte sich vorstellen, wie gerne er zu ihm gehen würde, um ihm zu sagen, dass er nicht tot war. Doch das durfte er nicht. Schlimmstenfalls hetzte ihnen der Noble die Wächter auf den Hals und wenn er es nicht tat, würden sie ihn zu einem Mitwisser machen und damit womöglich sein Leben in Gefahr bringen. Rasch ergriff sie Yerads Hand. »Komm weiter.«

Zum Glück erkannte Yerad selbst, dass ein Besuch bei Tarek keine gute Idee war. Er wandte den Blick von dem Haus ab und beschleunigte sein Tempo.

Einige Straßen später sagte er leise: »Dass er zu mir gehalten hat ... Bitte erzähl Rabe nichts davon. Ich glaube, er denkt, dass Tarek mit mir gebrochen hat, und mir wär lieber, wenn das so bleibt.«

»Von mir erfährt er nichts«, versprach sie. Er würde sie hoffentlich nicht direkt auf dieses Thema ansprechen. »Ich begreife nur nicht, wie du ihm was vormachen konntest.«

»Na ja ... Bei meinen restlichen *Freunden* trifft das ja auch zu. Ich hab Rabe nur verschwiegen, dass für Tarek etwas anderes gilt.«

»Verstehe«, sagte sie und musste ein wenig schmunzeln.

Das letzte Wegstück setzten sie schweigend fort in dem für Mirellas Geschmack viel zu hell beleuchteten Bezirk. Doch zum Glück scherte sich niemand um die beiden Leute, die zu schnell und – in Mirellas Fall bewaffnet – unterwegs waren. Bis Yerad vor einem Haus stehen blieb.

Mirella wollte gerade einen Draht aus ihrem Gürtel ziehen, um das Schloss zu knacken, als Yerad den Schlüssel aus einem Blumentopf beförderte. Wer war denn so irre, seinen Schlüssel draußen liegen zu lassen?

»Normalerweise gibt's hier keine Einbrecher«, erklärte Yerad, und sie betraten das Haus. Er nahm Mirellas Hand und führte sie zielstrebig eine Treppe hinauf und in ein riesiges Zimmer mit jeder Menge Schränken. Dass zwei Menschen derart viele Dinge unterbringen mussten, wollte nicht in Mirellas Kopf gehen. Und das war nur *ein* Zimmer. Die beiden Bewohner hatten doch bestimmt noch mehr Schränke in anderen Räumen.

Yerad hingegen schien das völlig normal zu finden, bevor Mirella sich erinnerte, dass es das für ihn auch war. Zumindest bis vor einigen Monaten. Er reichte ihr Kleidungsstücke, wozu sogar ein Mantel und diese weichen Noblen-Pantoffeln gehörten. »Das müsste dir passen, denke ich.«

Mirella benutzte eine Schranktür als dürftigen Sichtschutz und schlüpfte in die neue Kleidung. Der Stoff war so glatt und leicht, dass man ihn kaum spürte. Mirella fühlte sich, als wäre sie nackt. Die Perücke setzte sie ebenfalls auf, wobei es sie sehr wundern würde, wenn die roten Strähnen komplett verborgen waren. Die Wurfmesser konnte sie alle unter der Hose verstecken, wofür die Armbrust leider zu sperrig war. »Was mache ich mit der Armbrust und den alten Klamotten?«

»Hierlassen.«

»Ernsthaft?« Sie kam hinter der Schranktür hervor und sah, dass Yerad sich auch umgezogen hatte. Die Kleidung war im Halbdunkel nur zu erahnen, aber allein der Mantel ließ seine Silhouette völlig fremd erscheinen.

»Bis die das gefunden haben, sind wir längst weg.« Yerad verstaute die Sachen in einem Schrank. »Das liegt nun alles unter ihrer Bettwäsche. Die brauchen sie heut früh bestimmt nicht.«

»Und wenn's so weit ist, kriegen sie den Schock ihres Lebens.«

»Sollen sie doch.« Yerads Stimme triefte vor Enttäuschung. »Jetzt müssen wir uns noch um das Kästchen kümmern.«

»Wollen wir das nicht lieber draußen machen? Ich will hier nicht umkippen.«

»Stimmt«, murmelte er. Sie hörte ihm an, dass ihm die Alternative auch nicht behagte, was nicht verwunderlich war, denn im Freien konnten sie von Passanten oder Wächtern überrascht werden. Hier drinnen jedoch wurden sie eventuell von zwei Personen ertappt, die Mirella weder umbringen noch verletzen durfte. Yerad verschloss die Schranktür.

»Wieder raus?«, fragte Mirella.

»Ja.«

Sie schlichen die Treppe hinab, wobei Mirella auf jedes Geräusch achtete, doch Yerads ehemalige Freunde schliefen tief und fest.

Sie traten auf die erfreulich menschenleere Straße, wo Yerad sie bald schon in eine Miniatur eines Parks dirigierte: Orangenbäume, unter denen Bänke standen, und die von allen Seiten mit hohen von Blumen berankten Holzstreben umrahmt wurden. Nur ein Stück wurde als Eingang ausgespart. Gut war, dass sie hier drinnen vor Blicken geschützt waren. Schlecht, dass es praktisch keinen Fluchtweg gab.

Yerad stellte den Rucksack ab und zum ersten Mal, seit sie das Haus verlassen hatten, sah Mirella ihn richtig an. In den feinen Stoffen war er ein vollkommen anderer Mann geworden. »Was ist los?«, fragte er und schaute an sich hinab, als ob er überprüfen wolle, ob er sich falsch angezogen hatte.

»Ich weiß jetzt, warum ich dich anfangs nicht mochte«, konnte sie sich nicht verkneifen. »In diesem Aufzug siehst du dermaßen unsympathisch aus.«

Seine Mundwinkel zuckten, während er ihr half, einige ihrer Haare unter der Perücke zu verbergen. »Kannst du dich trotzdem zurückhalten, mir ein Messer ins Bein zu werfen?«

»Mal sehen.« Auf sein Nicken drehte sie sich um und spürte, wie er Strähne um Strähne unter ihre Perücke schob. Es kam ihr vor, als hätte sie die Hälfte ihrer Haare rausgucken lassen. Ruckartige Bewegungen sollte sie vermutlich vermeiden, bis sie es über den Fluss geschafft hatten. »Wie kommt's eigentlich, dass dir die Klamotten so gut passen?« Hatte Yerads ehemaliger Freund etwa die gleiche Größe wie er? Da Yerad für einen Mann ungewöhnlich klein war, konnte sie sich das nur schwer vorstellen. Doch vielleicht war eine geringe Körpergröße eine Bedingung, wenn man Greifenreiter werden wollte.

»Bis auf den Mantel ist alles meins. Wir haben öfter mal beieinander übernachtet, manchmal auch ungeplant. Daher die Wechselsachen. Ich bin ja froh, dass die Kleidung noch da war. Vermutlich wussten sie nicht, wohin damit, nachdem ich verschwunden war.«

Jetzt erst fiel Mirella auf, dass der Mantel doch nicht so gut passte, denn Yerad hatte die Ärmel mehrfach umgekrempelt. Plötzlich fragte er: »Könnte ich ein paar deiner Perückenhaare abschneiden?«

»Wozu?« Nicht, dass sie etwas dagegen hätte, dass das schwere Ding leichter wurde.

»Als Zopf für mich. Meine Haare sind ein bisschen kurz für einen Noblen.«

Wortlos hob sie ihr Hosenbein an, befreite eines ihrer Messer und reichte es Yerad. »Nimm so viel du willst.«

Einen Augenblick später hatte Yerad zusätzlich zu der unsympathischen Kleidung auch noch eine Frisur, die ihm nicht halb so gut stand wie der Haarschnitt, den Alia ihm verpasst hatte. Während Mirella ihn musterte, sagte er: »Ich will gar nicht hören, wie unsympathisch mich der Zopf aussehen lässt. Sag mir nur, ob die Farbe halbwegs passt.«

»Halbwegs schon.« Wenn niemand zu genau hinsah. Allerdings waren die Brückenwächter ja keine Frauen, weshalb das bestimmt kein Problem werden würde. Die betrachteten eher Mirella eingehend – und fanden schlimmstenfalls rote Haarsträhnen.

»Nun zum Kästchen ...« Behutsam hob Yerad zunächst ein paar Tücher und anschließend das Kästchen aus dem Rucksack, während Mirella sich umsah. Hinter dem blumigen Sichtschutz eilten zwei Leute vorbei, die ihnen nur einen flüchtigen Blick zuwarfen. Sonst konnte sie niemanden entdecken. Als sie sich wieder umwandte, hockte Yerad mit einem Tuch in der Hand unbehaglich vor ihr. »Willst du das lieber allein machen?«

»Und riskieren, dass der Mist, der uns das alles hier eingebrockt hat, zerbricht und uns umkippen lässt?« Entschieden schüttelte sie den Kopf. »Außerdem war das deine Idee.«

Yerad

Yerad sah sich um, ob sie allein waren.

»Du brauchst es nicht hinauszuzögern«, sagte Mira. »Da ist keiner.«

»Gut«, murmelte er ertappt und Mira hob ihr Oberteil hoch, sodass Yerad auf ihren nackten Bauch starrte. Eilig begann er, das Tuch herumzuwickeln. Er verknotete es und wiederholte die Prozedur mit weiteren Tüchern. Hoffentlich kam jetzt niemand. Denn wie er das hier erklären sollte, wusste er beim besten Willen nicht. Das nächste Tuch band er etwas lockerer und schob das Kästchen hinein. Unbehaglich blickte er an Mira vorbei.

»Ich pass auf«, versprach sie. »Kümmer du dich um mein Baby.«

»Um *unser* Baby.« Schließlich mussten sie bei den Brückenwächtern als werdende Eltern auftreten. Yerad umwickelte

Mira mit weiteren Tüchern, damit der Nachwuchs nicht versehentlich herausfiel. Die restlichen Tücher benutzte er, um den Bauch so auszupolstern, dass er glaubhaft nach einem Babybauch aussah. Zum Glück konnte er sich noch ziemlich gut an die Schwangerschaften seiner Schwester erinnern.

»Wie heißen wir doch gleich?«, fragte Mira unvermittelt.

»Hast du die Namen etwa schon wieder vergessen?« Er hatte sie ihr bei der Erläuterung des Plans mindestens dreimal genannt.

»Schwangerschaften machen vergesslich.«

So zu tun, als ob, offenbar auch. »Feride«, beantwortete er einen Teil ihrer Frage, betrachtete kritisch sein Werk, nickte Mira zu und erhob sich.

Sie zupfte ihr Oberteil über den Bauch. Es sah tatsächlich ziemlich echt aus. Es durfte nur niemand auf die Idee kommen, die vermeintliche Schwangerschaft zu überprüfen, oder gegen ihren Bauch stoßen. Mira murmelte Ferides Namen. Wieder und wieder. Dann fixierte sie Yerad. »Und du bist?«

»Lunis.«

»Haben wir auch einen Nachnamen?«

»Dha-Belwendahn.« Skeptisch sah er Mira an. »Wie willst du dir den denn merken?« Wenn sie bereits mit den vergleichsweise kurzen Vornamen scheiterte.

»Ich sollte zumindest nicht überrascht sein, sobald ich ihn höre.«

»Feride und Lunis«, wiederholte er. »Am besten überlässt du mir das Reden.« Er würde sich schon schwer genug damit tun, keine Wörter zusammenzuziehen oder abzukürzen, wie er es sich in letzter Zeit angewöhnt hatte. Aber im Gegensatz zu Mira war die noble Sprechweise für ihn einmal normal gewesen.

Mit gespielter Empörung stemmte Mira die Hand in die Hüfte. »So läuft das also mit dir ab, sobald ich deinen Nachwuchs ausbrüte. Dann lässt du mich nicht mal mehr mit anderen Männern reden.«

»Wie du ja bereits festgestellt hast, bin ich äußerst unsympathisch.« Yerad stieß den nunmehr leeren Rucksack mit der Fußspitze unter eine Bank und bot Mira einen Arm an. »Wollen wir, Feride?«

»Selbstverständlich.« Sie zögerte kurz, ehe ihr sein Deckname einfiel: »Lunis.« Immerhin erinnerte sie sich richtig. Sie hakte sich bei ihm ein und gemeinsam verließen sie die kleine Ruheinsel.

Während sie sich der Brücke näherten, füllten sich die Straßen allmählich. Yerad hoffte nur, dass ihn niemand erkannte. Er wusste zwar, dass ihn die Zeit bei den Rebellen optisch verändert hatte, doch das würde höchstens flüchtige Kontakte täuschen. Nicht aber Menschen, die ihn gut kannten. Menschen, die ihn nun vermissten. Er verdrängte das schlechte Gewissen, das ihn abermals niederdrücken wollte.

Im Vorbeigehen deutete Mira auf ein Plakat: ihren Steckbrief, dessen Inhalt Yerad bereits kannte. Nur die Belohnung, die sie auf ihren Kopf ausgesetzt hatten, war neu. Der damals schon irrsinnig hohe Betrag, hatte sich verdreifacht. »Das ist ja mittlerweile ein Vermögen«, flüsterte er.

»So ist das, wenn man einfach nicht stirbt, wenn der Kalif es befiehlt«, flüsterte sie genauso leise zurück. Ein Flattern verfremdete ihre Stimme. Sie hatte Angst.

Er wünschte, er könnte ihr versprechen, dass sie es heil auf die andere Seite schafften. Aber das konnte er nicht. Zu viel lag außerhalb seines Einflussbereichs. Ihm blieb nur, aufmunternd ihren Arm zu drücken, den sie bei ihm eingehakt hatte.

Kurz sah sie zu ihm und bemühte sich um ein hoffnungsvolles Gesicht. »Wird schon klappen«, wisperte sie. »Wir wollen doch nur über ne Brücke gehen.«

So ausgedrückt klang es auf jeden Fall harmloser, als mehrere Bewaffnete zu täuschen, weil dies der einzige Weg nach Hause war. »Nur über ne Brücke«, wiederholte Yerad, um sich selbst von der Banalität dieser Aufgabe zu überzeugen. »*Eine* Brücke«, korrigierte er sich.

Hoffentlich vergaß er vor den Wächtern nicht, wie sich ein Nobler auszudrücken hatte.

Bald darauf standen sie vor dem Torhaus und die beiden Wächter nahmen sie in Augenschein. Yerad bemühte sich um eine entspannte Haltung und grüßte freundlich.

»Ihr wollt auf die andere Seite?«, fragte einer der Männer.

Yerad wandte sich ihm zu und sein Herz setzte kurz aus, um anschließend in einem viel zu schnellen Takt weiter zu schlagen. Das war derselbe Wächter, der ihn damals beschworen hatte, umzukehren. »Ja, werter Herr«, antwortete Yerad und zwang sich, in einem langsameren Tempo zu sprechen, als sein Herz vorgab.

Der Wächter neigte den Kopf und musterte Yerad von oben bis unten. *Gleich erkennt er mich und Mira hat nicht mal mehr ihre Armbrust.* Innerlich zuckte Yerad zusammen. Hatte er das gerade wirklich gedacht?

»Was wollt Ihr dort?«, fragte der Wächter. »Wisst Ihr nicht, dass es gefährlich ist?«

Yerad entspannte sich ein wenig. Hätte der Wächter ihn erkannt, hätte er gewiss anders reagiert. »Wir wollen eine Heilerin aufsuchen. Meiner Gattin bekommt die Schwangerschaft nicht gut und diese Frau ist unsere letzte Hoffnung.«

Mit sorgenvoller Miene tätschelte Mira ihren Bauch.

Der Wächter, mit dem Yerad gesprochen hatte, nickte verständnisvoll. Dafür meldete sich sein Kamerad:»Im Barri-Al-Noble sind äußerst fähige Heiler. Wenn die euch nicht helfen konnten, kann es das Kräuterweib von der anderen Seite erst recht nicht.«

»Ihr werdet sicher verstehen, dass wir dieses Schicksal nicht einfach hinnehmen. Und wir wissen um das Risiko, aber das ist alles, was wir tun können. Dürften wir jetzt bitte passieren?«

»Von mir aus«, brummte der Zweifler. »Sind schließlich Eure Leben, die Ihr wegwerft.«

Der freundlichere Wächter nahm Tintenfass und Feder und öffnete sein Buch. »Bleibt auf den Hauptstraßen«, sprach er nun dieselbe Warnung aus, die er Yerad damals auch mitgegeben hatte. »Und seid unbedingt vor Anbruch der Dunkelheit zurück.«

Yerad musste sich auf die Zunge beißen, um dem Mann nicht zu sagen, wie unnütz diese Vorkehrungen waren. »Das werden wir. Habt Dank für die Ratschläge.«

Der Mann zog ein Gesicht, als glaubte er selbst nicht, dass seine Hinweise für irgendetwas gut waren. »Ihr könntet einen Begleitschutz anheuern.«

»Das ist uns derzeit leider nicht möglich«, entgegnete Yerad unverbindlich.

Der Mann nickte bedauernd. »Namen und Berufe?«

»Ich bin Lunis Dha-Belwendahn«, sagte Yerad und kam sich dabei reichlich seltsam vor. Er deutete auf Mira. »Das ist meine Frau Feride. Wir sind beide Greifenreiter.«

Die Feder kratzte übers Papier. Als der Mann aufblickte, wandte er zum ersten Mal seine Aufmerksamkeit Mira zu. Er runzelte die Stirn. Hatte Yerad eine rote Haarsträhne übersehen? Oder kannte der Mann die echte Feride und wunderte sich, wer da gerade vor ihm stand? Yerad war davon überzeugt, dass seine ehemaligen Freunde sich nie über diese Brücke begeben hatten, doch das hieß ja nicht, dass der Mann sie nicht anderweitig kennengelernt hatte.

Entsetzt beobachtete Yerad, wie sich in der Stirn des Mannes eine immer tiefere Falte bildete.

20

Mirella

Unter dem bohrenden Blick des Wächters krallte Mirella sich an Yerads Arm. Sie rechnete fest damit, dass der Wächter gleich ihren Steckbrief aus seiner Hosentasche zauberte, ihr Gesicht mit der Zeichnung abglich und sie erkannte. Und die vermaledeite Armbrust lag im Schrank von diesem Noblen-Ehepaar, das ohnehin mehr besaß, als sinnvoll war. Der Wächter neigte den Kopf und betrachtete ihren Bauch. Mirella hätte ihn am liebsten angeranzt, ob er noch nie eine Schwangere gesehen hatte. Aber Yerad hatte ihr gesagt, sie solle ihm das Reden überlassen, weshalb sie sich zum Schweigen zwang. Auch wenn ihr das in Anbetracht der Situation immer schwererfiel.

Na los, geig dem Wächter deine Meinung, gluckste die Stimme, was für Mirella zumindest ein Grund war, den Mund zu halten. *Och, schade. Gerade, wo's lustig wird, musst du mal zur Abwechslung vernünftig sein.*

Yerad räusperte sich, woraufhin der Wächter sich ihm zuwandte. »Benötigt Ihr weitere Informationen, Herr?« Er sprach vollkommen ruhig. Wie schaffte er das nur?

»Nein, das ist alles.« Abermals inspizierte der Wächter Mirella. »Es ist nur: Ihre Haut sieht so hell aus.«

Ja, verdammt. Weil meine Eltern nicht von hier sind. Nun hol schon den blöden Steckbrief raus und tu überrascht, dass Mirella Callini vor dir steht. Sie ließ die Sorge, aber hoffentlich nicht die Wut, auf ihr Gesicht kriechen und tätschelte ein weiteres Mal den Kästchennachwuchs.

»Wie gesagt«, entgegnete Yerad. »Sie ist sehr krank. So blass wie jetzt war sie noch nie, weshalb ich mir wirklich Sorgen mache. Sonst würden wir dieses Risiko nie auf uns nehmen. Wenn das alles ist ...« Er ließ den Satz unvollendet.

Einen Moment verharrten sie alle, dann griff der Wächter in seine Tasche.

Der Steckbrief, schoss es durch Mirellas Gedanken.

Da hielt der Wächter einen Schlüssel in den Händen und musterte verwundert Mirellas Hände, die sie ruckartig vom Bauch gerissen hatte. Zu ihren Hüften, wo sie normalerweise ihre Messer trug.

Yerad umgriff ihre Finger. »Geht es etwa wieder los mit den Krämpfen?«

Sie nickte stumm, da sie sich nicht sicher war, ob sie den Wächter mit ihrer Sprechweise noch misstrauischer machen würde.

Entschieden sah Yerad zum Wächter. »Sie muss wirklich dringend zur Heilerin. Wenn es nichts anderes zu klären gibt, möcht ich sie jetzt auf der Stelle dort hinbringen.« Seine Finger zuckten, was Mirella nur deshalb spürte, weil seine Hände ihre umklammerten.

›Möcht‹! Er hat ›möcht‹ gesagt! Sie schloss die Augen, zwang sich, sie wieder zu öffnen. Sobald die Kerle ihre Säbel zogen, musste sie schnell sein. Schnelligkeit war ihre einzige Chance, falls die Situation in Lebensgefahr umschlug.

Zu ihrer Überraschung nickte der Wächter und schob den Schlüssel ins Schloss. Sein Kamerad wirkte ebenfalls nicht alarmiert. Sie hatten es nicht mitbekommen. Oder sie glaubten, sich verhört zu haben. Wer rechnete auch damit, dass sich unter diesen edlen Stoffen zwei Menschen verbargen, die hier nicht hingehörten?

Quälend langsam öffnete sich das Tor, und Yerad und Mirella schlüpften hindurch. Sie waren lediglich drei Schritte weit gekommen, da rief einer der Wächter: »Frau Dha-Belwendahn?«

War das ihr Deckname? Mirella lugte zu Yerad, der kaum merklich nickte, und wandte sich um.

»Gute Besserung.«

Sie wagte nur ein »Danke«, ehe sie sich zurückdrehte und an Yerads Hand dem zweiten Brückentor entgegenging. Hoffentlich wiederholte sich die Prozedur dort nicht. Mirella war jetzt schon ein Nervenbündel. Aber die Männer auf der anderen Seite notierten nur die falschen Namen und Berufe und ließen sie passieren.

Als sie einen gewissen Sicherheitsabstand zwischen sich und die Brücke gebracht hatten, stieß Mirella die angehaltene Luft aus. Da bemerkte sie, wie die anderen Menschen sie betrachteten. In ihrer Noblenkleidung erregten sie zu viel Aufmerksamkeit. Doch mitten auf der Straße konnten sie sich schlecht ausziehen – zumal sie nicht einmal mehr Wechselsachen dabeihatten. Sie mussten ins Haus, in das sie sich manchmal bei Aufträgen zurückzogen. Dort lag immer etwas Kleidung bereit. »Jetzt übernehm ich«, wisperte Mirella Yerad zu und zog ihn in eine Seitengasse.

In einem unbeobachteten Winkel holte sie ihre Messer hervor und schob sie in den Hosenbund. Das letzte Exemplar reichte sie Yerad.

Er schüttelte den Kopf.

»Nimm schon«, sagte sie. »Du musst ja nicht gleich jemanden abstechen. Doch wenn ich niedergeschlagen werd, wirst du's vielleicht brauchen, um uns Angreifer vom Hals zu halten.« Als er es immer noch nicht nahm, erklärte sie: »Du fuchtelst mit dem Ding einfach rum. Das schreckt die meisten Leute ab.«

»Aber bestimmt keine Leute, die dich niedergeschlagen haben«, entgegnete er, umfasste das Messer jedoch trotzdem – vermutlich, um die Diskussion zu beenden – und schob es derart vorsichtig in seinen Gürtel, als hätte er Angst, sich gleich damit aufzuschlitzen.

Endlich ging es weiter. Nun war Mirella dankbar für die vielen Aufträge, die sie bereits an der Oberfläche gehabt hatte, denn so fand sie richtigen den Weg fast auf Anhieb.

Sie hatten das Haus beinahe erreicht, als ihnen ein kräftiger Kerl breitbeinig den Weg versperrte. *Kein gutes Zeichen.* Mirella wandte sich um. Hinter ihnen war ein zweites Exemplar von dieser Sorte. Mirella stellte sich seitlich hin, sodass sie beide Männer im Blick hatte, und zog zwei Messer. »Geh hinter mich«, raunte sie Yerad zu, was er widerspruchslos tat.

Einer der Kerle lachte. »Jetzt sieh dir den Schlappschwanz an. Versteckt sich hinter ner Schwangeren. Läuft das bei euch Noblen immer so ab?« Eine sichtbare Waffe hatte er nicht und war demnach schlimmstenfalls mit einem Messer oder Dolch bewaffnet. Damit wurde sie fertig.

»Keine Ahnung«, antwortete Mirella, während sie überprüfte, ob der andere Kerl waffentechnisch genauso schlecht ausgestattet war. »So lang haben wir's dort drüben nicht ausgehalten.« Bei Exemplar Nummer zwei konnte sie ebenfalls keine Waffen erkennen.

Die beiden wirkten auf einmal irritiert. »Das sind gar keine Noblen«, sagte der Erste schließlich.

»Nö«, erklang Yerads Stimme, obwohl Mirella ihn noch nie dieses Wort hatte benutzen hören. Sein Zopf landete neben ihr auf dem staubigen Boden. »Wir sind auch nicht so harmlos, wie's scheint«, erklärte er gelassen.

Tatsächlich machte der erste Kerl einen Schritt rückwärts. Es hatte schon etwas Komisches, dass ausgerechnet Yerad diesen Kraftprotz einschüchterte. Sein Kamerad wirkte allerdings unentschlossen. Offenbar brauchte er einen kleinen Ansporn.

Mirella ließ beide Messer gleichzeitig einen Salto vollführen, ehe sie sie wieder auffing. Sie warf dem Unentschlossenen ein böses Lächeln zu: »Soll ich dir demonstrieren, wie gut ich damit umgehen kann, oder haust du doch lieber ab?«

Wie auf ein Kommando wandten sich die Kerle um und verschwanden aus ihrem Blickfeld.

Mirella steckte die Messer weg und bedeutete Yerad, weiterzugehen.

»Folgen die uns auch nicht?«, flüsterte er.

»Das werden wir bald wissen.« Aber eigentlich glaubte sie es nicht. Die Männer hatten auf leichte Gegner mit Geld gehofft und offenkundig traf zumindest Ersteres nicht auf sie zu.

Endlich hatten sie das Haus erreicht. Mirella beförderte ihren Draht aus dem unangenehm weichen Pantoffel und schob ihn ins Schloss. Hoffentlich war das kein Exemplar von der Sorte, mit der sie nicht zurechtkam. Bislang hatten sie immer einen Schlüssel für dieses Haus benutzt, doch da Yerad und sie nicht einmal in dessen Nähe hätten kommen sollen, lag der in den Höhlen. »Sag Bescheid, wenn wir Gesellschaft kriegen«, wies sie Yerad an, hebelte den Mechanismus allerdings auf, bevor sie von einem Passanten überrascht wurden.

Schnell schlüpften sie hinein. Mirella war heilfroh, als sie sich von innen gegen die geschlossene Tür lehnte.

Yerad sah sich aufmerksam um. »Das ist das Haus, in das Chadrik und Durak mich nach meiner Entführung gebracht haben.«

Stimmt. Sie hatte vollkommen vergessen, dass er bereits hier gewesen war.

»Müssen wir wieder bis zur Dunkelheit warten?«, fragte er. Sie hörte ihm an, dass es ihn so schnell wie möglich weiter drängte. Er wollte wissen, ob die Greifin in die Höhlen zurückgekehrt war. Wie schlimm ihre Verletzungen waren. Ihren Freunden, ganz besonders Alia, die Sorgen nehmen, die sie sich bestimmt schon machten.

Sie schüttelte den Kopf, denn ihr ging es genauso wie ihm. »Wir ziehen uns nur um.« Aus einem der Schränke holte sie Kleidung für Yerad und sich. Der Stoff war fürchterlich kratzig. »Willst du was essen oder trinken?«, fragte sie ihn, als sie ihm seine Sachen gab.

»Nur eine Kleinigkeit.«

Auch diesbezüglich waren sie derselben Meinung. Sie knabberten ein paar Nüsse und Trockenfrüchte und teilten sich den Inhalt eines Wasserschlauchs. Den leeren Wasserschlauch ließen sie im Loch verschwinden, ebenso die Noblenkleidung. Wer wusste schon, wofür die später nützlich sein konnte. Das Kästchen schob Mirella in einen Rucksack, den sie in einem Schrank fand, wobei sie es sehr sorgsam umbettete. Nicht, dass sie auf den letzten Metern eine der Flaschen zerstörte.

Dann verließen sie das kleine Haus und machten sich auf den Weg zu den Höhlen, der nun, da sie fast wie normale Bewohner des Barri-Al-Obrero aussahen, vollkommen ohne Zwischenfälle verlief. Sie schwiegen angespannt. Aus Angst, in welchem Zustand sie die Greifin vorfanden. Wenn sie sie denn überhaupt vorfanden.

Auf der Plattform hinter dem Wasserfall verlangte Mirella sofort nach Rabe. Sie wäre gerne direkt durch den Zugang geschlüpft, aber sie wollte den Rucksack mit der fragilen Fracht weder in die Höhlen bringen, noch ihn in der Obhut eines anderen auf der Plattform stehen lassen. Ebad, einer der Aufpasser, sagte: »Rabe arbeitet in seiner Kammer. Du weißt doch, wo das ist, Mirella.«

»Natürlich«, gab sie beherrscht zurück. »Trotzdem ist es wichtig, dass er hierherkommt. Also sei so gut und hol ihn!«

Yerad warf ihr einen befremdlichen Blick zu. Offenbar hatte es mit der beherrschten Stimme nicht ganz so gut geklappt.

Immerhin zog Ebad davon, wenn auch sichtlich zähneknirschend.

Yerad

Mit mulmigem Gefühl fragte Yerad den noch anwesenden Aufpasser: »Ist die Greifin in den Höhlen?«

»Ja«, entgegnete der Mann unbekümmert. »Wieso soll sie denn nicht da sein?«

Heißt das, Nachtschwinge geht's gut?

Plötzlich starrte der Mann Yerad mit großen Augen an. Allem Anschein nach dämmerte es ihm, dass es ungewöhnlich war, dass der Greifenreiter unterwegs gewesen war, sein Reittier allerdings nicht. »Als ich heut morgen gefrühstückt hab, war sie im Saal auf ihrem Schlafplatz«, ergänzte er.

»Ist sie schlimm verletzt?«

251

»Sie ist verletzt?«

War das Tier etwa unversehrt? Aber auf Nachtschwinge war geschossen worden. Oder bedeutete das, dass niemand mitbekommen hatte, dass die Greifin Wunden hatte? Lebte sie überhaupt noch oder war sie bereits verblutet, ohne dass es jemand gemerkt hatte?

»Geh zu ihr«, sagte Mira, während sie sich die Perücke vom Kopf riss. »Es reicht, wenn ich auf Rabe warte.«

Yerad schlüpfte in den Gang und rannte geradewegs in den Saal. Die Greifin befand sich tatsächlich auf ihrem Felsvorsprung. Ob sie atmete, konnte Yerad von hier unten nicht erkennen. »Guten Morgen, meine Liebe«, rief er hinauf. »Bist du wach?«

Sie rührte sich nicht.

Schritte erklangen hinter ihm, aber er drehte sich nicht um. Gebannt betrachtete er den dunklen Haufen aus Federn und Fell, der vollkommen reglos auf dem Felsen ruhte.

»Dir auch einen guten Morgen, Prinzessin«, vernahm er Duraks Stimme hinter sich.

Nun wandte sich Yerad doch um und nickte Chadrik und Durak zu.

»Kannst du uns mal erklären, wo Feuerschopf und du heut früh gesteckt haben? Wir haben uns Sorgen gemacht. Zum Glück pennt das Elsterchen noch. Die hätt vermutlich ne Herzattacke bekommen, wenn sie gemerkt hätte, dass Nachtschwinge zurück ist, ihr aber nicht.« So anklagend, wie Durak das vortrug, war er wohl auch nicht weit von einer Herzattacke entfernt gewesen.

»Wart ihr dabei, als Nachtschwinge zurückgekommen ist?«

Die beiden Freunde verneinten. Chadrik hob fragend eine Augenbraue, während Durak Yerads Gesicht musterte und schließlich fragte: »Was ist passiert?«

»Die Greifin wurde gestern beschossen und ist abgehauen.« Bevor Chadrik und Durak ihn mit Fragen überfielen, sagte er schnell:»Mira und ich sind hier. Unverletzt. Wichtiger ist jetzt, was mit der Greifin los ist.«

»Vielleicht war Rabe wach«, mutmaßte Chadrik.

»Bestimmt war er's«, bekräftigte Durak.

Offenbar hätte Yerad mit Mira vor der Höhle bleiben sollen. Er versuchte ein weiteres Mal sein Glück, Nachtschwinge nach unten zu rufen, doch noch immer hörte sie ihn nicht.

Angespannt verließ er den Saal. Er wollte schleunigst zu Mira. Chadrik und Durak folgten ihm. Da kamen ihnen die Freundin und Rabe schon entgegen.

Rabe hatte den Rucksack unter dem Arm. Der Mann musste Yerads entsetzten Blick registriert haben, denn er sagte:»Die Flaschen sind alle unbeschädigt.«

Yerad verbat sich, danach zu fragen, ob sie überhaupt gefüllt waren.

Wenn Rabe den Ton auf Beschädigungen überprüft hatte, wäre es ihm sicherlich aufgefallen.»Hast du mitbekommen, wie die Greifin zurückgekehrt ist?«

Er nickte.»Allerdings ist sie schnurstraks zu ihrem Schlafplatz. Verletzungen hab ich nicht bemerkt. Das Einzige, was ich letzte Nacht von ihr erfahren hab, ist, dass ihr zwei noch lebt. Aber außer ihrem Ja und Nein verstehe auch nichts.«

Unbehaglich blickte Yerad Richtung Saal. Wenn Nachtschwinge aufwachte, wollte er bei ihr sein. Er verbat sich jeden Gedanken daran, dass dies vielleicht nie mehr geschehen würde.

»Yerad?«, verlangte Rabe seine Aufmerksamkeit.»Sobald sie wach ist, will ich Bescheid wissen. Und wenn du weißt, was mit ihr los ist, erstatte mir Bericht.«

Yerad nickte, während er das Gewicht aufs andere Bein verlagerte. »War das alles?«

»Ja.«

Mirella

Mirella blickte Yerad nach, der zurück zum Saal eilte. Durak und Chadrik warfen ihr fragende Blicke zu. »Ich bin in Ordnung«, sagte sie, woraufhin die beiden beruhigt wirkten und dann Yerad folgten.

Neben ihr erkundigte sich Rabe: »Kann ich *dich* jetzt um einen ausführlichen Bericht bitten, Mira?«

Sie nickte knapp. Die Situation mit Nachtschwinge wühlte sie auf. Hoffentlich ging es der Greifin gut. Aber sie konnte momentan ohnehin nichts tun und wenn sie bei Rabe war, erfuhr sie es ebenfalls, sobald etwas mit dem Tier geschah. Dafür musste sie nicht im Saal hocken, wo Yerads Unruhe sie nur kribbeliger machte.

»Bist du sicher?«, fragte Rabe, da sie noch immer dorthin blickte, wo ihre Freunde verschwunden waren. »Du kannst dich auch erst mal ausruhen.«

Sie straffte sich und sah Rabe an. »Ich kann mich jetzt nicht entspannt hinlegen, also kannst du ruhig deinen Bericht kriegen.«

Ein schwaches Lächeln umspielte seine Lippen. Dann hob er den Rucksack in die Höhe. »Ich verwahr das kurz und wir treffen uns vor meiner Kammer.«

Abermals nickte sie und sah nun Rabe nach. Wohin auch immer er die brisante Fracht beförderte: Die Waffenkammer war es nicht, worüber Mirella froh war. Nicht, dass sie das Kästchen versehentlich herunterwarf, wenn sie Alia oder Durak bei ihren Erledigungen half.

Sie ging in die Vorratshöhle für die Kleidung und schlüpfte in etwas weniger Kratziges. Gern hätte sie eines ihrer Kleider getragen, aber sie wollte Alias Schlaf nicht stören. Ihre Wurfmesser wickelte sie in ein Tuch.

Rabe erreichte seine Kammer, kurz nachdem Mirella sich dort eingefunden hatte. Wortlos schloss er seine Tür auf. Mirella trat ein und legte das Wurfmesserpäckchen auf den Tisch. Auf seine fragend hochgezogene Augenbraue erläuterte sie: »Meine Wurfmesser. Die bring ich erst in meine Kammer, wenn Alia wach ist.« Dann ließ sie sich erschöpft auf ihren üblichen Platz fallen. Sie hatte gar nicht bemerkt, wie ausgelaugt sie gewesen war. Doch bis eben war sie auch von der ständigen Anspannung wachgehalten worden. Nun rumorte nur noch die Sorge um die Greifin in ihrem Inneren, was zwar nicht gerade angenehm war. Aber es war nur eine einzige Sorge, welche Mirella sich mit dem Gedanken kleinredete, dass Nachtschwinge schon nicht tödlich verletzt sein konnte, wenn sie die Kraft gehabt hatte, nach Hause zu fliegen.

»Ich hab das Schlimmste befürchtet, als Nachtschwinge ohne euch zurückkam«, sagte Rabe, während er sich neben sie setzte.

Das glaubte Mirella gern. Unruhig suchte sie nach einer halbwegs bequemen Position auf dem Holzstuhl, gab es schließlich auf und schleppte sich in Rabes zerwühltes Bett.

Er folgte ihr. »Doch erst ausruhen?«

Sie gab ein Geräusch von sich, von dem sie selbst nicht wusste, ob es eine Bestätigung oder Verneinung war, und rutschte mit dem Kopf auf Rabes Schoß.

Er drängte sie nicht, während er zärtlich die Konturen ihres Gesichts mit der Fingerspitze nachfuhr. In Momenten wie diesen fühlte Mirella sich geborgen bei ihm. Beschützt. Gäbe es doch nur eine Möglichkeit, wie er immer dieser Mann bleiben könnte. *Vielleicht, so dachte sie, wenn wir unser Ziel erreicht haben. Wenn ein besserer Mann über die Taifa herrscht.* Es musste einfach so sein.

Da fiel ihr auf, dass Rabe noch auf den Bericht wartete und sie begann, stockend zu erzählen. Ihr Versprechen, Yerads ehemaligen Freunden nichts zu tun, ließ sie unerwähnt. Sie wollte keine Diskussion anfangen und es war ja nicht relevant geworden. Ebenso sprach sie Yerads Geständnis Tarek betreffend nicht an.

Als sie fertig war, fragte Rabe: »Yerad hat euch nach Hause gebracht?« Er wirkte überrascht. »Hätt ich ihm gar nicht zugetraut.«

»Ich auch nicht«, murmelte sie. »Doch er hat sich wirklich gut angestellt. Besser als ich.« Er hatte die Wächter mit Worten besänftigt, während ihr Impuls gewesen war, ein Gemetzel zu veranstalten. Ein vager Gedanke zupfte in ihrem Kopf: Womöglich hatte es bei Rabe genauso begonnen. Ein unnötig schneller Griff zu den Waffen bei Leuten, die ihm zwar potentiell gefährlich werden konnten, es aber in jenem Moment noch nicht gewesen waren. Irgendwann erstreckte sich diese Reaktion dann auch auf Leute, bei denen nicht mehr ganz so sicher war, ob sie überhaupt eine Gefahr darstellten. Und ab dem Zeitpunkt war es vermutlich nur eine Frage der Zeit, bis es Unschuldige traf. War sie etwa auf dem besten Weg, so zu werden wie Rabe?

»Mira?«, fragte er.

»Hm?«, machte sie, wobei sie ihm nur mit einem halben Ohr zuhörte.

»Wir waren gerade bei Yerad. Ich zumindest.«

Mirella schüttelte die Gedanken ab und zwang ihre Konzentration auf das Gespräch. Auf Yerad, der bei Hindernissen, die man mit Worten beseitigen konnte, um einiges besser zu gebrauchen war als sie. Wenn Rabe es zuließ. »Ich weiß, dass du ihm nicht komplett vertraust.« Was vermutlich auf viele Leute zutraf. Möglicherweise sogar auf Mirella selbst. »Aber du musst dir keine Sorgen machen. Er ist jetzt einer von uns.«

Rabes Mundwinkel hob sich. »Obwohl er ein Nobler ist?«

»Das spielt keine Rolle.« Er war ein Freund und das war alles, was zählte.

21

Yerad

Yerad konnte sich nicht entscheiden, ob er sitzen oder umher-
laufen sollte, und so wechselte er vermutlich im Minutentakt
die Position.

»Meine Güte, Prinzessin. Nun bleib endlich auf deinem Stuhl
und iss was. Da wird einem ja schon vom Zugucken schwin-
delig.« Mit Nachdruck deutete Durak auf Yerads Frühstücks-
tablett. So, wie er mittlerweile aussah, dauerte es nicht mehr
lange, bis er Yerad auf den Platz presste und das Essen in den
Mund stopfte.

Widerwillig setzte Yerad sich und zwängte den Brei herunter.

Chadrik sagte: »Um diese Zeit schläft Nachtschwinge doch
meistens.«

Theoretisch wusste Yerad das. Ebenso, dass die Greifin in
der Nacht viel Aufregung gehabt hatte und nach Aufregung
sowieso stets länger schlief. Dennoch ... Abermals ging Yerads
Blick zu Nachtschwinge, abermals verharrte sie unbeweglich
auf ihrem Felsvorsprung. Er widerstand dem Drang, den Löffel

frustriert in den Brei zu werfen. »Ihr müsst hier nicht mit mir sitzen«, erklärte er seinen Freunden. Sie konnten ja doch nichts tun.

»Ach nein, Prinzessin? Na, dann ist ja gut.« Tatsächlich sprang Durak von seinem Platz auf, was dafür sorgte, dass Yerads Sorge um die Greifin für einen Augenblick von Verwunderung verdrängt wurde. »Mäuschen, pass auf, dass er isst.«

Chadrik nickte und Durak eilte mit großen Schritten aus dem Saal.

»Du sollst essen«, erinnerte Chadrik ihn. Und als Yerad noch immer keinen weiteren Happen nahm, fügte er hinzu: »Es sei denn, du willst von Durak gefüttert werden.«

»Er ist doch gerade weggerannt.«

»Er kommt gleich wieder«, entgegnete Chadrik in einem Tonfall, als sei das eine unumstößliche Wahrheit.

Missmutig zwang sich Yerad zum Weiteressen.

Und tatsächlich war Durak bald darauf zurück. Er setzte sich neben Yerad und legte ein Buch sowie einen Federkiel und ein Tintenfass vor sich ab. Dann warf er einen kritischen Blick in Yerads Schüssel. »Wie viele Löffel hatte er, Mäuschen?«

»Vier.«

»Versuchst du dich in nem Rekord in Langsam-Essen?« Immerhin schlug Durak das Buch auf, also blieb Yerad wohl vorerst verschont davon, gefüttert zu werden.

Weil Durak aber noch zu Yerads Schüssel und nicht ins Buch guckte, füllte Yerad demonstrativ seinen Löffel.

Da bewegte sich die Greifin.

Sie lebt! Abrupt legte Yerad den vollen Löffel ab, sprang auf, lief über den kleinen Bach, bis er unter dem Felsvorsprung stand und rief abermals nach der Greifin.

Zunächst reagierte sie nicht, doch nach Yerads drittem Ruf streckte sie ihren Kopf über den Felsvorsprung und fixierte ihn.

»Kannst du bitte runterkommen, Nachtschwinge?«

»Ik ik.« Ob sie nicht wollte oder nicht konnte, sagte sie allerdings nicht. Nicht, dass Yerad das verstanden hätte.

»Geht's dir gut?«, fragte er dann.

Sie neigte ihr Haupt und zwitscherte etwas, das weder Ja noch Nein war. Vielleicht würde Mira dieses Wort verstehen, aber sie war bei Rabe. *Rabe! Er wollte doch Bescheid wissen.*

Schnell wandte sich Yerad an seine Freunde, die ihm gefolgt waren: »Kann einer von euch Rabe sagen, dass die Greifin lebt? Und Mira holen?«

Der Blick, den Chadrik und Durak einander zuwarfen, zeigte überdeutlich, dass keiner von ihnen bei den beiden hereinplatzen wollte. Yerad bekam Chadriks Augenrollen mit, als Durak eine Münze zog, ehe er sich wieder der Greifin zuwandte. »Ich hab mir wirklich Sorgen um dich gemacht«, rief Yerad nun. Genau genommen machte er das immer noch. Bislang wusste er schließlich nur, dass die Greifin lebte. »Wenn du zu mir kommst, kann ich nachsehen, ob du verletzt bist. Und wenn du verletzt bist, müssen deine Wunden versorgt werden, damit sie schnell heilen.«

Abermals prasselte ein Schwall von Zwitscherlauten auf Yerad herunter. Derart wortreich, wie sie sich ausdrückte, stand sie offenkundig nicht kurz vorm Sterben. Dennoch mussten eventuell vorhandene Verletzungen schnellstmöglich behandelt werden, bevor sie sich entzündeten.

»Mäuschen holt Feuerschopf«, teilte Durak mit. Es hätte Yerad auch überrascht, wenn es Durak getroffen hätte, denn sobald die Münze zum Einsatz kam, war es immer Chadrik, der verlor. »Von hier unten sieht sie eigentlich ziemlich munter aus«, merkte der Freund an.

»Wir sehen aber kaum mehr als ihren Kopf.«

An Yerads Seite tauchte Mira auf. Rabe lehnte neben dem Eingang an der Wand und beobachtete das Schauspiel aus der Ferne. Leise fragte Mira: »Hast du irgendwas rausbekommen?«

»Sie hat gesagt, sie kommt nicht runter.«

»Was unschwer zu erkennen ist.« Mira blickte hoch zur Greifin. »Hallo Nachtschwinge«, rief sie.

Die miauende Begrüßung erkannte Yerad auch. Wie schön, dass sich das Tier mit derjenigen, die neue Laute besser verstand, einfacher ausdrückte.

»Warum kommst du nicht herunter?«

Ihre nächste Antwort war allerdings wortreicher. So wortreich, dass Yerad hilflos zu Mira sah.

Sie runzelte die Stirn. »Ich bin mir nicht sicher, aber ich glaube, sie schämt sich.«

Das Tier schämte sich? Ungläubig blickte Yerad zu der Greifin. »Wir sind dir doch nicht böse. Wir sind froh, dass du lebst.«

»Das stimmt«, pflichtete Mira ihm bei. »Bitte komm zu uns.«

»Ki?«, rief das Tier.

»Das ist ein fragendes Wirklich oder so was in der Art, denke ich«, übersetzte Mira im Flüsterton und nickte bekräftigend.

»Wir wollen dich bei uns haben, Nachtschwinge«, sagte Yerad. »Niemand macht dir Vorwürfe. Du hast dich aus einer Gefahrensituation gerettet. Das ist doch nichts, weswegen dich jemand ausschimpft.«

Endlich öffnete die Greifin die Schwingen und segelte zu ihnen hinab. Sie stupste zunächst Yerad und dann Mira an, um danach zu Chadrik und Durak zu laufen, um diese Prozedur auch bei ihnen zu wiederholen. Während Yerad durch ihr Fell und ihre Federn strich, suchte er nach Verletzungen, denn selbst wenn nicht Schwäche der Grund für die Weigerung der Greifin gewesen war, so hieß das nicht, dass sie unversehrt war.

»Yerad?« Chadriks Tonfall war drängend.

Mit ungutem Gefühl ging Yerad um Nachtschwinge herum und sah zu der Stelle, auf die Chadriks Kinn wies: Ein abgebrochener Bolzen ragte aus der Brust der Greifin. Yerad rückte näher und betrachtete den halben Holzschaft, den Zain, wie Chadrik das Ding nannte. Es sah aus, als hätte die Greifin das Holz durchgebissen. Yerad zwang sich, nichts zu sagen, bevor er sich vergewissert hatte, ob dies die einzige Verletzung war. Nicht, dass das Tier gleich wieder auf seinem Felsvorsprung verschwand. Langsam umrundete er die Greifin und suchte nach weiteren Wunden oder feststeckenden Bolzen.

Nachtschwinge verfolgte seine Suche und stieß ein fragendes »Riri« aus, was auch immer das nun heißen mochte. Als Yerad nicht sofort antwortete, machte sie ein beleidigtes Geräusch und widmete sich den anderen drei Personen, die sie streichelten.

Yerad war es nur recht, denn so konnte er in Ruhe die Musterung beenden und sofern sie nicht auf einer Verletzung saß, war es nur diese eine Stelle, um die sie sich kümmern mussten. »Ich bin gleich wieder da«, sagte er dem Tier, was es ignorierte.

Erst als er sich umwandte, hörte er das Miauen von Nachtschwinge.

Über die Schulter schenkte er ihr ein Lächeln. »Es dauert nur wenige Minuten. Versprochen.«

Sie nickte, was Yerad überraschte. Jetzt begann das Tier schon, menschliche Gesten nachzuahmen.

Yerad eilte zu Rabe, der noch immer neben der Tür verharrte. Sein entspannter Gesichtsausdruck wich einer ernsten Miene. »Wie schlimm ist sie verletzt?«

»So, wie sie sich verhält, kann es nicht sehr schlimm sein. Aber in ihrer Brust steckt ein Bolzen und der kann da nicht bleiben.«

»Kannst du mir garantieren, dass sie Warda nicht anfällt, wenn sie sich um die Wunde kümmert?« Wieder setzte Rabe diesen forschenden Blick auf, der auch nur den Hauch einer Unsicherheit aufspüren würde.

Und in diesem Fall gab es mehr als einen Hauch von Unsicherheit. »Wie soll ich das garantieren?«, fragte Yerad hilflos.

Rabe wirkte, als hätte er mit einer derartigen Antwort gerechnet. »Dann muss es einer von euch vieren machen. Im Gegensatz zu Warda vertraut das Tier euch. Also wird es euch hoffentlich nicht zerfleischen.« Rabe blickte kurz zur Greifin und anschließend wieder zu Yerad. »Chadrik hat Durak schon mal nen Bolzen rausgeholt.«

Und Durak hatte es überlebt. Doch würde Chadrik es überleben, diese Behandlung bei Nachtschwinge durchzuführen? Yerad schluckte.

»Du kannst auch gern selbst dein Glück versuchen, wenn du deinen Freund nicht gefährden willst«, merkte Rabe an.

Das würde dann aber ein Risiko für die Greifin darstellen, denn Yerad hatte diesbezüglich überhaupt keine Erfahrung.

»Überleg's dir, Yerad. Ich schaff derweil die Leute raus. Sobald der Saal leer ist, kannst du anfangen. Und sag Bescheid, wenn's überstanden ist.«

Yerad kehrte zur Greifin zurück. Auf Chadriks fragenden Blick formte er die Lippen zu einem einzelnen Wort: *Gleich.* Inzwischen hatten auch die anderen die Wunde bemerkt, aber niemand sprach darüber.

Der Saal leerte sich schneller, als Yerad lieb war. Schließlich waren sie mit Nachtschwinge allein und Yerad atmete einmal tief durch. Dann sagte er vorsichtig zur Greifin: »Ich muss etwas Wichtiges mit dir besprechen. Kannst du solange hier unten bleiben?«

Sie fixierte ihn, wirkte verunsichert. Und als Yerad schon gar nicht mehr mit einer Reaktion rechnete, antwortete sie leise: »Ik.«

»Niemand wird mit dir schimpfen«, beeilte er sich, zu sagen, weil er nicht wusste, ob die Greifin sich vor einer Maßregelung fürchtete. »Aber du bist verletzt und um diese Verletzung müssen wir uns kümmern.«

Yerad fing Duraks erschrockenen Blick auf. *Wir?*, fragte der Freund lautlos, offensichtlich ganz und gar nicht damit einverstanden, Heiler für ein Raubtier zu spielen.

Yerad nickte knapp, während die Greifin ihn verständnislos anstarrte. Er deutete auf die Stelle an der Brust, aus welcher der abgebissene Bolzen ragte. »Hier wurdest du angeschossen.«

Der Kopf der Greifin zuckte zu der Stelle und sie gab ärgerliche Zwitscherlaute von sich.

»Wir werden dir das Stück Armbrustbolzen entfernen und die Wunde versorgen. Das ist wichtig, damit du nicht krank wirst.«

Nachtschwinge nahm Yerads Worte gelassen auf. Vielleicht wurde das Ganze doch nicht so schlimm wie befürchtet.

»Durak und Mira?«, wandte Yerad sich an die Freunde. »Könnt ihr Wasser, saubere Tücher und eine Wundsalbe besorgen?«

Die beiden nickten und zogen davon.

Anschließend tauschten Yerad und Chadrik einen Blick. Der Freund fragte:»Hast du so was schon mal gemacht?«

»Nein.«

»Dann mach ich das«, sagte Chadrik unbehaglich.»Allerdings brauch ich dafür ein desinfiziertes Messer. Ich werd –«

Ruckartig blickte Nachtschwinge zu Chadrik und stieß ein bedrohliches Grollen aus.

Chadrik trat einen Schritt zurück.»Es ist zu gefährlich, den Bolzen einfach rauszuziehen«, erklärte er.»Wenn was stecken bleibt –« Ein schriller Schrei brachte Chadrik zum Verstummen. Dann fuhr Nachtschwinges Kopf zu ihrer Brust, sie klappte den Schnabel um den verbliebenen Zain.

»Warte!«, rief Yerad. Chadrik hatte doch gerade gesagt, dass ein Herausziehen –

Ruckartig riss die Greifin an dem Holzschaft und schleuderte den Bolzenrest auf den Boden. Blut schoss aus der Wunde und weder Durak noch Mira waren mit Wasser und Tüchern zurück.

Schnell zerrte Yerad sein Hemd über den Kopf und presste es auf die Verletzung. Er rechnete damit, dass Nachtschwinge ihn angrollte, weil der Druck auf ihrer Wunde gewiss schmerzte, aber seltsamerweise ließ ihn das Tier gewähren.

Neben ihm hatte Chadrik den blutigen Bolzenrest zwischen den Fingern und betrachtete ihn von allen Seiten.»Sieht so aus, als wär nichts abgebrochen«, sagte er schließlich. Dann hob er den Blick zur Greifin.»Nächstes Mal lässt du *mich* das machen, Nachtschwinge.« Sein Tonfall war bestimmt.

Yerad hätte es nicht gewagt, in dieser Situation so mit dem Tier zu reden. Aus Angst, es würde nun doch abhauen.

Die Greifin haute aber nicht ab. Sie überzog Chadrik mit einem Schwall von Schimpfwörtern.

»Da kannst du noch so viel meckern«, gab er ungerührt zurück und hielt ihr den Bolzenrest vor den Schnabel. »So was kann zerbrechen und wenn ein kleines Stück in deinem Körper bleibt, kannst du daran sterben.«

Die Greifin schnappte nach dem Bolzenrest, wobei sie nur um Haaresbreite Chadriks Finger verfehlte und schmiss das blutige Stück fort.

Chadriks Hände schwankten leicht, während er sie an seiner Hose abwischte. »Die Wunde, Yerad«, erinnerte er ihn.

Da wurde Yerad bewusst, dass er bei den ruckartigen Bewegungen der Greifin von der Verletzung gerutscht war. Das Blut floss bereits langsamer, dennoch drückte Yerad das Hemd wieder auf die Wunde.

Endlich kamen Durak und Mira zurück. Angesichts der Tatsache, dass Yerad mit nacktem Oberkörper vor der Greifin stand, konnte sich Durak natürlich nicht mit einem Spruch zurückhalten: »Ist ja gut, dass wir uns so beeilt haben, eh deine Hose auch noch dran geglaubt hätte.« Er stellte die beiden Wassereimer direkt neben Yerad.

Unaufgefordert machte sich Mira daran, das Blut von den Federn abzutupfen. »Warum habt ihr nicht gewartet?«

»Sie wollte nicht«, sagte Yerad. »Hat sich den Bolzen selbst rausgerissen. Ist aber gut gegangen, meint Chadrik.«

»Muss ja nicht immer alles in ner Katastrophe enden«, murmelte Mira, während sie weiter tupfte. »Du kannst das Hemd wegnehmen, Yerad.«

Sie beendeten die Versorgung der Greifin, informierten Rabe und endlich hatte auch Yerad Appetit auf ein Frühstück. Anschließend überkam ihn die Müdigkeit so heftig, dass er in seine Kammer ging. Er musste schon ein paar Stunden geschlafen haben, als er Alias vertrauten Geruch wahrnahm. »Die anderen meinten, ich hätt einiges verpasst«, sagte sie und es klang wie eine Frage.

»Ein bisschen«, murmelte er nur, ohne es zu erläutern, schlang seine Arme um sie und drückte sein Gesicht in ihre Halsbeuge.

Alia entgegnete noch etwas, aber er war zu müde, um sich darauf zu konzentrieren.

Die Tage zerflossen zu Wochen, vielleicht auch zu Monaten. Das konnte Yerad gar nicht so genau sagen. Den Lauf der Zeit merkte er hauptsächlich daran, dass es früher dunkel wurde, weshalb die nächtlichen Flüge mit der Greifin zu immer angenehmeren Uhrzeiten begannen.

Alle weiteren Aufträge verliefen ohne Zwischenfälle und es ging Yerad wirklich gut: Er hatte eine Gefährtin, die er liebte, Freunde, vor denen er sich nicht verstellen musste, und er konnte fliegen.

Er durfte nur nicht an jene denken, die er zurückgelassen hatte, denn in diesen Momenten fühlte er sich schrecklich. Inzwischen war er allerdings recht geübt darin, derartige Gedanken gar nicht erst aufkommen zu lassen.

Wenn es nach ihm ginge, könnte es immer so weitergehen.

Bedauerlicherweise ging es nicht nach ihm.

22

Mirella

»Sieht ziemlich ruhig aus«, murmelte Mirella, während sie neben Durak das unscheinbare Lagerhaus betrachtete, das im Mondschein vor ihnen lag.

Zwei Zweiergruppen von Wächtern hatten sich in einigem Abstand zueinander positioniert, wobei niemand von den Männern so richtig aufmerksam wirkte. Die Kerle links waren in ein Gespräch vertieft und die rechts interessierten sich mehr für den Inhalt einer Flasche als ihre Umgebung.

»Hm«, machte Durak und klang reichlich skeptisch. »Wenn die wirklich das bewachen, was der Obervogel gesagt hat, wundert's mich, dass da solche Hammel stehen.«

»Vielleicht denken sie, so fällt keinem auf, dass in der Lagerhalle was Wertvolles ist.«

Oder sie wussten es selbst nicht. Doch wie wahrscheinlich war das, wenn sogar Rabe bekannt war, dass sich in diesem Gebäude seit einigen Stunden ein paar neuartige Armbrüste samt Bolzen befanden?

Wieder machte Durak ein misstrauisches »Hm«.

»Drinnen könnten auch Wachen sein«, mutmaßte Mirella. Richtige Wachen, die weder alkoholisiert noch durch eine Plauderei abgelenkt waren.

»Das ist schon plausibler.«

In dem Moment kamen Alia und Chadrik zu ihnen gekrochen.

»Keine weiteren Wachen«, sagte Alia.

Durak fragte:»Nicht mal im Lagerhaus?«

»Soweit ich das durch die Ritzen sehen konnte, nicht. Ich war allerdings nicht drinnen. Die Kisten mit den Armbrüsten waren da, die meisten davon verschlossen.«

»Die meisten?«, wunderte sich Mirella.

»Bei einer war der Deckel offen und durch das Loch in der Wand konnte man zumindest die oberste Armbrust ganz gut erkennen. Sie ist wirklich winzig. Sieht wie ein Spielzeug aus.« Das war der Grund, weshalb Rabe an diesen Waffen interessiert war. Sie waren klein, hatten aber dennoch eine gute Durchschlagskraft. Sofern seine Informationen stimmten.

Doch wieso präsentierte man ein Exemplar dieser Waffen in einer geöffneten Kiste?»Wenn die Sachen morgen früh weggebracht werden sollen, warum machen sie die Kiste dann nicht zu?«

»Vielleicht, weil sie dem Kunden eine Waffe vorführen wollen«, vermutete Durak.»Bei den Spielzeugen will er sich womöglich überzeugen, dass das Zeug was taugt.« Wenn er mit seiner Vermutung richtig lag, hätte man allerdings wenigstens den Deckel auf der Kiste lassen können. Andererseits wagte sich bestimmt auch kein normaler Mensch so dicht an ein bewachtes Gebäude heran, dass er die Armbrust entdecken könnte. Selbst bei derart nachlässigen Wächtern.

»Oder es ist ne Falle«, sagte Chadrik nun das, was ebenfalls Mirellas Befürchtung war.

»Oder das«, stimmte Durak zu. »Habt ihr die Umgebung abgesucht, Mäuschen?«

»Nichts Auffälliges.« Chadrik konnte die Unsicherheit nicht aus seiner Stimme verbannen. Wo war die Zuversicht, die er gewöhnlich bei ihren Aufträgen ausstrahlte?

»Und was jetzt?«, fragte Durak. »Die anderen verständigen und falls das Ablenkungsmanöver klappt, trotzdem rein?«

Chadrik stieß geräuschvoll die Luft aus. »Objektiv spricht nichts dagegen.«

»Du hast nur ein mieses Gefühl, weil's zu leicht aussieht?«

»Du doch auch.«

Schweigen. Einer der Wächter vor dem Lagerhaus lachte so laut, dass es zu ihnen herüberklang.

Schließlich meinte Chadrik: »Sind alle damit einverstanden, wenn wir's versuchen?«

Mirella konnte sich nicht erinnern, dass er eine solche Frage jemals bei einem Auftrag gestellt hatte.

»Ja, bin ich«, meldete sich Alia als Erste. Ihre Stimme war fest. Sie schien die Unsicherheit der Männer nicht zu teilen. Und Alia war nicht gerade unerfahren, was derartige Situationen betraf. Vielleicht wurde Mirella einfach überängstlich.

Wieder war es still, bis Durak fragte: »Was meinst du, Feuerschopf?«

Mirella presste die Lippen zusammen. Ihr Bauch sagte ihr, dass sie es lassen sollten. Aber im Grunde fand sie kein richtiges Argument, das dagegen sprach. Und wenn sie ehrlich war, hatte sie bei jedem Einsatz ein ungutes Gefühl. »Ich bin einverstanden«, entgegnete sie daher.

»Ich ebenfalls, Mäuschen.«

»Gut«, kam von Chadrik, wenngleich seine Stimme nicht danach klang. »Wir machen's.« Anschließend entfernten er

270

und Alia sich. Sobald eine Aufteilung nötig war, wählten sie immer diese Konstellation. Was Durak und Chadrik an Stärke und Kampfkraft hatten, besaßen Alia und Mirella an Klettergeschick und Wendigkeit. Außerdem hatte die Erfahrung sie gelehrt, dass manche Gegner von der Tatsache, eine zierliche Frau vor sich zu haben, ziemlich verunsichert waren, was bei Kämpfen äußerst vorteilhaft war. Egal, auf was für ein Hindernis jedes einzelne Kampfpaar traf, einer von beiden kam einigermaßen damit zurecht.

Während Alia und Chadrik zur anderen Rebellengruppe unterwegs waren, um ihnen Bescheid zu geben, dass sie mit dem Ablenkungsmanöver beginnen sollten, blieben Mirella und Durak auf ihrem Beobachtungsposten und starrten angestrengt in die Dunkelheit. Wieder einmal also dieses nervenaufreibende Warten.

Freu dich, dass du noch atmest, gluckste die Stimme gehässig. *Kann sich ja gleich ändern.*

Wie von selbst schlossen sich Mirellas Finger um die Griffe von zwei Wurfmessern. Die Geste beruhigte sie, auch wenn es unsinnig war. Die Wächter standen viel zu weit von ihnen entfernt. Da müsste sie schon ihre Armbrust ziehen, doch jene Waffe zu halten, fühlte sich nicht halb so beruhigend an.

Chadrik und Alia kehrten zurück, was bedeutete, dass es jeden Moment losging. Vorsichtig krochen sie alle dichter an die einzige Tür des Lagerhauses. Mit Glück konnten sie hindurchschlüpfen, ohne dass die Wächter es bemerkten.

Die Stimme kicherte. *Weil du ja so ein Glückspilz bist.*

Sie harrten an ihrer neuen Position aus und von der Ablenkungsaktion war noch nichts zu hören. Die Zeit verging für Mirellas Geschmack viel zu langsam.

»Was brauchen die denn so ewig?«, knurrte Durak.

Offenbar war Mirella nicht allein mit ihrer Ungeduld.

Da ertönte ein ohrenbetäubender Knall. Selbst Mirella fuhr zusammen, obwohl sie darauf gewartet hatte. Die Wächter vor dem Lagerhaus spähten in die Richtung, aus welcher der Lärm gekommen war: An einem zweiten Lagerhaus, das demselben Waffenschmied gehörte, hatte es eine Explosion gegeben. Zumindest, wenn alles nach Plan verlaufen war und danach hatte sich der Krach schließlich angehört. Die beiden Wächtergruppen verständigten sich mit Handzeichen, die Mirella bei ihren Lerneinheiten mit Durak und Chadrik noch nie gesehen hatte.

»Scheiße«, kam von Durak.

»Was?«, fragte Mirella.

»Ich glaub, sie bleiben.«

»Jup«, bestätigte Chadrik.

Mirella unterdrückte die Frage, wie viele Geheimzeichen die beiden Männer eigentlich kannten, während sie selbst Monate gebraucht hatte, um sich die für sie bestimmten Fuchteleien zu merken.

»Ihr nehmt die rechte Gruppe, wir die linke«, wies Chadrik an. »Start ist nach Duraks Eulenruf.«

Hinter Durak kroch Mirella an eine bessere Position, um an die beiden Wächter heranzukommen.

Als sie die Armbrust hervorholte, fragte Durak: »Welchen nimmst du?«

»Den mit der Flasche.« Natürlich mussten die Kerle in dem Moment die Tonflasche tauschen. »Den *ohne* Flasche«, korrigierte sie zerknirscht.

Duraks Schnauben klang fast ein wenig belustigt. Die erste halbwegs normale Reaktion von ihm seit sie beim Lagerhaus angekommen waren. Ein Umstand, der Mirella Mut machte, obwohl das genauso unsinnig war wie das Halten der Messergriffe, wenn die Gegner weit außerhalb ihrer Reichweite standen.

Sie spannte, legte den Bolzen ein und nahm den nunmehr flaschenlosen Wächter ins Visier. Wie immer in derartigen Situationen flammte das schlechte Gewissen auf, dass sie gleich einen Mann niederstrecken würde, der vielleicht überhaupt nichts Schlimmes getan hatte. Sie beschwor sich, dass es nicht anders ging. Er würde kaum tatenlos zusehen, wenn ihre Freunde und sie einige der besonderen Armbrüste nach draußen schafften. Entweder tötete sie ihn jetzt oder er später einen von ihnen. Der Gedanke, dass sie Rabe von Auftrag zu Auftrag ähnlicher wurde, kratzte in ihrem Hinterkopf.

Sein Verhalten färbt langsam ab, weil du permanent mit ihm schläfst, gab die Stimme kichernd von sich.

Halt den Mund, gab sie zurück.

»Nicht mit deiner Stimme rumkaspern, Feuerschopf. Konzentrier dich auf die Trunkenbolde.«

Mirella holte tief Luft und schob jeden Zweifel von sich. Sie würde ihren Teil des Auftritts erledigen. So, wie sie es immer tat.

»Bereit?«, fragte Durak sie.

»Bereit.«

Duraks Eulenschrei ertönte neben ihr. In dem Moment, in dem er verstummte, betätigte sie den Abzug. Zwei Bolzen jagten nahezu gleichzeitig aus ihrem Versteck, die beiden Wächter gingen zu Boden. Ein schneller Blick zur anderen Wächtergruppe, wo einer der Männer noch lebte, Richtung Tür vom Lagerhaus hetzte und auf halbem Weg zusammenbrach.

Mirella und Durak verließen ihre Deckung – Mirella mit schussbereiter Armbrust, Durak mit seinen Säbeln – und hielten auf die von ihnen niedergestreckten Wächter zu. Während Mirella die Umgebung sicherte, prüfte Durak, ob ihre Opfer wirklich tot waren. Alia und Chadrik machten mit ihrer Gruppe das Gleiche. So gingen sie immer vor, wenn es notwendig war, zu töten.

Ein Stöhnen drang aus Duraks Richtung und direkt darauf ein ersticktes Gurgeln.

Mirella wusste, was das bedeutete: Einer der beiden Männer war noch am Leben gewesen. Sie vermied es, danach zu fragen, ob es ihr oder Duraks Opfer gewesen war, und er sagte es ihr auch nicht von sich aus. Das tat er nie und dafür war sie ihm dankbar.

»Weiter«, flüsterte er und lief voraus.

Ohne die Leichen auf dem Boden zu beachten, folgte Mirella ihm mit der Armbrust im Anschlag. Alia und Chadrik warteten am Eingang, ebenfalls mit gezückten Waffen.

Sie positionierten sich zu beiden Seiten der Tür. Chadrik hob die linke Hand: das Zeichen, zu warten. Im Licht des nahezu vollen Mondes konnte man sie gut erkennen. Dann tippte er Alia an und sie machte sich daran, das Schloss zu knacken.

Mirella konzentrierte sich auf die dunklen Silhouetten der Häuser, die das Lagerhaus umschlossen. Solange Alia vor der Tür hockte, würde Chadrik ohnehin nicht das Signal geben, ins Lagerhaus zu stürmen. In der Ferne konnte sie den rötlichen Lichtschein ausmachen, der vermutlich vom Brand des anderen Lagerhauses stammte.

Dann huschte Alia zurück zu Chadrik und hob einen Daumen als Zeichen dafür, dass ihre Aufgabe erledigt war.

Mirella umklammerte die Armbrust, Duraks Finger umschlossen die Türklinke.

Chadrik bewegte seine Hand rasch halb nach unten. Einmal, zweimal. Beim dritten Mal senkte er den Arm mit einer abrupten Bewegung komplett – das Startsignal.

Die Tür flog auf, Durak und Chadrik preschten hinein, Alia und Mirella ihnen nach. Das erwartete Geschrei blieb aus. Drinnen regte sich nichts. Lediglich die schwarzen Umrisse diverser Kisten, die sich nur spärlich offenbarten im Licht, das durch die Türöffnung fiel.

Durak und Chadrik wandten sich zu beiden Seiten, weg von der Helligkeit hinter ihnen, die sie zu Zielscheiben machte, und Mirella folgte Durak. Noch immer geschah nichts. Keine Rufe, keine Geräusche, die von jemand anderem stammen könnten als von ihnen selbst. Sollten die vier nachlässigen Kerle da draußen wirklich die einzigen Bewacher dieser besonderen Armbrüste gewesen sein?

Hoffentlich.

Die Türen schlossen sich hinter ihnen und es wurde stockfinster. Mirella betete, dass es Alia gewesen war. Und nicht jemand, der sich freute, dass er ein paar Rebellen in eine Falle gelockt hatte.

Ein ratschendes Geräusch ertönte und rotflackerndes Licht ließ Mirella blinzeln. Sie drückte sich hinter eine Kiste und lugte zur Lichtquelle, wo sie Alia noch von der Fackel an der Wand weglaufen und in Deckung huschen sah.

Dann war sie es, die das Ding angezündet hat.

Durak hockte neben Mirella. Chadrik und Alia waren hinter einem anderen Kistenstapel neben ihnen. Chadrik bedeutete ihnen, dass sie sich alle gleichzeitig erheben sollten. Abermals zählte er rückwärts, gab das Signal, und sie richteten sich abrupt aus ihrer Deckung auf.

Sie waren allein in der flackernden Helligkeit.

»Echt merkwürdig«, murmelte Durak und Mirella konnte dem nur beipflichten.

Systematisch suchten sie jeden Winkel des überschaubaren Lagerhauses ab, doch die Situation blieb unverändert.

Chadrik nahm die winzige Armbrust aus der offenen Kiste. Sie sah wirklich wie ein Spielzeug aus in seinen riesigen Händen.

»Pass auf, dass du dir mit der Zahnstocherschleuder nicht in den Zeh schießt, Mäuschen.«

Chadrik schnaubte belustigt, während er das Ding hin und her drehte. »Kommt mir viel zu leicht vor.«

»Ist ja auch viel zu klein«, gab Durak zurück.

Kramende Geräusche erklangen. »Gibt's hier so was wie ne Spannwippe?«

»Spann doch mit den Fingern«, schlug Durak vor. »Geht bei dem komischen Ding vielleicht.«

»Wie soll das denn genug Durchschlagskraft haben, wenn ...« Chadrik unterbrach sich. »Das Teil ist nicht echt.«

»Was meinst du mit –«

Plötzlich flogen von mehreren Kisten die Deckel ab und polterten zu Boden. Gestalten erhoben sich. Hektisch feuerte Mirella die Armbrust ab, stieß einen Tisch um und sprang dahinter.

»Scheiße, verdammt«, fluchte Durak neben ihr. Er spannte die Armbrust, Mirella tat es ihm gleich.

Sie tauschten einen Blick, nickten beide und blickten ruckartig um die Ecken des Tisches, sie links, er rechts.

Mirella schoss auf den erstbesten Gegner, während ein Bolzen dicht an ihrem Gesicht vorbeizischte. Hastig zog sie sich zurück, spannte, legte den Bolzen ein und das Spiel wiederholte sich.

Der Kerl, den sie beschossen hatte, war nicht mal verletzt. Der nächste Schuss, der nächste Versuch.

»Mindestens zwölf Gegner«, raunte Durak.

Mirella schluckte. Aber die Anzahl erschien ihr nicht unrealistisch. Wie sollten sie gegen so eine Übermacht ankommen?

Durak zählte von drei an leise runter. Erneut wagten sie sich um die Ecken, feuerten ihre Bolzen ab. Immerhin war der, den Mirella ins Visier genommen hatte, mittlerweile getroffen. Doch dafür kam ein Bolzen derart dicht an ihr vorbeigeschossen, dass er an ihren Haaren ziepte.

In dem Chaos versuchte sie, Alia und Chadrik zu entdecken. Sie konnte sie nicht finden, aber auch keine Leichen. *Es geht ihnen gut,* beschwor sie sich. Es durfte einfach nicht anders sein. Sie waren zusammen hier reingegangen und sie würden zusammen entkommen.

Abermals schossen Durak und sie. Wie viele Bolzen hatten sie eigentlich mitgenommen?

Nicht genug, wenn ihr weiter so gut trefft, ätzte die Stimme fröhlich.

Eine fremde Stimme erhob sich über das garstige Ding: *Mir war bewusst, dass ihr in diese Falle tappt.*

Innerlich rollte Mirella mit den Augen. *Noch eine Stimme? Ernsthaft?* Das eine Ding war schon belastend genug.

He!, beschwerte sich die alte Stimme.

Plötzlich rief Chadrik: »Willst du dich unterhalten oder schießen?«

Mirella atmete auf. Chadrik war wohlauf und so gefasst, wie er geklungen hatte, lag keine tote Alia neben ihm. Und er hatte dem Ding geantwortet. Somit war die Stimme echt gewesen und keine Einbildung.

»Trotzdem«, fuhr der Kerl fort. »Angeblich seid ihr so schlau und dann fallt ihr auf solch einen Unfug wie die winzige Armbrust herein?«

Mirella und Durak schossen ein weiteres Mal und so, wie es aussah, auch Alia und Chadrik.

Aber der Kerl lachte nur gehässig. Offenbar gefiel es ihm, beschossen zu werden. Während Mirella die Armbrust erneut spannte, sah sie aus den Augenwinkeln die Eingangstür des Lagerhauses nach innen aufschwingen. Was nur bedeuten konnte, dass sie Besuch bekamen. Und Mirella und Durak konnten nirgendwo mehr hin. Huschten sie aus ihrer jetzigen Deckung, liefen sie den anderen Kerlen vor die Armbrüste. Sie hoffte inständig, dass es die zweite Rebellengruppe war, die ihnen zur Hilfe eilte. Allerdings war das nicht gerade wahrscheinlich, denn dass Vian, Berak und die anderen zu ihnen stießen, war nie geplant gewesen.

Blitzschnell beförderte Durak ein Kästchen aus seiner Gürteltasche.

Das Schlafmittel! Mirella wusste nicht, ob sie sich über den Einsatz freuen sollte, aber für langes Abwägen war keine Zeit. Ihr blieb nur, Durak Feuerschutz zu geben, während er die Tonflasche aus dem gepolsterten Kästchen befreite. So richtete sie ihre Armbrust auf den ersten Mann, der das Lagerhaus betrat. Keiner von ihren Kameraden. Mirella drückte ab, er ging zu Boden.

»Vogelscheiße«, erklang plötzlich der getarnte Befehl, um nicht mehr zu atmen und schnellstmöglich ins Freie zu flüchten. Seltsamerweise war es Chadrik, der das Wort rief, nicht Durak.

Ein letzter tiefer Atemzug. Schon flog eine Tonflasche in die gerade hereinstürmende Gruppe, allerdings aus Chadriks

Richtung. Offenbar hatte er dieselbe Idee gehabt. Durak warf sein Geschoss über die Kisten zur anderen Gruppe, während in der Tür die Männer zu Boden gingen. Mit angehaltener Luft preschte Mirella auf den Ausgang zu, hin zu der unsichtbaren Wolke, die sie hoffentlich nicht ebenfalls zum Umkippen brachte. Durak holte sie ein, griff nach ihrer Hand. Wo die anderen waren, wusste Mirella nicht. Ihr Körper brannte, selbst unter der Kleidung, sie schloss die schmerzenden Augen, stolperte blindlings über die Leiber am Boden, Duraks große Hand als einziger Wegweiser.

Gemeinsam rannten sie weiter, bis das Brennen durch die kühle Nachtluft gemildert wurde. Mirella riss die Augen auf, sah zu Durak.

Kurz musterten sie sich gegenseitig. Sie waren beide unverletzt. Dann wandte der Freund sich zurück. Von einer Sekunde zur nächsten verzerrte Entsetzen sein Gesicht. »Nein«, presste er erstickt hervor.

Panisch folgte Mirella Duraks Blick zum Lagerhaus.

Was sie nun sah, brannte sich in ihr Gehirn wie die rote Blume ihrer Mutter. Die Nacht ließ diese Blüte schwarz erscheinen, doch die Bedeutung war dieselbe: Jemand Wichtiges war ihr entrissen worden.

23

Yerad

»Prinzessin?«, erklang Duraks Stimme.

Yerad rieb sich die von der viel zu kurzen Nacht verklebten Augen. *Sie sind zurück.* Doch Freude wollte sich nicht einstellen, denn der Tonfall des Freundes verriet, dass etwas passiert war. »Ich bin wach.«

Durak hatte eine Öllaterne entzündet und auf Chadriks Kiste gestellt. Unruhig zuckten die roten Flammen und ließen Schattengestalten über die Wände huschen.

Mit schwerfälligen Bewegungen richtete sich Yerad in seinem Bett auf. Als er in Duraks Gesicht blickte, wurde ihm ganz schlecht. So mitgenommen hatte der Freund noch nie gewirkt. Durak selbst war körperlich in Ordnung, soweit das bei den Lichtverhältnissen zu erkennen war. »Wie geht's den anderen?«, fragte Yerad.

Der Freund zögerte.

In dem Moment klappte die Tür auf und Mira kam in die Kammer. Sie tauschte einen knappen Blick mit Durak. Einen, der aussah, als wolle sie fragen: *Weiß er es schon?*

Duraks vages Kopfschütteln trieb Yerad mit aller Grausamkeit die Erkenntnis ins Bewusstsein: Etwas wirklich Schlimmes war geschehen. Verzweifelt stand er auf und stieß hervor: »Was ist passiert?«

Behutsam ergriff Mira das Wort: »Chadrik geht's gut.«

»Und Alia?«

Stumm blickten seine Freunde ihn an. Sie sagten nicht, dass es ihr gut ging. Sie sagten überhaupt nichts.

Yerad wurde eiskalt und auf einmal hatte er das unbestimmte Gefühl, als hätte ihn jemand gepackt und in eine andere Welt geworfen. Eine, die auf den ersten Blick zwar genauso wirkte wie die vorige, aber in der doch alles falsch war. »Lebt sie?«, fragte er in der verzweifelten Hoffnung, dass sie nur verletzt war. Dass vielleicht eine Chance auf eine Rückkehr in die vorige Welt bestand.

Schweigend schüttelte Mira den Kopf.

Yerad sackte auf die Knie. Das Einzige, das seine Gedanken beherrschte, war Alias strahlendes Lächeln, das er nie wieder sehen würde. Ihre sanfte Stimme, ihr süßer Duft.

Verloren. Für immer.

»Nein«, entschlüpfte es seinen Lippen. Ein heiserer Laut, der eher wie ein qualvolles Ächzen klang als wie ein Wort. »Nein«, wisperte er abermals. Durak und Mira waren bei ihm. Er sah sie nicht, doch er spürte ihre Anwesenheit. Tröstende Berührungen an Schulter, Armen und Rücken. Er hörte ihre Stimmen, wenngleich das, was sie sagten, keinen Sinn ergab. Er hörte sogar Chadrik, obwohl er nicht einmal mitbekommen hatte, dass er ebenfalls aufgetaucht war. »Nein.«

Yerad starrte auf den Boden, der seltsam verschwommen war. Sah seine eigenen Hände, die sich zu Fäusten ballten. So sehr, dass sich seine Fingernägel in die Handflächen bohrten.

Er sah es, doch es schmerzte nicht. Wie könnte es, wenn das Leid, das Alias Verlust über ihn brachte, ihn schier auffraß? »Nein!«, schrie er und hämmerte auf den Boden. »Nein, nein, nein!« Wieder und wieder, bis seine Fäuste abgefangen wurden. Bis ihn kräftige Hände umklammerten und er nur noch schreien konnte, bis ihm die Stimme versagte.

Ganz allmählich sickerte die Gegenwart in sein Bewusstsein: Chadrik, Durak und Mira, die bei ihm waren und ihn festhielten. Die mit ihm trauerten, da Alia auch ein Teil ihrer Familie gewesen war. Yerad wusste nicht, wie lange sie so dasaßen und einander irgendwie Kraft gaben, mit der anderen kälteren Welt zurechtzukommen. Es half tatsächlich ein bisschen. Nicht gegen das klaffende Loch in Yerads Herzen. Das würde so schnell nicht verheilen. Aber gegen das sinnlose Bedürfnis, um sich zu schlagen und zu schreien.

Niemand von ihnen legte sich den Rest der Nacht schlafen. Sie blieben zusammen in der Kammer und sprachen über Alia. Beschworen Bilder von ihr herauf, die so lebendig waren, als würde sie jeden Augenblick mit fliegenden Zöpfen durch die Tür springen und Yerad damit aufziehen, dass er sich bei ihrem Auftrag so gesorgt hatte. Die Erkenntnis, dass es nie mehr so sein würde, traf Yerad in diesen Momenten umso bitterer. Einzig die Anwesenheit seiner Freunde gab ihm dann noch halbwegs Halt. Doch sie würden nicht ewig da sein. Sie würden wieder auf Aufträge gehen, von denen vielleicht abermals nicht alle zurückkehrten.

Irgendwann klopfte jemand. Es war Zarif, der ihnen sein Beileid aussprach.

Yerad wollte es nicht hören. Er wollte, dass Alia lebendig war.

»Es gibt inzwischen übrigens Frühstück«, teilte ihnen Zarif außerdem mit.

Yerads Appetit hielt sich in Grenzen und wenn er seine Freunde so ansah, ging es ihnen genauso. Keiner machte Anstalten, sich von den Betten, auf denen sie saßen, zu erheben.

»Ich kann euch etwas bringen«, schlug Zarif vor.

Durak schüttelte den Kopf. »Danke, Ersatzvogel. Wir gehen selbst.« Träge rappelte er sich hoch, Chadrik ebenfalls. Dann trat Durak den einen Schritt zu Yerads Bett und zog erst Mira auf die Beine, um anschließend Yerad die Hand hinzustrecken.

Yerad griff nicht zu. »Ich glaub nicht, dass ich was runterbekomme.«

»Doch, das wirst du«, beharrte Durak. »Muss ja nicht viel sein, aber das Elsterchen hätt garantiert nicht gewollt, dass du ihretwegen verhungerst.«

Yerad ließ sich von Durak hochziehen. Nicht, weil er überzeugt war, denn er wusste schließlich, dass ihn ein Tag ohne Nahrung nicht umbrachte. Sondern, weil ihm schlicht die Kraft für Gegenworte fehlte. Dann zwängte er sich eben ein paar Bissen herunter.

Als Yerad auf den Flur trat, sprach Zarif ihn an: »Wenn du gegessen hast, will Rabe dich sehen.«

Yerad fragte sich, ob der Mann ihm jetzt ebenfalls sein Beileid aussprechen wollte. Die nutzlosen Worte konnte er sich genauso gut vor dem Frühstück anhören. Aber vielleicht hatte der Rebellenanführer auch einen Auftrag für ihn. *Hoffentlich.* Das würde Yerad zumindest auf andere Gedanken bringen. Allerdings, so fiel ihm auf, während er neben Chadrik zum Saal ging, hatte Rabe nur nach Yerad und nicht nach Mira verlangt, was gegen einen Auftrag sprach.

So setzte sich Yerad nach einer spärlichen Mahlzeit auf einen Stuhl in Rabes Kammer.

Entgegen Rabes sonstigem Verhalten, räumte er die Papiere sofort zur Seite. »Es tut mir leid, Yerad.«

»Ich weiß.« Natürlich tat es Rabe leid. Es tat jedem leid, aber all die Bekundungen bewirkten nichts.

»Und ich muss dir was mitteilen, was dir nicht gefallen wird.«

»Und was?« Yerad wunderte sich, wie ruhig er blieb. Gestern noch hätte ihn eine solche Ankündigung vollkommen nervös gemacht. Gestern allerdings war Alia lebendig und Yerads Herz nicht gebrochen gewesen.

»Du wirst in nächster Zeit nicht fliegen.« Rabe sprach zwar behutsam, doch sein Befehl war unmissverständlich.

»Wie lange?«

»So lange, bis ich etwas anderes anordne.«

Nun regte sich ein Gefühl in Yerads Brust: Verzweiflung. Denn Fliegen war das Einzige, bei dem er sich vorgaukeln konnte, dass alles in Ordnung war. Beim Fliegen war Alia schließlich nie dabei gewesen. »Weil du Angst hast, dass ich es vermassel, da ich deiner Meinung nach gerade keinen Kopf dafür hab?«, hörte er sich fragen. »Da kann ich dich beruhigen. Oder glaubst du, ich hau ab, nun, da keine Alia mehr auf mich wartet?« Es schmerzte, das auszusprechen. Allerdings wollte er dringend verhindern, dass Rabe ihm das Fliegen wegnahm. »Da kann ich dich ebenfalls beruhigen, aber das interessiert dich bestimmt sowieso nicht.« Er wusste nicht, ob seine Worte Rabe gegenüber zu forsch gewesen waren. *Vermutlich.* Es war ihm egal.

Rabe blieb still. Kein Kommentar über Yerads unangemessenen letzten Satz und keinerlei Drohungen. Gewiss ahnte er, dass er damit heute nichts erreichen würde. »Ich will ehrlich sein«, sagte er schließlich. »Die nächsten Tage wärst du so oder so nicht geflogen. Ich schicke niemanden auf einen Auftrag, kurz nachdem ein ihm wichtiger Mensch gestorben ist, sofern es sich irgendwie vermeiden lässt.«

»Ach ja? Mira war doch auch auf einem Auftrag, kurz nachdem ihre Familie gestorben war.« Damals, als sie geholfen hatte, Yerad zu entführen.

»Das sollte eigentlich nur ein Besuch bei einem Schmied werden, bevor du uns dazwischengekommen bist. Aber darum soll es gerade nicht gehen. Die Wahrheit ist, dass dein Grund Nummer zwei tatsächlich zutrifft.«

»Das heißt, ich darf in den Höhlen rumsitzen, bis du dich entschieden hast, ob du mir trauen kannst?« Er wusste schon jetzt nicht, wie er das aushalten sollte, ohne durchzudrehen. »Du weißt, wie sehr ich fliegen will, was ich woanders nicht mehr kann. Und du weißt, wie wichtig mir Chadrik, Durak und Mira sind, während ich in meinem alten Leben kaum noch jemanden habe. Warum sollte ich abhauen?«

Sie starrten einander an. Zu Yerads Überraschung war es Rabe, der den Kopf senkte. Einen Moment schien der Rebellenanführer nachzudenken. Schließlich sagte er: »Das ist mir alles bekannt, Yerad. Trotzdem weiß ich gerade nicht, wie ich mit der geänderten Situation umgehen soll. Und bis ich das weiß, wirst du aufs Fliegen verzichten.«

Rabes Offenheit bewirkte, dass Yerad seine Widerworte herunterschluckte.

»Kann ich mich darauf verlassen, dass du dich an meine Anordnung hältst, oder muss ich dich wieder einsperren?«

Yerad stieß ein verzweifeltes Schnauben aus, nickte aber. Wenn der Mann ihm diesbezüglich glaubte, warum konnte er ihm dann nicht glauben, dass er aus freien Stücken zurückkehrte?

»Und noch etwas.«

Was kam denn nun? Durfte er sich auch nicht mehr der Greifin nähern? Yerad bezweifelte, dass Nachtschwinge da mitspielte.

»Dein Armbrusttraining fällt vorerst ebenfalls aus.«

Es war nicht so, dass es Yerad um das Training leidtat. Nur war das eine der wenigen anderen Möglichkeiten, die ihm blieben, sich auf eine Art zu beschäftigen, die ihn gut vom Nachdenken abhielt. »Hast du Angst, dass ich mir den Weg zum Fliegen freischieße?«, konnte er nicht zurückhalten.

Auch diesen Kommentar ignorierte Rabe und bedeutete ihm, dass er nun gehen durfte.

Yerad trat rasch auf den Gang, bevor er Rabes Geduld mit weiteren unbedachten Äußerungen überstrapazierte. Hoffentlich hatte Alia wenigstens ein paar neue Bücher im Lager, damit er sich die Zeit mit Vorlesen vertreiben konnte. Andernfalls würde er sie bitten ... *Nein!* Er würde sie um gar nichts mehr bitten. Abermals sackte die Wahrheit so schmerzhaft in seine Eingeweide, dass er sie kaum ertrug. Schnell lief er zurück in den Saal, wo seine Freunde noch immer auf ihren Plätzen saßen.

»Was wollte der Obervogel?«

Yerad sagte es ihnen.

So, wie seine Freunde ihn ansahen, kam das selbst für sie überraschend.

»Ich frag mich echt, was ich den ganzen Tag machen soll.« Im Grunde hätte Rabe ihn wirklich einsperren können. Viel umfangreicher waren seine Möglichkeiten so nämlich auch nicht.

Mira schlug vor: »Du kannst mir weiter Lesen und Schreiben beibringen.«

»Das hältst du doch höchstens ne Stunde durch. Und was mach ich den Rest der Zeit?«

»Hat der Obervogel nur Waffen verboten oder das Kämpfen generell?«

»Eigentlich nur die Armbrust. Wieso?«

»Mäuschen und ich könnten dich im unbewaffneten Nahkampf unterrichten.«

Tonlos fügte Chadrik hinzu: »Ich kann bloß nicht ausschließen, dass ich dich umhaue.«

Yerad war verzweifelt genug, dass ihm selbst das egal war. Er wollte nur nicht, dass sich seine Freunde wegen ihm in Schwierigkeiten brachten. »Von mir aus. Fragt aber vorher Rabe.«

Wie sich wenig später herausstellte, hatte Rabe mit dieser Art des Kampftrainings keine Probleme. Vermutlich ging er nicht davon aus, dass Yerad sich als Naturtalent entpuppte. Und bei all den Korrekturen, die Chadrik, Durak und sogar Mira, die nach eigener Aussage eine Anfängerin war, bei einer anschließenden Übungsstunde nur an Yerads Haltung vornahmen, war das gewiss die richtige Einschätzung.

Aber Yerad legte es ja auch nicht darauf an, zu lernen, andere niederzuschlagen.

Als er in den Saal zurückkehrte, regte sich Nachtschwinge auf ihrem Felsen, was ein Zeichen dafür war, dass sie bald erwachte. Daher machte Yerad sich daran, Wassereimer für sie heranzuschleppen.

Doch Nachtschwinge schlief länger als erwartet und so wanderte Yerad ziellos im Saal herum. Da bemerkte er einen Rebellen, der an der Wand zwischen den roten Türen lehnte und Yerad offen anstarrte. Yerad wusste nicht einmal den Namen des Mannes, weshalb er nicht glaubte, dass der andere ihm sein Beileid aussprechen wollte oder ihn bedauerte. Davon abgesehen wirkte er irgendwie ... misstrauisch. Dann sah Yerad, dass der Mann einen Säbel am Gürtel sowie eine Armbrust auf dem Rücken trug, was hier drinnen recht ungewöhnlich war.

Dolche und Messer hatten zwar einige der Rebellen unter ihrer Kleidung versteckt, doch für gewöhnlich sah man niemanden mit größeren Waffen, sofern er nicht gerade zu einem Auftrag aufbrach.

Wurde Yerad jetzt etwa paranoid oder hatte Rabe den Mann seinetwegen dort hinbeordert? Immerhin gab es hinter den roten Türen Höhlen, die zum Meer hin offen waren, und für ihn und Nachtschwinge wäre es möglich, über eine der Öffnungen ins Freie zu schlüpfen.

Da die Greifin noch nicht von ihrem Felsvorsprung gesegelt war, hielt Yerad auf den Ausgang des Saals zu.

Mira, die aus dem Übungsraum kam, heftete sich an seine Fersen. »Du siehst aus, als hättest du was vor«, sagte sie atemlos, als sie zu ihm aufgeschlossen hatte.

»Keine Dummheiten, falls das deine Sorge ist. Ich will nur was überprüfen.« Er verließ den Saal und wandte sich hinter den Toiletten nach rechts, doch schon im Zugang, der zu einem der Wohnbereiche führte, entdeckte er den nächsten Rebellen, der ihn seinerseits beobachtete.

Auch dieser Mann war mit einem Säbel und einer Armbrust bewaffnet. Yerad lief probehalber in den Gang und der Mann folgte ihm – wie er erwartet hatte. Unvermittelt stoppte Yerad und drehte sich um.

Arglos fragte Mira: »Was willst du denn überprüfen?«

»Bin noch dabei«, entgegnete Yerad ausweichend, wenngleich er sich mittlerweile wenig Hoffnung machte, dass es bei den anderen Wegen nach draußen besser aussah. Er eilte weiter, dicht gefolgt von Mira, die nicht zu wissen schien, was sie von seinem Gelaufe halten sollte.

Bei der roten Tür, unter welcher der Bach zur Pilz- und Flechtenfarm durchfloss, bot sich dasselbe Bild vom bewaffneten Aufpasser. Ebenso auf dem Gang, der zu den äußeren Höhlen in der Nähe des Wasserfalls sowie zum Ausgang führte. Resigniert hielt Yerad inne. Was ihn an dieser Angelegenheit am meisten störte, war die Tatsache, dass er die Höhle mit dem Fenster nun nur noch unter Aufsicht besuchen würde.

»Verrätst du mir, was los ist?«, fragte Mira.

»Rabe hat offenbar Angst, dass ich abhaue.«

Zunächst sah sie aus, als wolle sie widersprechen, dann runzelte sie die Stirn. »Hier schiebt jemand Wache und vor der roten Tür bei der Pilz- und Flechtenfarm ebenfalls.«

»Und ebenso bei den roten Türen im Saal und dem Zugang zu dem anderen Wohnbereich, wo's am Ende zwei rote Türen gibt«, ergänzte Yerad kopfschüttelnd. Und zu allem Überfluss hatte Rabe ausschließlich Leute für diese Aufgabe abgestellt, mit denen Yerad praktisch nichts zu tun hatte. Bei dreien der Männer wusste er nicht einmal, wie sie heißen. Und da er in den zweieinhalb Monaten, die er mittlerweile offiziell ein Rebell war, auch zu einigen Kämpfern eine gute Bekanntschaft aufgebaut hatte, musste Rabe diese Leute gezielt ausgewählt haben.

Er fragte sich nur, wie diese Kämpfer ihn im Zweifel aufhalten wollten, wenn er es wirklich darauf anlegte, mit Nachtschwinge abzuhauen.

Gar nicht, erkannte er. Sie sollten ihn nur abschrecken, es überhaupt zu versuchen. Rabe wusste genau, dass Yerad Nachtschwinge niemals bewusst dem Risiko aussetzen würde, erschossen zu werden.

Mirella hatte sich den halben Tag davor gedrückt, ihre Kammer zu betreten, aber ewig konnte sie es nicht hinauszögern und sie bezweifelte, dass es morgen einfacher sein würde. Abermals tauchte die schwarze Blüte auf, die der Bolzen hatte wuchern lassen. Alias Augen, vor Schreck geweitet. Die Bilder vermischten sich mit jenen, die Mirellas früheres Leben beendet hatten: rotschwarze Blumen, geliebte Menschen, die stürzten.

Und Mirella mit ihnen.

Sie blinzelte, als sie sich am Boden kauernd vor ihrer Kammer wiederfand. Sie brauchte nur ein paar Wechselsachen, vor allem die Kleider, die es im Vorratslager nicht gab, ihre Kette, die Flusskrautkapseln und das alte Küchenmesser, nach dem sie sich schon seit letzter Nacht sehnte. Sie verstand nicht einmal, warum der Griff um dieses klapprige Ding ihr besser half, als die Wurfmesser zu halten. Vielleicht, weil das alte Messer sie damals durch den Horror in der Alcazaba begleitet hatte und sie mit diesem jämmerlichen Exemplar mehr verband als mit den Wurfmessern.

Kurz erwog sie, Durak oder Chadrik zu fragen, ihre Sachen zu holen. Sie würden gehen und ihr die Last ersparen, auch wenn sie sich selbst damit quälten. Doch das war nicht richtig. Das hier war Mirellas Zimmer. *Ihre* Aufgabe. Sie legte die Hand um die Türklinke, drückte sie und stieß die Tür weit auf. Dann wagte sie einen vorsichtigen Schritt hinein.

Alias Bett war das Erste, was sie sah, und sie zwang ihre Konzentration auf das eigene Schlaflager. Plötzlich bemerkte sie den vertrauten Geruch der Freundin. Der Verlust überkam sie so heftig, dass sie rücklings aus dem Raum stolperte. An die kalte Steinwand des Gangs gepresst, versuchte sie, einen klaren Kopf zu bekommen. Es waren nur ein paar Schritte bis zu ihren Sachen. Das konnte doch nicht so schwer sein.

Neben ihr tauchte Adara auf. Sie war diejenige gewesen, die Mirellas Kleider genäht hatte. Auf Alias Bitte. Abermals pochte der Schmerz unerträglich.

»Brauchst du was aus deiner Kammer, Mirella?«

Sie nickte und kam sich furchtbar dämlich vor. Es war schließlich nur ein Zimmer.

Aber Adara bedachte sie mit einem verständnisvollen Blick. »Beschreib mir, was du haben willst und wo ich es finde. Ich hol es dir.«

Dankbar und mit stockenden Worten erklärte Mirella der älteren Frau alles. So viel dazu, dass es *ihre* Aufgabe war ...

Adara verschwand in der Kammer, Geraschel und Geräume erklangen und anschließend das Schaben von Holz auf Stein, als sie Mirellas Kiste auf den Flur schob. »Schau lieber gleich nach, ob was fehlt.«

Mit fahrigen Fingern öffnete Mirella den Deckel und überprüfte den Inhalt. »Alles da«, sagte sie. »Danke.«

»Du weißt, dass du um ein anderes Zimmer bitten kannst?«, fragte Adara sanft. »Du wärst nicht die Erste, die das nach solch einem Ereignis tut.«

»Ich bin mir nicht sicher, ob ich das will«, murmelte Mirella. Vielleicht würde sie in ein paar Tagen froh über diese Kammer sein, weil Alia auf diese Weise zumindest noch ein bisschen bei ihr war.

Bei ihrer Familie hatte sie diese Wahl nicht gehabt, bei Alia schon. Sie würde erst mal zu Rabe flüchten und in einigen

Tagen hatte sie hoffentlich herausgefunden, welche Variante erträglicher war.

Adara wandte sich um, verharrte dann aber und sagte über die Schulter: »Falls ich dir irgendwie helfen kann, hab keine Scheu, zu mir zu kommen.«

Wieder brachte Mirella nur einen knappen Dank über die Lippen und sah der Frau, die bestimmt noch älter als Mirellas Mutter war, nach. Anschließend schob sie die Kiste in Rabes Kammer. »Kann ich die nächsten Nächte bei dir schlafen?«, fragte sie ihn.

»Du kannst immer bei mir schlafen.«

Auch das war etwas, bei dem sie nicht sicher war, ob sie es wirklich wollte.

Wortlos nahm er ihre Kiste und stellte sie neben sein Bett, da woanders entweder der Durchgang blockiert wäre oder es schlicht an Platz fehlte.

Vollkommen erschöpft setzte sich Mirella auf seine Matratze. Sie war mittlerweile seit anderthalb Tagen wach und in einem seltsamen Zustand zwischen bleierner Müdigkeit und nervöser Unruhe.

Rabe hockte sich vor sie. Er sah auch aus, als hätte er in der letzten Nacht kein Auge zugemacht. Ob er auf sie gewartet hatte? Sie war nicht einmal auf die Idee gekommen, zu ihm zu gehen. »Versuch, zu schlafen«, sagte er.

»Ich glaub nicht, dass das was wird.«

»Dann leg dich wenigstens hin und ruh dich aus.«

Mirella kramte noch die ekelhaften Flusskrautkapseln aus ihrer Kiste, würgte sie herunter und kippte den gesamten Inhalt des Bechers, den Rabe ihr hinhielt, hinterher. Anschließend gab sie der Erschöpfung nach und kuschelte sich in sein Bett.

Er strich ihr über den Kopf, deckte sie zu und wollte sich gerade abwenden, da umklammerte sie sein Handgelenk.

»Kannst du mich festhalten?«

Er zögerte, blickte kurz Richtung Tisch, wo vermutlich wieder viel zu viel Arbeit auf ihn wartete. Dann kroch er zu ihr und schloss seine Arme um sie.

Da er die Öllampe nicht gelöscht hatte, plante er bestimmt, gleich zu seinen Papieren zurückzukehren. Aber jetzt war er bei ihr und seine Nähe verdrängte ihre Unruhe.

Dass sie eingeschlafen war, bemerkte Mirella erst, als sie benommen die Augen öffnete. Diffuse Helligkeit verriet, dass die Öllampe noch brannte. An Mirellas Rücken geschmiegt atmete Rabe derart regelmäßig, dass sie glaubte, er würde schlafen. Das wäre das erste Mal, dass sie das mitbekam. Vorsichtig drehte sie den Kopf, doch da sah er sie bereits aus seinen blauen Augen an. Verwundert sagte sie: »Ich dachte, du hättest auch geschlafen.«

»Hab ich«, erwiderte er. »Bin grad aufgewacht.«

»Tut mir leid«, murmelte Mirella. »Ich wollte dich nicht wecken.«

»Schon gut. Ich wache ziemlich schnell auf. Mich nicht zu stören, ist fast unmöglich.«

Das erklärte einiges. Einen Moment genoss Mirella das Beieinanderliegen, dann erinnerte sie sich an die Katastrophe der letzten Nacht: die verlorene Freundin, wie sie zu viert zusammengesessen und um sie getrauert hatten, Rabes Verbot, Yerad fliegen zu lassen. »Du tust ihm unrecht.« Sie presste die Lippen aufeinander. Hätte sie damit nicht noch warten können?

»Ich nehme an, du redest von Yerad?«, entgegnete er ruhig.

»Ja.« *Von wem sonst?* Sie musste sich beherrschen, Rabe ihren Unmut nicht entgegenzubrüllen. Auf diese Weise half sie Yerad schließlich auch nicht. »Erinnerst du dich, als Nachtschwinge uns damals im Barri-Al-Noble zurückgelassen hat? Es war Yerad, der uns nach Hause gebracht hat, nicht ich.«

»Das hat er. Trotzdem gibt es zwischen damals und heute einen entscheidenden Unterschied.«

Verdammt, das wusste Mirella selbst. Die Freundin fehlte ihr. Sie ertrug es ja nicht einmal, das gemeinsame Zimmer zu betreten. »Weißt du eigentlich, was du ihm antust? Er hat gerade die Frau verloren, die er liebt, und das, was ihn am besten ablenken würde, verbietest du ihm.«

Rabe richtete sich auf und sah Mirella an. »Das weiß ich, Mira, und ich würde es ihm gerne ersparen. Allerdings nicht auf Kosten der Sicherheit von allen.«

Aber Yerad gefährdete doch nicht ihrer aller Sicherheit.

»Ich kann mir denken, dass du das anders siehst. Trotzdem bin ich derjenige, der die Entscheidung trifft.« Womit diese Angelegenheit für ihn beendet war.

Während er sich an seinen Tisch setzte, fragte Mirella sich, welche Optionen er jetzt wohl bezüglich Yerad und Nachtschwinge sah? Suchte er nach einer Möglichkeit, Yerad wieder fliegen zu lassen? Oder plante er nun, andere Reiter einzusetzen? Mirella womöglich? Sie wagte es nicht, danach zu fragen.

24

Yerad

Natürlich betrauerte auch die Greifin Alias Tod, aber von ihr musste sich Yerad immerhin keine Beileidsbekundungen anhören. Und wenn doch, dann verstand er sie nicht. Nachtschwinge war allerdings seit jenem verhängnisvollen Ereignis wesentlich anhänglicher, als er es von ihr gewohnt war. Ob sie ihn auf diese Weise trösten wollte oder selbst mehr Nähe brauchte, wusste er nicht. Vielleicht war es eine Mischung aus beidem.

Yerads Aussage, dass er vorerst nicht mit ihr fliegen würde, nahm sie hingegen gelassen auf. Dass sie noch draußen jagen durfte und er ihr weiter Geschichten vorlas, reichte offenbar aus, um sie zufriedenzustellen.

Yerad wünschte, er könnte sich auch damit begnügen. Doch es ging nicht. Alia konnte er nicht wiederbekommen, aber das Fliegen durchaus. Und so nagte die Verdrossenheit, am Boden bleiben zu müssen, unermüdlich in ihm. Wie ein Stachel, der in ihm steckte und sich nicht entfernen ließ.

Jeden Tag hoffte Yerad, dass Rabe seine Meinung änderte. Jeden Tag wurde er aufs Neue enttäuscht und der Stachel der

Verdrossenheit bohrte sich tiefer. So lief es nun seit nahezu einer Woche. Irgendwann würde der Zeitpunkt kommen, an dem Yerad es nicht länger ignorieren konnte, und er fürchtete sich vor dem, was er dann anstellte.

Mehrfach hatte er bereits fantasiert, mit Nachtschwinge in die Wälder zu flüchten. Dabei würde er es höchstwahrscheinlich nicht einmal übers Herz bringen, die Greifin ins Freie zu treiben, während eine Armbrust auf sie gerichtet war. Er wollte weder, dass Nachtschwinge verletzt wurde, noch, dass einer der Männer, die die Ausgänge bewachten, Schaden nahm. Und selbst wenn das alles glimpflich ausging und Yerad mit Nachtschwinge entkam, konnte er sich nicht vorstellen, dass er dort draußen überleben würde. Oder die Einsamkeit ertrug. Hier hatte er Freunde, die ihn halbwegs bei Verstand hielten. In den Wäldern hätte er nur Nachtschwinge, die er zwar sehr mochte, aber es war eben etwas anderes, sich mit ihr zu unterhalten als mit einem Menschen.

Und zurück in sein altes Leben könnte Yerad auch nicht, da er Angst hatte vor dem, was Rabe mit seiner Familie anstellte, wenn er ihn dort fand. Davon abgesehen durfte Yerad im Barri-Al-Noble ohnehin nicht mehr fliegen.

Hierzubleiben und auf Rabes Einsicht zu hoffen, war das Beste, was er tun konnte. Wäre es nur nicht so schwer.

»Yerad?«, sagte Mira, die ihm gegenübersaß und sich mit ihrer neuen Aufgabe abmühte.

Er blickte auf. So, wie sie eben geklungen hatte, war es nicht das erste Mal gewesen, dass sie ihn angesprochen hatte. »Ich hör jetzt zu.«

Sie schob Alias Heft zu ihm und deutete auf ein Wort.

»Duftflakons«, half Yerad ihr. »Und darunter sind die verschiedenen Düfte aufgeführt.« Er prägte sie sich ein und gab Mira das Heft zurück.

»La... ven... del«, las sie in einer ähnlichen Geschwindigkeit wie Yerads Neffe, als er ihm das letzte Mal dabei zugehört hatte. Immerhin konnte Mira Alias Schreibschrift mittlerweile entziffern. Das war vor ein paar Tagen, als Rabe ihr mitgeteilt hatte, dass sie demnächst Alias Aufgabe übernehmen sollte, noch anders gewesen. Und entgegen Miras Befürchtungen tat sie sich nicht schwer damit, Alias Lager zu betreten. Vielleicht weil sie diesen Raum nicht so sehr mit Alia verband, vielleicht auch, weil Durak sie jedes Mal begleitet hatte. »Yerad?«, fragte Mira abermals. »Ist *Lavendel* richtig?«

»Ja, das ist richtig«, sagte er.

»Wollen wir später weitermachen? Es ist ziemlich anstrengend, dich immer fünfmal anzureden.«

»Ist wohl besser.« Wenngleich er bezweifelte, dass er dann aufmerksamer sein würde. Er deutete auf das Papier und die Schreibutensilien, die neben Alias Heft lagen. »Du kannst ja erst mal damit üben.«

Mira verzog das Gesicht, klappte aber ohne Widerworte das Heft zu, zog das Papier zu sich, tauchte die Feder ins Tintenfass und begann, die Wörter abzuschreiben, die Yerad in seiner besten Schrift notiert hatte. Da sie die gesamte Seite mit den fünf Wörtern füllen sollte, würde sie eine Weile beschäftigt sein.

Während die Feder übers Papier kratzte, versank Yerad abermals in Grübeleien, auf der Suche nach einer Möglichkeit, wie er Rabe überzeugen könnte. »Ich versteh's einfach nicht«, murmelte er frustriert. »Wie hätte Rabe mich denn fliegen lassen wollen, wenn Alia und ich uns nicht verliebt hätten? Rabe plant zwar ne Menge, aber so was kann doch nicht mal er voraussagen.«

»Gift und Gegengift«, kam es über Miras Lippen.

Yerad hob den Kopf. »Wirklich?«

Er sah ihr an, dass sie nicht hatte reden wollen. Weil sie in dem Moment, in dem die Worte ihrem Mund entschlüpft waren, erkannt haben musste, dass sie ihm die Lösung seines Problems präsentiert hatte. Eine Lösung, die ihr gewiss nicht gefiel.

Mirella

Zum ersten Mal seit Alias Tod war Hoffnung in Yerads Augen. Er erwog doch jetzt nicht ernsthaft, sich vergiften zu lassen?

Aber natürlich, kicherte die Stimme. *Der Kerl ist genauso selbstzerstörerisch drauf wie du.*

»Ist das ne Vermutung?«, hakte Yerad nach. »Oder hat Rabe dir das mal verraten?«

»Letzteres«, gab sie zu, obwohl sie am liebsten den Mund gehalten hätte. Nur was hätte das gebracht? Er könnte ja auch Rabe fragen. »Allerdings ist das ...« Sie verstummte, als er aufsprang, sich umwandte und Richtung Ausgang strebte.

Schnell lief sie um den Tisch, ihm hinterher und umklammerte seinen Arm. »Yerad, bitte. Das ist gefährlich. Du könntest krank werden, vielleicht sogar sterben.«

»Ist das nicht immer das Problem mit Giften?« Demonstrativ blickte er auf ihre Hand, die seinen Arm festhielt.

Mirella dachte nicht daran, loszulassen. »Es muss eine andere Möglichkeit geben«, beschwor sie ihn. »Überstürz das doch jetzt nicht.« Wenn sie wenigstens sicher sein könnte, dass Rabe Yerads Vorhaben ablehnte. Aber das war sie eben nicht.

»Und welche Möglichkeit soll es deiner Meinung nach geben? Seit einer Woche versuche ich, Rabe zu überzeugen, mich fliegen zu lassen.« Yerad senkte die Stimme und sah sich um. »Mittlerweile denke ich immer öfter darüber nach, mit Nachtschwinge in die Wälder abzuhauen.«

Er überlegte abzuhauen? Und das auch noch in die Wälder und nicht zu seiner Familie? Weil Rabe ihn dort nicht finden würde, wurde ihr bewusst. Kehrte Yerad in sein altes Zuhause zurück, könnte das Konsequenzen für seine Familie haben, und Yerad spielte eher mit seinem eigenen Leben als mit dem von anderen.

»Ich kann nicht länger tatenlos rumsitzen, Mira. Das hast du doch auch nicht gekonnt, nachdem deine Familie ...« Er unterbrach sich.

Mit einem Mal wurden die Erinnerungen an ihren Verlust so heftig, dass sie nach Atem rang.

»Tut mir leid, dass ich dir Kummer mache«, sagte er. »Aber ich ertrag das hier nicht.« Damit wandte er sich um.

Ich dummes Huhn hab ihn losgelassen. Mirella eilte ihm nach, doch Yerad beschleunigte den Schritt und jagte geradezu durch die Gänge und in Rabes Kammer. Mirella stürzte ihm hinterher.

Mit hochgezogener Augenbraue musterte Rabe die beiden Neuankömmlinge, die nicht einmal geklopft hatten.

»Ich muss dringend mit dir reden, Rabe«, sagte Yerad.

Rabes Blick fixierte Mirella. »Du auch?«

»Nein, ich ... Ich hab nur ...« Hilflos blickte sie zu Yerad. »Tu das nicht«, flüsterte sie kaum hörbar.

Natürlich hatte Rabe es trotzdem gehört, wie sie an seiner Mimik erkannte. »Yerad, schließ die Tür. Dann beantworte mir, was du nicht tun sollst.«

Yerad wandte sich um, Mirella hörte das Klacken der Tür und anschließend Yerads Stimme: »Ich soll mir von dir kein Gift geben lassen, damit ich wieder fliegen kann.«

Mirella hätte es nicht für möglich gehalten, dass Rabes Augenbraue noch weiter nach oben wanderte. »Weiß sonst jemand außer euch beiden von deinem Vorhaben?«

»Nein«, sagte Yerad, und Mirella schüttelte den Kopf.

»Ich verlange, dass das so bleibt.« Er fixierte Mirella. »Warte draußen.«

Sie wollte bleiben. Weil sie die unsinnige Hoffnung hatte, zu verhindern, dass Yerad diese Dummheit beging. Weil sie Rabe vielleicht bitten könnte, Yerad das Gift zu verweigern.

Rabes Blick wurde durchdringend. »Hab ich mich nicht klar ausgedrückt?« Seine Stimme hatte die Schärfe angenommen, mit der nur der Anführer sprach, und der Anführer würde Mirellas Bitte ignorieren und mit Freude Yerads Angebot annehmen, das nur Vorteile für ihn brachte.

Mit gesenktem Kopf verließ sie den Raum. Als sie die Tür hinter sich ins Schloss zog, hatte sie das Gefühl, Yerad im Stich zu lassen. Doch was könnte sie tun? Er wollte nicht gerettet werden. Er wollte fliegen, auch wenn es ihn das Leben kostete. So war er schon damals gewesen, nur hatte es sie zu jener Zeit nicht gekümmert.

Yerad

Als Mira ging, vermied Yerad es, sie anzusehen. Aus Angst, dass er einen Rückzieher machen könnte. Dabei war es das Letzte, was er wollte. Die Option mit dem Gift war der erste Lichtblick seit Tagen. Die erste realistische Chance, die ihm zumindest einen Teil seines Lebens zurückgab, ohne ihm selbst oder ihm wichtigen Menschen innerhalb kürzester Zeit den

Untergang zu bringen. Es war schon irgendwie ironisch, dass sich vergiften zu lassen weniger gefährlich war als alles andere, was Yerad in den Sinn gekommen war.

»Mira hat sich verplappert?«, begann Rabe, sobald sie allein waren.

»Ja.« Und nun bereute sie es. Doch darauf konnte Yerad keine Rücksicht nehmen. Es war *sein* Leben und nicht ihres. Und diese Gelegenheit auszuschlagen, brachte ihn innerlich um.

»Dir ist bewusst, dass das Gift nicht ungefährlich ist? Vor allem, wenn du nicht rechtzeitig das Gegenmittel bekommst.«

»Mira hat so was angedeutet, ja.«

»Und trotzdem willst du es nehmen?«

»Ich will fliegen«, korrigierte Yerad. »Wenn dies der einzige Weg ist, das zu tun, dann schlucke ich eben das Gift.« Ein bisschen hoffte er, dass Rabe sah, wie ernst es ihm war, und er ihm seinen Wunsch gewährte, ohne ihn zu vergiften.

Doch bei Rabe auf Gutmütigkeit zu hoffen, war vergebens. »Wie ich gerade sagte, wirst du niemandem davon erzählen. Das betrifft auch Nachtschwinge. Falls sie es erfährt, war's das mit dem Fliegen.«

»Verstanden.«

»Besteht die Möglichkeit, dass du deine Meinung änderst?«

Entschieden schüttelte Yerad den Kopf.

»Dann kannst du jetzt gehen. Ich meld mich, sobald ich einen Auftrag hab. Und Yerad?«

Yerad hatte sich schon umgewandt und blickte über die Schulter.

»Wenn es nicht um Leben und Tod geht, platzt du hier nicht noch einmal herein, ohne anzuklopfen.«

Yerad nickte und verließ Rabes Kammer.

Draußen wartete Mira. »Hat er Ja gesagt?«

»Hat er.«

»Du verdammter Idiot!«, entfuhr es ihr.

Zum Glück war der Gang gerade leer. Wenn dieser Ausbruch Chadrik und Durak erreichen sollte, wüsste Yerad nicht, wie er ihnen das erklären könnte, ohne von seiner geplanten Vergiftung zu berichten. Er beugte sich dichter zu Mira. »Beruhig dich«, flüsterte er. »Das soll doch geheim bleiben.«

»Ich weiß«, sagte sie zerknirscht.

»Nachtschwinge darf auch nichts erfahren.«

»Ich hab's kapiert. Jetzt hör auf, darüber zu reden, verdammt!« Mit schnellen Schritten lief sie los, verharrte aber kurz darauf und wirbelte zu ihm herum. »Was stehst du da rum? Wir haben zu tun.«

Genau genommen hatte lediglich Mira zu tun. Yerad saß die meiste Zeit tatenlos bei ihr. Doch er war froh, dass sich ihr Unmut nicht derart äußerte, dass sie nichts mehr mit ihm zu tun haben wollte, und so folgte er ihr in den Saal.

Mirella

Der Tag war irgendwie vorübergegangen, ohne dass Mirella sich ein weiteres Mal verplappert hatte. Leicht war es nicht gewesen. Sie hätte Durak und Chadrik liebend gerne von der Dummheit erzählt, auf die Yerad sich eingelassen hatte. Vielleicht hätte einer von ihnen vermocht, woran sie gescheitert war, aber eigentlich glaubte sie das nicht. Was das Fliegen betraf, war Yerad ein Sturkopf.

Natürlich war Durak und Chadrik aufgefallen, dass mit Mirella etwas nicht stimmte. Doch als sie auf ihr Nachfragen nur mit einem Schulterzucken reagiert hatte, hatten sie es dabei belassen. Bestimmt hatten sie geglaubt, es hätte mit Alias Tod zu tun, was ja indirekt sogar zutraf.

Und nun lag Mirella in Rabes Bett und starrte in die flackernde Öllaterne auf seinem Tisch, an dem er arbeitete. Wenn auch nur mit einer Hose bekleidet.

»Stört dich das Licht?«, fragte er unvermittelt.

Mich stört, dass du Yerads Tod einfach so in Kauf nimmst, hätte sie ihm am liebsten geantwortet. Zwar konnte sie diese Worte zurückhalten, aber schweigen konnte sie nicht. »Du willst ihm wirklich das Gift geben?«

Er sah über seine Schulter, sein Gesicht lag im Dunkeln. »Es war seine Idee.«

»Weil er unbedingt fliegen will. Und anders lässt du ihn nicht.«

»Und nun haben wir eine Lösung gefunden, mit der wir uns beide arrangieren können.« Er wandte sich zurück und seine Feder kratzte übers Papier. So sehr berührte ihn das Thema also, dass er einfach weiterarbeitete.

»Damals hast du gesagt, dass dir diese Option nicht gefällt, weil du Yerads Gesundheit nicht leichtfertig ruinieren willst, und nun tust du es doch.«

Rabe stieß schwer die Luft aus, legte die Feder zur Seite und blickte abermals zu Mirella. »Meine Entscheidung steht fest, Mira.« Er sprach mit der Stimme ihres Gefährten, aber es würde Mirella nicht wundern, wenn er gleich dem Anführer das Feld überließ.

Schlau wäre es, jetzt ruhig zu sein. Dennoch redete sie weiter: »Er ist ein Freund, Rabe. So viele hab ich von denen nicht, dass ich wortlos zugucke, wie du einen verheizt.«

»Und ich gucke nicht zu, wie jeder in den Höhlen gefährdet wird.«

Mirella richtete sich im Bett auf und zog die Decke um sich. »Hier wird doch niemand gefährdet. Yerad ist loyal. Und falls du ihm nicht traust, bin ich auch dabei und ...« Sie biss sich auf die Zunge, denn gewisse Dinge würde sie Yerad durchgehen lassen, ohne Rabe davon zu berichten, wie ihr plötzlich bewusst wurde. So, wie sie Rabe damals verheimlicht hatte, welches Versprechen sie Yerad bezüglich seiner ehemaligen Freunde gegeben hatte. So, wie sie Rabe verheimlicht hatte, dass Tarek noch immer Yerads Freund war. Und Rabe war das nun ebenfalls bewusst, da sie nicht in der Lage gewesen war, einfach weiterzureden. Das hatte sie ja wundervoll hinbekommen.

»Und *was*?« Rabes lauernder Tonfall war zurück. Da war er nun, der Anführer.

Die Stimme kicherte und Mirella blieben die Worte im Halse stecken.

»Das Thema ist vom Tisch«, beschloss Rabe. »Es ist die sicherste Methode.«

Für Yerad nicht! »Verstanden, Herr Anführer«, schnappte sie spitz, schlüpfte in ihre Kleidung und eilte aus dem Raum. Nur, um anschließend unschlüssig auf dem Gang zu stehen, und nicht zu wissen, wohin. Es musste bereits mitten in der Nacht sein, was bedeutete, dass Durak, Chadrik und Yerad längst schliefen. Und noch immer scheute sie sich, in ihre Kammer zu gehen, wo sie alles an Alia erinnerte. Vermutlich sollte sie Adaras Vorschlag beherzigen und endlich um ein anderes Zimmer bitten. Sie hätte es schon vor Tagen tun sollen. Dann müsste sie jetzt nicht ratlos auf dem einsamen Flur herumstehen.

Kurz erwog sie, die Männer zu fragen, ob sie bei ihnen schlafen konnte. Sie würden sie nicht abweisen, das wusste sie.

Allerdings machte sie sich Gedanken, wie das bei Rabe ankommen könnte. Zwischen ihnen gab es genug Schwierigkeiten, da musste nicht noch Eifersucht dazukommen.

Und wenn ich zu Adara gehe? Sie war freundlich, keine Frage. Aber so eng war ihr Verhältnis nicht, dass Mirella sie nachts aus dem Bett holen wollte.

Ein nachdenklicher Blick zu Rabes Tür. Sofern sie es schaffte, ihn nicht länger mit Yerads geplanter Vergiftung zu belästigen, könnte sie dort schlafen. Nachtragend war er schließlich nicht. Allerdings war sie weit davon entfernt, das Thema ruhen zu lassen. Dafür brodelten Sorge und Wut viel zu fordernd in ihrem Inneren.

Während sie die Tür anstarrte, öffnete sie sich plötzlich. Nur mit der Hose bekleidet stand Rabe im Türrahmen. »Willst du reinkommen?« Er hatte sich bereits beruhigt.

Sie wünschte, sie könnte das auch so schnell. »Lieber nicht.«

»Soll ich dir helfen, einen Schlafplatz in einem neuen Zimmer fertig zu machen?«

Abermals verneinte sie. Blieb sie länger in seiner Nähe, würde sie ihn gleich wieder verärgern. Oder sie schmiegte sich erst an seinen nackten Oberkörper und verärgerte ihn danach. »Ich geh jetzt besser«, sagte sie.

»Ich lass die Tür offen.« Eigentlich musste Rabe das nicht ausdrücklich erwähnen, denn wenn Mirella nicht bei ihm war, war seine Tür nie verschlossen. Dass er es dennoch tat, war seine Art, ihr zu sagen, dass er sie trotz allem bei sich haben wollte.

Sie verstand es. Trotzdem brachte sie nur ein vages Nicken zustande, da er ihr den Wunsch, der ihr am meisten auf dem Herzen lag, rigoros verweigerte. »Schlaf gut.«

Sie tappte in den Saal. Er war vollkommen leer. Sogar Nachtschwinge war fort, vermutlich auf der Jagd. Also begab sich

Mirella in Richtung der Fensterhöhle. Vielleicht konnte sie Nachtschwinge beobachten und sich so auf andere Gedanken bringen. Die Erinnerung an Alia, wie sie Yerads ersten Flug verfolgt hatte, bohrte sich in ihr Innerstes. »Mögen wir uns wiedersehen, Alia«, wisperte sie und lief weiter in die dunklen Bereiche, tastete sich durch die Finsternis und die Tür, bis sie ihr Ziel erreichte.

Ein menschlicher Schatten zeichnete sich vor dem Sternenhimmel ab.

»Yerad?«, fragte Mirella. Nicht, weil sie ihn erkannte, sondern weil sie ihn am ehesten an dieser Stelle erwartete.

»Ja, ich bin's.« Er klang seltsam. Traurig. Aber da war noch etwas anderes, das sie nicht zuordnen konnte.

»Willst du lieber allein sein?«

»Ich bin nicht allein.«

Natürlich ... Wie hatte sie die Männer vergessen können, mit denen Rabe jetzt jeden Fluchtweg sicherte, durch den Yerad mit der Greifin entkommen könnte. Sie hielten es nicht einmal für nötig, zu grüßen. Wie damals, als Yerad ein Gefangener gewesen war.

»Du störst mich allerdings am wenigsten«, fuhr Yerad fort. »Zumindest solang du mir nicht ...« Er unterbrach sich. »... solang du mir nicht wieder meine Entscheidung ausreden willst.«

Der nächste Mann, der ihr verbot, dieses Thema anzusprechen. Doch mit dem stummen Aufpasser bestand da ohnehin keine Gefahr. »Ich werd mich beherrschen«, versprach sie und ging zu ihm. Immerhin hatte sich ihre Wut auf Yerad, dass er diesen Mist plante, mittlerweile gelegt. Sie verstand, warum er es machte. Die Wut beschränkte sich nun auf Rabe, der das Ganze mit Leichtigkeit unterbinden könnte. Sie setzte sich neben den Freund an das Fenster. »Beobachtest du Nachtschwinge?«

»Nicht mehr. Sie ist grad nicht zu sehen, da sie zu weit die Küste runtergeflogen ist. Willst du auch was?«

»Was soll ich wollen?« Da stieg Mirella der Geruch von Schnaps in die Nase. Das erklärte Yerads seltsame Sprechweise. Er lallte zwar nicht direkt, doch der Alkohol hatte seine Zunge schwer werden lassen. Sie ertastete die Flasche, umschloss sie mit beiden Händen und schnupperte an der Öffnung. »Ich hätt nicht erwartet, dass du hier in der Dunkelheit hockst und dich betrinkst.« Noch dazu mit diesem Fusel, den er vor ein paar Monaten nicht mal angerührt hätte.

»Zum Betrinken ist das eh zu wenig.«

Stimmt. Mirella musste den Flaschenboden ganz schön weit nach oben neigen, bevor die Flüssigkeit an ihre Lippen drang. Zwei Schlucke reichten, dass sie das Gefühl hatte, ihr würde die Speiseröhre verätzt. Mühsam unterdrückte sie das Bedürfnis, zu husten. »Das ist ja entsetzlich.« Sie gab Yerad die Flasche zurück.

»Der Wein, den Rabe mal für mich besorgt hat, war schlimmer.«

Es war Alia gewesen, die den Wein damals organisiert hatte, doch das sagte Mirella ihm nicht. »Wo hast du den Alkohol überhaupt her?« Sie hatte noch nie mitbekommen, dass Yerad sich welchen geholt hatte. Er trank mit, wenn Durak oder Chadrik was anschleppten, aber das auch nur in Maßen.

»Ich konnte nicht schlafen und da ich die anderen nicht stören wollte, bin ich in den Saal gegangen. Dort waren Berak und Kasim mit dieser Flasche hier. Wir haben ne Weile zusammengesessen und getrunken und als sie ins Bett sind, haben sie mir den Rest geschenkt mit den Worten, ich bräuchte das dringender als sie.« Sie hörte, dass er einen weiteren Schluck nahm. »Hilft tatsächlich ein bisschen.«

»Morgen wirst du nen ziemlichen Schädel haben.«

Er schnaubte und es klang sogar ein wenig belustigt. »Du kannst mir ja beim Austrinken helfen. Vielleicht geht's mir dann nicht ganz so schlecht.«

Im schwachen Sternenlicht sah sie die glatte Tonflasche vor sich glänzen, griff zu und trank jeder Vernunft zum Trotz einen großen Schluck. Dieses Mal musste sie husten. Als sie sich beruhigt hatte, sagte sie: »Zum Glück ist der Fusel bald alle.«

Wieder dieses halb amüsierte Schnauben von ihm. Es tat gut, zu wissen, dass er es noch konnte. Dass er dafür Alkohol brauchte, trübte das Ganze allerdings.

Unvermittelt fragte er: »Warum schleichst *du* eigentlich nachts hier herum?«

Sie gab ihm die Flasche zurück. »Ich hatte eine ... Meinungsverschiedenheit mit Rabe und da bin ich lieber gegangen, ehe ich mich um Kopf und Kragen rede.«

»Meinetwegen?«

»Ja.«

Eine Weile war es still zwischen ihnen. Sie konnten nicht ausführlicher miteinander sprechen. Nicht jetzt, mit den ungebetenen Ohren, die alles mithörten. Gerade als Mirella vorschlagen wollte, dass sie woanders hingingen, sagte Yerad: »Sie ist zurück.«

Mirella spähte in die Dunkelheit und tatsächlich jagte ein Schatten durch die Nacht. Mal hoch vor dem Sternenhimmel, dann blitzschnell in die Tiefe. Ein beeindruckendes Schauspiel, dem sie eine ganze Weile stumm zusahen.

Bis Yerad fragte: »Wie hast du das damals ausgehalten, nachdem deine Familie ...?« Er unterbrach sich. »Wie hast du's geschafft, weiterzumachen?«

»Ich hab's einfach getan«, sagte sie leise. »Genau wie du jetzt.«

»Klingt leichter, als es ist.«

»Das ist wahr.« Dennoch war es der einzige Weg, wenn man nicht bereit war, das Schicksal der Verlorenen zu teilen. Und das war Yerad genauso wenig wie sie selbst. Trotz der irrsinnigen Tatsache, dass er freiwillig Gift nehmen würde.

Ende von Teil 3

Ausblick auf Teil 4

Vielen Dank für dein Interesse. Band 4 ist aktuell (Stand: April 2025) in der Überarbeitung und wird 2025 veröffentlicht. Hier kannst du bereits den vorläufigen Klappentext lesen:

Der Schmerz hatte sich verändert. In den ersten Tagen war er wie ein Messer gewesen, das jemand ohne Vorwarnung in Yerads Leib gerammt hatte. Nun fühlte sich Yerad eher, als hätte er einen zu starken Schlag gegen den Schädel bekommen: ein bisschen benebelt, eine dumpfe Übelkeit. Er funktionierte zwar beinahe wie vorher, aber eben nicht ganz.

Die Rebellen Al-Lucants sind bereit: Sie werden der grausamen Herrschaft des Kalifen ein Ende setzen – oder bei dem Versuch sterben.

So lange haben sie auf diesen Moment hingearbeitet, doch die Zweifel der Freunde werden lauter. Wie sollen sie es mit einer derart überschaubaren Gruppe schaffen, den mächtigsten Mann Al-Lucants zu töten? Wen werden sie noch verlieren?

Was dann allerdings wirklich bei dem Angriff geschieht, hätte keiner von ihnen erwartet, und die Freunde müssen eine folgenschwere Entscheidung treffen.

Klingt spannend? Das freut mich natürlich. Abonniere gerne meinen Newsletter, um den Erscheinungstermin nicht zu verpassen:

Der abgedruckte QR-Code führt dich direkt zu meinem Newsletter. Alternativ kannst du gerne meine Webseite www.sppepper.de besuchen und dich dort anmelden. Neben den Veröffentlichungsterminen neuer Bücher erfährst du, woran ich aktuell arbeite. Außerdem bekommst du das Passwort zu meiner Geheimen Bibliothek, wo du Zugriff auf exklusive Inhalte hast, wie beispielsweise eine Kurzgeschichte und einen alternativen Anfang zu meinem Roman »Magie voller Tücken«.

Ich würde mich sehr freuen, dich als Newsletter-Abonnent begrüßen zu dürfen.

Steffi

Impressum

Stefanie Pockelwald
Autorin
Hauptstraße 41
17449 Karlshagen
Deutschland

01515 6139697
mail@sppepper.de
www.sppepper.de

© 2025 Stefanie Pockelwald

Verlag: BoD · Books on Demand GmbH, Überseering 33, 22297
Hamburg, bod@bod.de
Druck: Libri Plureos GmbH, Friedensallee 273, 22763 Hamburg

ISBN: 978-3-8192-9568-3